Joachim

Cetro

Remerciements

Un merci tout particulier à Brian B. Merrant qui a réalisé pour moi la couverture de ce roman.
Si vous désirez le contacter pour un projet, voici l'adresse de sa page réservée à ses activités de graphiste : https://www.facebook.com/brianbmGraphisme/

Je ne peux que vous conseiller de découvrir, si ce n'est déjà fait, les écrits de cet auteur (eh oui, certains cumulent les dons) de talent, autant pour les histoires originales que pour l'écriture d'une qualité littéraire rare.

Merci à toutes les personnes qui me suivent et me soutiennent, m'encouragent et me prouvent que tout ceci n'est pas vain.

Et merci à tout lecteur qui prendra un peu de son temps pour découvrir ma prose.

Peut-être suis-je fou, mais j'ai l'impression parfois que tu es toujours là, juste à côté de moi, à me tenir la main quand je perds le chemin, à réchauffer mon coeur quand en moi il fait froid.
Les parfums délicats qui éclosent et s'élèvent aux premières lueurs, la rosée qui habille d'un tout nouvel éclat les fleurs, les bourgeons, et jusqu'aux moindres brindilles, me hurlent tous les matins que tu n'es pas si loin, que tu te tiens par là.
Les trilles enjoués des merles matinaux, l'enthousiasme bruyant des écoliers pressés et la force du vent qui courbe les hautes cimes, tout ça me parle de toi jusqu'à la tête qui tourne et mon coeur qui se noie.
Cette vie foisonnante qui bouscule mes mornes habitudes me ramène jusqu'à toi, me rappelle près de toi.
Mes soirées solitaires je les passe avec toi, les étoiles me racontent une jolie histoire, celle que nous aimions vivre lors de nuits dégagées, la tête levée au ciel, enlacés, toi serré dans mes bras.
Un peu éteint, un peu mort, j'en ai parfois assez de ne pouvoir te rendre tout ce que tu me donnes, tout ce que tu m'envoies de là-bas, depuis ton au-delà ou bien où que tu sois.
Dans tout ce qui fait la vie, je te sens et t'entends et te vois, ce qui nourrit mon envie de poursuivre, d'avancer pas à pas... même sans toi.
Toutes les peines et les joies, tous les chagrins, les émois, tout ça ne serait rien si toi tu n'étais là, et à jamais en moi.
Ouais, peut-être suis-je fou. Mais fou d'amour pour toi.

Joachim

Je me souviens de tout, comme de petits riens, des odeurs et des bruits, des paroles et des rires, mais les noms me fuient et les visages sont flous, j'ai perdu les identités et oublié les traits.
Il me semble que quelque chose est sur le point d'arriver. Quelque chose de terrible.
Ils sont de retour.

1

Déjà le soleil s'invitait à travers les persiennes et venait enflammer les paupières de Lucas pour le tirer du lit, comme un appel lancé à venir jouer dehors.
Samedi, jour de tous les possibles, les aventures les plus improbables ne s'offraient qu'aux lève-tôt.
Sans attendre, il s'arracha à ses draps et à son cher oreiller, cet ami si intime qu'il lui confiait ses rêves les plus secrets. Cette journée allait être spéciale.
En dépit du silence de cathédrale qui régnait tous les matins dans la maison, Lucas savait que ses parents étaient déjà levés et profitaient de ce calme reposant avant le lever de leurs enfants.
Assis dans la cuisine l'un à côté de l'autre, en silence, la tête au-dessus des vapeurs de leur bol, fumigation à la caféine pour un réveil en douceur, ils se disaient leur amour réciproque sans prononcer un mot, cet amour qui ne souffrait ni des disputes ni des silences.
Lucas, 13 ans ce matin même, s'avança jusqu'à eux pour les gratifier d'un baiser peut-être plus appuyé et surjoué qu'à l'ordinaire. Plus intéressé, probablement.
Chacun avait pour habitude de se préparer son petit déjeuner, c'était là aussi bien le premier repas de la journée que la contribution de ses parents à leur responsabilisation.
Lucas fit cuire une tranche de bacon et deux œufs, et griller deux belles tranches d'une miche de ce pain que sa mère s'appliquait à pétrir et à enfourner dans son grand four à bois, à l'extérieur.
Partagé entre les coutumes de son anglais de père et celles de sa française de mère, ainsi alternait-il entre les petits déjeuners à l'anglo-saxonne et ceux, bien français, faits de pain beurré trempé

dans du lait chaud.
Sa précipitation à préparer son repas et à s'installer à table marquait son impatience de manière si visible que ses parents sortirent de leur bulle de vapeur pour en rire de concert.
—Alors, jeune homme, on a bien dormi ?
—Super bien, comme d'hab, p'pa. Dites, vous avez pas l'impression que c'est un jour spécial, aujourd'hui ? Moi je crois qu'il doit se passer un truc de dingue, non ?
—Tu es donc décidé à faire ta vaisselle, mon chéri ?
—Me charrie pas, m'man. Allez, vous savez de quoi je parle, me faites pas tourner en rond comme un chien de cirque, je sais que vous savez.
Emmy, enrobée de sa petite robe de chambre en pilou, visage chiffonné, scarifié à l'empreinte profonde d'un sommeil agité, entra dans la cuisine pour se diriger vers le frigo, sans même passer par la case bonjour ou bisous. Cela attendrait.
Elle s'empara d'un yaourt nature et de sirop d'érable, puis vint s'asseoir à côté de Lucas, toujours dans un mutisme têtu.
Son frère l'observait d'un regard amusé, fan de cette petite sœur au caractère bien trempé depuis qu'elle était entrée dans leur vie, sept ans auparavant.
Sirop et yaourt mélangés, elle engloutit la mixture avec la gourmandise d'un ours au sortir de l'hibernation, et chaque cuillerée agrandissait davantage ce sourire quasi permanent qu'elle arborait une fois bien réveillée.
Ses fossettes, jolis vortex d'amour, attiraient les bisous de sa mère autant que ceux de Lucas, mais il fallait pour cela attendre qu'elle y fût disposée.
—Lucas.
—Ouais, bouille à bisous ?
—Bon anniv'.
—Ah !
À grand renfort d'amples gestes théâtraux, Lucas invita ses parents à observer Emmy... et à l'imiter.
—Au moins une qui suit et qui me considère pas comme un meuble. Merci, Emmy, t'es ma sœur préférée. Même si t'es la seule, t'es ma préférée quand même !
Quelques baisers déposés sur ces fossettes gourmandes vinrent à la fois en guise de remerciements et de cadeau fait à lui même.
—T'as eu quoi ?

—Rien, ils m'ont rien donné, ils m'ont même pas souhaité mon anniv'. Sûr qu'ils ont oublié. À force de vivre comme des ermites, ils oublient tout.
Prononcés sur un ton faussement accusateur, ces mots firent sourire leurs cibles.
Du couloir provinrent de vives protestations, devenues habituelles et quotidiennes depuis deux semaines, début des vacances d'été.
Sam, l'aîné de la fratrie, fit à son tour son entrée, la mine contrariée, pestant et vociférant.
—Y en a marre, ça schlingue à mort, dans ma piaule. Je sais pas ce qui pue comme ça, c'est infect, faut faire quelque chose, m'man ! Faut acheter des produits modernes, un peu, on est vraiment des ploucs. On dirait que je dors dans une porcherie.
—Bonjour, Sam. Lorsque je vois l'état dans lequel tu laisses ta chambre, je me dis effectivement que seul un cochon peut vivre là dedans. Tu pourrais commencer par la ranger, qui sait, on pourrait y retrouver des restes de nourriture momifiés.
—Si on veut savoir quand il l'a rangée pour la dernière fois, va falloir faire une datation au carbone, hein chérie ?
Les plaisanteries de ses parents ne firent qu'agacer davantage l'adolescent de mauvaise humeur.
—Vous prenez jamais rien au sérieux, vous. Vivement que je me casse d'ici !
—La porte est ouverte, mon chéri. Celle du frigo, en tout cas, je crois que tu en uses et en abuses, d'ailleurs. Sers-toi.
Sam grommela à sa seule intention quelques mots inaudibles, puis se conforma à l'habitude pour rejoindre la tablée, armé d'un solide petit déjeuner.
Souriant aux propos de sa femme, Viv se plongea dans son journal.
Très vite, à la lecture de nouvelles manifestement très mauvaises, son front se barra d'une triste inquiétude.
—Tu as vu ça, chérie, encore une disparition. C'est la deuxième en deux mois, dans le coin. Une enfant de huit ans, cette fois-ci, d'après le journal. C'est terrible, et fort préoccupant. Lucas, il vaudrait peut-être mieux éviter de trop traîner dans les bois, au moins le temps que la police éclaircisse cette affaire.
—Si on avait la télé, on serait peut-être un peu plus au courant de ce qui se passe.

—Il suffit pour cela de savoir lire, mon cher Sam. C'est certes un effort incommensurable que je te demande, je m'en rends compte, mais tu devrais essayer.
Sam leva les yeux au plafond, désabusé.
—Et voilà, t'as trouvé le bon moyen de détourner l'attention, p'pa. Y a un truc hyper méga important aujourd'hui ?
—Ah, mais c'est vrai, mioche, c'est ton anniv', non ?
—Aaaaah ! Même Sam...
De nouveaux moulinets de ses bras pointant son frère accompagnèrent la moue réprobatrice de Lucas à l'attention de ses parents.
Annick donna un coup de coude à son mari, signal attendu de tous. Les yeux s'agrandirent, les expressions se firent lumineuses.
Viv tenta de replier avec soin le quotidien, avant de s'impatienter et de le froisser sans parvenir à lui faire retrouver une forme présentable.
Il se dressa, sortit de la pièce, suivi par trois paires d'yeux brillants d'une excitation à peine contenue.
Lorsqu'il revint, les mains encombrées d'un petit paquet cadeau enveloppé, de manière sommaire, d'un simple papier kraft et de ficelle de chanvre, les regards s'agrandirent comme s'il portait là le plus merveilleux des présents.
Il le déposa au centre de la table, et se délecta quelques secondes de l'expression émerveillée de ses enfants.
—Bon anniversaire, mon grand, ta mère et moi sommes fiers d'avoir un bon garçon comme toi. Nous avons pensé que ceci te serait utile et te ferait plaisir.
Tous les membres de la famille reprirent en chœur un joyeux anniversaire chanté, dont les innombrables couacs ne purent en rien écorcher ce moment de félicité pure vécue par Lucas.
Il s'empara du cadeau, et comme toujours, prit soin de défaire les nœuds et de dérouler le papier pour pouvoir les récupérer et les réutiliser au prochain anniversaire de l'un ou l'autre d'entre eux.
En émergea un petit carton rectangulaire, fin et allongé.
Emmy trépignait sur sa chaise, aussi excitée que s'il s'agissait là de son propre cadeau.
—Vas-y, ouvre-le, Lucas, viiite !
D'un mouvement lent, calculé, sourire béât, Lucas souleva le couvercle avec autant de précautions que s'il se fut apprêté à démouler un flan.

Il en sortit enfin, mettant un terme à la douloureuse attente de sa sœur, un très joli couteau ancien, que tous ici connaissaient parfaitement.
Lucas en connaissait la grande valeur, sentimentale plus que pécuniaire, et avait souvent rêvé les yeux ouverts devant ce couteau enfermé dans la vitrine du bureau de son père.
—Il appartenait à ton grand-père, Lucas. Il en a toujours pris grand soin. Je t'apprendrai à l'aiguiser. Mais promets-moi de t'en servir avec sagesse, d'en faire bon et raisonnable usage.
—Punaise, p'pa... mais ce couteau, j'en rêve depuis... toujours. Bien sûr que j'en prendrai soin. Pi je ferai gaffe, promis. Je taillerai juste les oreilles d'Emmy en pointe, c'est tout.
Souriante, Emmy porta ses mains en coupe autour de ses oreilles.
—Merci beaucoup, maman et papa, c'est le plus beau cadeau de toute ma vie. Punaise, la classe. Pépé, il avait un sacré couteau. Ali va en faire une jaunisse, tellement il sera jaloux.
—J'ai dit que j'aimerais autant que tu restes à la maison, Lucas.
—Mais p'pa, je vais pas rester enfermé, quand même. On vit déjà à l'écart de tout, si en plus je peux même plus voir mon seul ami... puis c'est des jeunes enfants, qui ont disparu, je suis trop grand et balaise, moi. Puis maintenant, j'ai un couteau de malade, personne pourra me faire du mal, tu penses.
—De toute façon, je serai avec lui. Hein, mioche, ensemble, on risque rien.
—Et moi, je peux venir ?
—Non, Bouillab, toi t'es trop un microbe.
—M'appelle pas comme ça, tu m'énerves, Sam !
—J'y peux rien, avec ta bouille à bisous, obligé de t'appeler Bouillab, microbe.
—M'en fiche, je jouerai toute seule, j'ai pas besoin de toi, toute façon.
Sur ces menues disputes, chacun débarrassa et lava sa vaisselle, puis vint pour les garçons l'heure de sortir.
Sous une avalanche de mille recommandations de leur mère, et peut-être un million de leur père, ils gagnèrent l'extérieur au pas de course, impatients de s'éloigner du carcan parental.

2

Une magnifique journée d'été, sans pour autant être caniculaire, ouvrait aux deux frères mille possibilités pour s'occuper, propice à toutes les explorations.
Ils retrouvèrent Ali, camarade de classe de Lucas depuis leur arrivée dans la région, à leur éternel point de rencontre, le chemin des châtaigniers.
Assis sur une souche vermoulue recouverte d'une confortable épaisseur de mousse verte, téléphone mobile en main, il ne les vit ni ne les entendit arriver, yeux rivés sur l'écran et esprit occupé ailleurs.
—Lâche ton téléphone, zombie !
Surpris, Ali sursauta et faillit tomber à la renverse.
—Putain, tu m'as fait peur, espèce de gogol. Et répète après moi, c'est un smartphone, ça peut tout faire sauf rouler des pelles à la petite Betty à ma place. Vous devriez évoluer, un jour, les attardés, vous vivez vraiment dans un autre monde, ma parole.
—Ce machin te lobotomise, crétin. J'en veux pas, de ta merde.
—Moi, si j'avais le choix... mais bientôt, je serai autonome, je me paierai ce que je voudrai. J'attendrai pas que mes vioques me paient tout comme toi, espèce de cassos assisté. Bon, les kids, moi je me barre, j'ai un rencard. Mioche, on se retrouve ici avant six heures, cet aprèm, comme d'hab. Traîne pas, te laisse pas retarder par ce « mal chromosomé », tu sais comment sont les vieux, surtout en ce moment, avec les disparitions.
—T'inquiète, on sera là. Enfin moi, lui il sera toujours dans son monde numérique.
—Eh les gars !
Ali accompagna ses paroles de deux majeurs insolemment dressés et d'un sourire non moins provocateur.

Sam gloussa en secouant la tête, puis s'éloigna à petites foulées, pressé de retrouver celle avec qui chaque jour il écrivait une nouvelle romance.
Lucas observa son grand frère mettre au plus vite de la distance entre eux et lui, avec cette secrète admiration que pour rien au monde il n'avouerait.
—Bon, qu'est-ce qu'on fout, aujourd'hui, Lulu ? On se fait grave chier, cet été, il se passe rien de fou. Quel bled paumé, quand même ! Moi je voudrais vivre à Paris, tu vois. Là, ouais, ça bouge.
—Ouais ben je te laisse Paris et les autres villes. Dis, t'as pas entendu parler de la disparition de la petite de 7 ou 8 ans ?
—Euh, non ? Quand, là, récemment ?
—Ouais. Mon vieux lit le journal tous les matins, il en a parlé tout à l'heure.
—Le mien prend le journal, mais il lit que la rubrique nécro. Des fois, t'as l'impression qu'il cherche à savoir s'il est pas mort et que personne lui ait dit, alors il cherche dans le journal.
—T'es con.
—Par contre, tout le monde parle de ces enlèvements qui ont eu lieu y a une dizaine d'années, et dix ans auparavant encore, je crois. Tous les dix ans, depuis je sais pas trop quand, apparemment. Moi ils me faisaient flipper avec ça quand j'étais môme. Paraît qu'y a eu chaque fois cinq ou six disparitions, jamais expliquées. Que des enfants plutôt jeunes, et quelques adolescents. D'après ce qui se dit, on a jamais vraiment su ce qui s'était passé. Je sais même pas si c'était vrai, tu sais les conneries qu'on raconte pour faire peur aux mioches, les légendes urbaines qui se racontent d'année en année. Mais vous êtes tout nouveaux, vous, vous connaissez pas ça. Purée, qu'est-ce qui a pris à tes vioques de venir se paumer ici, sans déc ? Je veux dire, moi, j'ai pas eu le choix, je suis né ici. Mais dès que je pourrai, je m'arracherai.
—Bah, tu sais, mes parents, ils aiment tout ce qui s'éloigne de la modernité. Pas de téloche, pas d'ordi, ni même de téléphone. Bon, on a quand même l'électricité, on a eu du pot, on aurait pu tomber dans une famille d'amish. Mais la vache, tu m'intrigues, avec cette histoire. Ils ont jamais été retrouvés, les petits ?
—Non. Ou plutôt, je crois qu'y en a un qui avait réapparu comme par miracle, mais personne sait qui c'était au juste. Mais bon, moi je te dis, c'était que des bobards pour nous forcer à rentrer à l'heure, tout ça, j'en suis sûr. Certains racontent que des choses

bizarres se passent dans les carrières abandonnées, plus personne ose y aller. J'avoue, je me chie dessus rien que d'y penser, c'est glauque, cet endroit. Le truc idéal pour faire grandir un monstre dégénéré, tu vois. C'est plein de galeries super profondes, y a de quoi s'y perdre. En plus, y a le camp de manouches, pas loin. T'en as qui disent que c'est eux qui ont dépecé les enfants, d'autres disent qu'au contraire, c'est grâce à eux que ça s'est arrêté. Moi, chais pas, mais aucune envie d'aller vérifier s'ils sont sympas ou pas.

—Et si on allait faire un tour à ces carrières, un jour ou l'autre ? T'as réveillé ma curiosité, mon vieux. Si ça se trouve, on pourrait sauver les petits disparus.

—C'est bon, j'ai changé de slip y a trois jours, pas envie de le salir tout de suite. Tu fais ce que tu veux, mais moi, je fous pas les pieds là-bas.

—Espèce de trouillard. Tiens, regarde ce que j'ai eu pour mon anniv'.

Lucas sortit de sa poche le couteau convoité depuis tant d'années.

—Woooo, la vache, c'est la classe. Il est super beau, ton canif . Non, sans déconner, ils t'ont offert cette merde ? Moi, le jour où mes ancêtres m'offrent un truc comme ça, je porte plainte, garanti. Qu'est-ce que tu veux foutre d'un vieux couteau pourri ? Il ressemble à rien, même pas sûr qu'il coupe, ton truc.

—T'es juste jaloux, dufion. Avec ça, on aura de quoi repousser tous les détraqués. Je te le prouverai.

—Non, mais toi, t'es un grand malade. Tu serais plus crédible avec un cure-dents. Assez parlé de ça, on fait quoi ?

—On va se baigner au ruisseau ?

—C'est parti.

3

Avec une attention soutenue, Marc avançait dans les hautes herbes, et sondait la végétation du bout des pieds pour y débusquer l'objet de ses recherches.
Un bocal de verre à la main, il comptait mettre à profit ce soleil éblouissant pour faire les quelques expériences pour lesquelles il se passionnait depuis quelque temps.
De l'autre main, il tenait une épuisette, sorte de filet à papillons fait d'un manche de bambou, d'un fil de fer formé en boucle fixé au bout, et de moustiquaire ainsi recyclée pour former une poche.
Sous ses pas, couraient, sautaient et s'envolaient d'impressionnantes quantités de sauterelles et criquets, araignées et autres scarabées.
Dans l'entrelacs de pailles jaunies par la sécheresse, il repéra ce qu'il recherchait en partie.
Une tégénaire des champs, araignée de très belle taille, cherchait à fuir les pas de ce géant, qui, d'un simple revers de poignet, l'emprisonna dans son filet.
Avec dégoût et réticence, il la fit tomber dans son bocal, et le referma à la hâte de son couvercle perforé, non sans frissonner à l'idée qu'elle eût pu lui courir sur le bras.
Il se remit en quête de son trésor ultime.
Lorsqu'il la vit, énorme, aussi verte que l'herbe d'un printemps arrosé, ailes écartées en avertissement, il sut qu'il venait de trouver le parfait adversaire.
De la même manière qu'il avait capturé la tégénaire, il s'empara de la mante religieuse qu'une simple posture menaçante ne sauverait pas de la captivité.

Au pied d'un pin immense, il repéra un vieux tronc couché, vermoulu et envahi de mousses et de champignons xylophages, qui lui servirait bientôt d'arène parfaite.
De sa poche, il tira un smartphone flambant neuf, cadeau récent de ses parents pour ses brillants résultats scolaires.
Il déposa le bocal sur le tronc, puis libéra la mante de sa toile de prédateur improvisé.
Une fois le couvercle dévissé, il poussa l'imposant insecte vers l'arachnide retranché dans sa prison de verre, et mit en route la fonction vidéo.
Le résultat attendu avec tant d'excitation ne tarda pas à voir le jour, mante et tégénaire se déchiraient sous l'œil indélicat, froid et indifférent de la caméra, et sous ceux injectés de folie sanguinaire du garçon, empereur tout puissant réclamant la mort dans l'arène.
La mante mit l'araignée en pièces, puzzle organique fait de pattes éparses et d'un corps en bouillie, abdomen et thorax consciencieusement broyés par les mandibules de la nonne à élytres.
Lorsque la tégénaire ne fut plus qu'un souvenir, Marc arrêta l'enregistrement pour se le repasser sur le champ, fier et satisfait de disposer de pareil trophée.
La vidéo se termina, et son regard se porta sur l'insecte repu, abdomen gonflé à la limite de l'explosion. Il leva la main droite, dont il dressa le pouce pour le tourner ensuite vers le bas.
Il n'y aurait pas de salut pour le valeureux gladiateur.
De son sac à dos, il tira une loupe dont il se servit comme d'une arme redoutable pour un être vivant de cette taille.
Lorsque les rayons du soleil se concentrèrent sur la mante, cette dernière tenta une fuite en ouvrant ses élytres munis de gros yeux factices qui n'impressionneraient malheureusement pas ce prédateur-ci.
Trop tard.
Déjà ses organes et son système nerveux bouillonnaient, et elle s'effondra avec une lenteur de ralenti vidéo.
Surexcité, le garçon faillit ne pas voir venir cette ombre inquiétante, cette masse sombre et mouvante.
Une puissante odeur animale, dérangeante, écœurante jusqu'à la nausée, le saisit à la gorge.
D'instinct, il se tapit derrière le tronc, déjà théâtre de bien assez de morts à son goût.

Pétrifié, il demeura ainsi allongé sans oser relever la tête pour voir ce qui était en approche ni même respirer.
Un pas lourd et maladroit. Un souffle rauque.
Quoi que ce fût, cela ne pourrait pas ignorer bien longtemps le chaos assourdissant qui régnait dans sa poitrine.
L'empereur Marc, prédateur suprême, se trouvait réduit à l'état de proie aux abois, sur le point de succomber à la terreur.
Puis, sans même marquer un temps d'arrêt, la chose, dont Marc préférait ignorer à jamais la nature pour ne pas être hanté par son image, s'éloigna doucement. À l'oreille, il conclut qu'elle traînait derrière elle un poids. Un poids... mort ?
Il ferma les paupières plus fort encore, tenta de chasser toute réflexion au sujet de ce à quoi il venait d'assister à l'aveugle. En vain.
Rassembler tout son courage, toutes ses forces, pour oser s'arracher à l'attraction terrestre, à la paralysie qui le clouait au sol.
Selon ses estimations, ce qu'il ne pouvait nommer se trouvait déjà assez loin pour qu'il pût s'enfuir sans être repéré.
Dans un interminable soupir, il expulsa toutes ces humeurs empoisonnées à la peur, puis il poussa sur ses bras avec force et précipitation.
Se barrer !
Au moment où sa tête quitta le couvert du tronc, une main d'ogre, une patte d'ours, ou un vérin hydraulique lui broya l'épaule.
Il hurla sans bruit, plus encore qu'une immense douleur, une terreur qu'aucun son n'aurait pu traduire.
Le choc d'une violence inouïe qui atteignit le sommet de son crâne mit un terme instantané à ses tourments.
Un autre poids mort serait alors traîné dans les hautes herbes sèches.

4

Les deux amis marchaient côte à côte sous cette frondaison d'acacias, interminable et dense couloir végétal, que Lucas aimait à imaginer comme une haie d'honneur de bienvenue pendant qu'Ali en ignorait la beauté, yeux rivés sur son écran.
À la saison de la floraison, Lucas aimait par-dessus tout cet endroit au parfum capiteux dont il s'enivrait avec avidité.
Au bout de ce sentier gardé par une armée d'épines acérées, coulait un joli ruisseau d'eau toujours fraîche et limpide, où les deux camarades venaient se rafraîchir lors des journées les plus chaudes, ou simplement y pêcher quelques épinoches et autres ablettes pour les observer un temps dans un petit aquarium et les relâcher par la suite.
Au son de l'onde claire, jolies notes cristallines, appel puissant au bien-être, Ali préférait pourtant celui des mp3 stockés dans la mémoire de son maudit appareil.
Lorsqu'ils débouchèrent dans la petite clairière au bout du tunnel d'acacias, tous deux furent frappés de surprise, de stupeur, presque, par l'inattendue présence d'une silhouette inconnue.
Déjà sur le qui-vive, inconsciemment, leur esprit les mit en état d'alerte, jusqu'à ce que la raison leur rende une vision claire.
Une jeune fille se tenait assise sur une grosse pierre, les pieds dans l'eau. Elle ne parut pas remarquer leur présence, absorbée par l'observation attentive de son reflet dans l'eau courante.
Ali chuchota à l'oreille de Lucas, comme s'ils se trouvaient en présence d'un animal sauvage qu'il craignait d'effrayer et de voir fuir.
—Tu l'as déjà vue ? Moi qui croyais connaître toutes les jolies filles des environs...

—Non, je la connais pas du tout, jamais vue au collège, en tout cas. Elle a l'air... bizarre, non ?
—Chais pas, moi je la trouve surtout bonne.
—La classe, toujours, ce bon vieux Ali. On va la voir ?
—Bah, un peu, ouais, je vais pas passer à côté de cette occase.
Ali se dirigea vers la jeune fille, toujours inconsciente de la présence d'autres personnes à proximité.
Un peu intimidé par cette mystérieuse inconnue, un peu désarçonné par son air détaché du réel, absent, le bravache et hâbleur Ali hésita à s'approcher à moins de cinq mètres.
Rejoint par Lucas, il retrouva un peu de sa superbe, et héla cette adolescente qu'il aurait pu jurer n'avoir jamais vue dans les parages.
Il n'obtint pour seule réponse qu'une indifférence totale, sans savoir si elle était volontaire ou non.
—Tu crois qu'elle est sourde ? Eh, toi, tu pourrais au moins répondre. Merde, c'est ça, les jolies filles, ça se la pète et ça considère tout le monde comme de la merde.
—Arrête, Ali, j'aime pas trop ça. Parle pas comme ça, je crois qu'elle est... dans son monde. Viens, on la laisse tranquille, elle doit avoir besoin de calme.
—Pas question, c'est pas chez elle. On est venus se tremper les pattes, on repartira pas sous prétexte que madame la princesse a investi les lieux.
Enfin, la jeune fille tourna la tête dans leur direction, avec une lenteur presque irréelle.
Et ils croisèrent le regard le plus profond qu'il leur fût donné de voir, comme si se cachaient derrière une âme aux mille années d'expérience, et une douleur composée de mille souffrances.
Cette beauté renversante, à en être dérangeante, les mit en émoi sur le champ, à la fois émerveillés et mal à l'aise, sentiments mis à nu, drapés de retenue.
Ils furent incapables de prononcer le moindre mot durant d'interminables minutes, quelques siècles ressentis.
Ce regard incroyable, qui semblait ne pas les voir, passer au travers d'eux comme s'ils n'avaient aucune existence réelle, deux illusions d'optique qui n'auraient pas trompé ces yeux-là.
Ali se colla à Lucas, et chuchota à son oreille.

—Bon, là, mec, ça y est, je flippe. T'avais raison, mieux vaut se tirer, elle me fout le frisson. Merde, t'as vu comme elle est pâle ? On dirait qu'elle sort tout droit d'une tombe.
Lucas ne répondit pas, peut-être même ne l'entendit-il pas.
Hypnotisé, il réduisit de quelques pas la distance qui le séparait de celle qu'il aurait pu désigner à cet instant sous l'étrange appellation de créature.
Enfin, elle parut les regarder vraiment, se rendre compte de leur présence. La lueur de crainte que Lucas vit brûler dans ses yeux le bouleversa.
—Euh, salut. N'aie pas peur de nous, on vient juste patauger dans notre petit coin de rivière. Moi c'est Lucas, et lui, là, avec son air ahuri, c'est Ali.
Les garçons eurent l'impression qu'aucun des mots prononcés n'avait été compris.
—Elle doit pas parler français, tu vois bien qu'elle pige que dalle. Viens, on laisse tomber, j'ai un mauvais pressentiment, là.
Lucas perçut avec amusement le trouble dans la voix de son ami.
—Lucas et Ali ? Je dois m'en souvenir. Lucas et Ali.
Ali ouvrit d'immenses yeux consternés.
—Je t'avais dit qu'elle était ravagée, sans déc, ste plaît, on se tire.
—Je te fais peur ?
Atteint d'un crochet au foie, Ali se décomposa, aussi gêné qu'inquiet.
—Euh... non non, c'est pas ça. Je sais pas, t'as l'air... pas comme nous, quoi.
—Je sais. Tu n'as pas l'air d'être comme ton ami non plus. On est tous différents, non ?
—Mouché, vieux. Comment tu t'appelles ?
—Charline. Oui, c'est ça, Charline.
—Je t'ai jamais vue ici. T'es nouvelle ?
—Lucas... c'est ça, c'est bien Lucas ? Je suis arrivée hier, et j'étais là avant hier, et la veille déjà.
Ali ne put contenir un sifflement expressif. Il se confia de nouveau à l'oreille de Lucas.
—Bon, t'es convaincu, cette fois ? Elle est jetée, mec. OK, elle est super jolie, plus que toutes les filles que j'ai vues jusque là... mais elle a pas la lumière à tous les étages.
—Ferme-la, Ali.

Charline se dressa avec une étonnante vivacité, en total contraste avec son apparente apathie.
—Je dois y aller. Je reviendrai demain. Vous serez là, vous aussi ?
Ali répondit de manière instinctive par la négative, au contraire de Lucas qui, déjà, se projetait au lendemain.
—Mais, t'habites où, Charline ?
—Par là.
Avec une étonnante célérité, elle s'éloigna d'eux à travers bois, puis se retourna brusquement à vingt mètres environ.
—Faites attention à eux.
Elle reprit alors sa course et disparut à leur vue.
Ali, de mouvements nerveux et circulaires de la tête, observait les alentours.
—Faites attention à eux ? Merde, mais qu'est-ce qu'elle voulait dire ? Elle est givrée, cette nana, elle est pas normale, Lulu. Déconne pas, on revient pas ici, demain, j'en ai déjà la chair de poule.
—Tu feras ce que tu veux, Ali. Moi, demain, je serai là.
—Me dis pas que t'as pas ressenti un truc bien flippant quand elle nous a regardés. Je sais même pas si elle est humaine, sans déc. T'es abruti au point de pas voir ça ?
—Elle est différente, ouais. Vraiment. Et c'est bien pour ça que je veux la revoir.
—Viens, on se tire, elle m'a foutu les jetons avec sa dernière phrase. Tu crois qu'elle faisait allusion à quoi ? Aux enlèvements ?
—Je sais pas. Mais on finira bien par comprendre. Allez, moi, je suis pas venu jusqu'ici pour repartir sans me baigner.
Sans plus attendre, Lucas se dévêtit, avant de plonger au milieu des renoncules d'eau, des cornifles nageants et des myriophylles.
Ali finit par céder et le rejoignit.
Ainsi passèrent-ils le temps à barboter dans ce méandre calme, loin de toute préoccupation, frappés par l'oubli de toute crainte.

5

Une douleur lancinante, intense, pulsations de souffrance.
L'obscurité profonde était seulement contrariée par quelques infiltrations de lumière à la finesse capillaire, au travers d'une multitude de trous minuscules qui habillaient le plafond d'une chevelure blonde incandescente.
L'odeur pestilentielle qui régnait dans ce local, cette grotte, ce puits ou quel que pût être ce lieu, déclencha une série de réflexes nauséeux chez Marc.
Partout autour de lui, où que sa main se posât, il ne rencontra qu'une immonde mélasse visqueuse, origine de ces fragrances immondes dont la nature organique ne faisait, même par le biais d'une observation à l'aveugle, aucun doute.
Ce qu'il sentait, là, ce qui l'entourait, que ce fût par l'odorat ou bien le toucher, était animal, peut-être même humain.
Des choses, qu'il préférait ne pas chercher à nommer et sur lesquelles il reposait, se décomposaient, pourrissaient.
Il vomit d'un long jet de bile amère et acide.
Au malaise, succéda la terreur. Où se trouvait-il, comment était-il arrivé là, et surtout... qu'allait-il lui arriver ?
D'une main tremblante et précipitée, il fouilla ses poches en quête de son smartphone... qu'il ne trouva pas, coup de poignard supplémentaire, mise en lambeaux d'un espoir déjà laminé.
Ses sanglots trouvèrent écho dans ceux d'une autre personne tapie dans le noir. Ou peut-être deux.
Oui, ils étaient plusieurs, enfermés, enfouis dans ce qu'il s'empêchait de considérer comme des restes humains. Des cadavres, des morts, de la chair et des viscères.

Bien qu'allongé, il se sentit vaciller, tomber dans le vide, et son esprit bascula, et il se mit à hurler, aussitôt imité par son ou ses compagnons de « cellule ».
Douleur, terreur, horreur... il se savait perdu.

6

Tout recommençait.
Les flics, de nouveau, l'agitation, les accusations. Chaque fois que quelque chose de mauvais arrivait dans les environs, vol, agression ou, bien pire, enlèvement ou meurtre, Fraco et son clan étaient les premiers accusés.
De nouvelles disparitions étaient à déplorer, comme dix ans auparavant.
Les gadjos n'apprenaient jamais rien des faits passés.
Oui, tout était sur le point de recommencer.
Les gendarmes étaient passés dans le courant de la matinée pour perquisitionner.
Ils avaient fouillé toutes les caravanes, malmené les hommes les plus jeunes, ceux les plus suspectés.
Si la cause de tout cela était celle qu'il soupçonnait, la même que dix ans en arrière, alors il leur faudrait agir.
Trouver où se cachaient les responsables, les traquer, les renvoyer là d'où ils venaient. Sans pitié.
Et faire face, toujours, aux soupçons et aux accusations sans faiblir.
Fraco embrassa tout le camp du regard. Il observa avec tendresse, longuement, les enfants encore insouciants, ignorants du sort que le monde autour d'eux leur réserverait plus tard.
Pour eux, pour éviter qu'il n'arrive malheur à un seul d'entre eux, il devait mobiliser les hommes et se mettre en chasse.

7

Ali et Lucas s'étaient épuisés à entrer et sortir de l'eau, plonger, chahuter.
Après quelques heures sur ce rythme, ils se rhabillèrent, prêts à aller prendre le déjeuner chez Ali comme ils le faisaient si souvent.
—Je pense jamais à prendre une serviette, chaque fois je remets mes chaussettes avec les pieds mouillés. Ça fouette, après, je me fais engueuler par mes parents.
—Pareil. Dis, je repense à Charline, à ce qu'elle a dit en partant. Ça m'intrigue à mort. Elle avait l'air de savoir quelque chose, sur tout ça... enfin, si vraiment elle parlait des enlèvements.
—Oh, arrête de parler de ça, c'est bon, j'y pensais plus, faut que tu me remettes le truc en tête. On rentre chez moi, j'ai faim, et là-bas, au moins, y a pas de détraqués du bulbe.

Sur le chemin de retour, les deux amis profitèrent de la chaleur croissante pour sécher totalement.
Chez Ali, Lucas avait toujours été accueilli comme un membre de la famille.
Les parents d'Ali étaient des gens charmants, très bienveillants et prévenants envers Lucas qu'ils considéraient presque comme leur fils.
Après le repas, Ali fit à Lucas une démonstration de son tout dernier jeu vidéo, sans parvenir à intéresser son camarade plus de dix secondes d'affilée.
L'esprit de Lucas vagabondait vers cette fille croisée plus tôt, si étrange, si mystérieuse.

Son apparente fragilité contrastait tant avec cette force qu'il avait pu déceler en elle, au plus profond de son être.
Qui était-elle vraiment, d'où venait-elle ? Et qu'est-ce qui pouvait ainsi la tourmenter ?
Son impatience à la revoir le taraudait, et l'empêchait d'écouter Ali ou de penser à autre chose.
Il passa l'après-midi à faire semblant d'être là, mais ses pensées avaient d'ores et déjà rejoint Charline au bord du ruisseau.
Lorsque vint l'heure de rejoindre Sam au point de rendez-vous, il prit congé de la famille si accueillante, et fonça au pas de course, peut-être plus effrayé par les événements qu'il n'aurait voulu se l'avouer.
Sam l'attendait déjà, assis par terre, dos appuyé à un majestueux châtaigner.
Il exécuta un ample rond de bras pour regarder sa montre, et signifier ainsi à son frère son retard.
—Ouais, ça va. J'ai quelques minutes de retard, c'est tout. Ali m'a saoulé tout l'aprèm, avec ses jeux, je pouvais plus m'en défaire. Eh, Sam, t'as entendu parler des enfants disparus y a une dizaine d'années ?
—Ouais, tout le monde en parle régulièrement. Pas mal veulent se faire mousser avec ces histoires, je sais pas trop ce qu'y a de réel dans tout ça. Si tu les écoutes, ils savent tous qui était le coupable... et personne cite le même. Ce qui revient le plus souvent, c'est que c'était les gitans, tu sais ceux du campement derrière les carrières. Soi-disant un trafic d'enfants, vendus comme esclaves, ou pour les organes... bref, que des conneries, si tu veux mon avis. J'ai déjà croisé un membre de leur communauté, un vieux, il avait l'air plutôt sympa. Pas un écorcheur de mômes, en tout cas. Mais personne veut les fréquenter. Bon, moi non plus, en même temps, j'avoue. Tu sais, les gens ont peur de ce qu'ils ne connaissent pas. Regarde, rien que nous, avec notre vie un peu zarbi, ils se méfient de nous. Genre, pour eux, on est des attardés parce qu'on n'a pas la téloche, le téléphone ou même de console de jeu. Allez, mioche, on rentre avant que les momies alertent l'armée et déclenchent le plan ORSEC. Tu les connais, quelques minutes de retard, pour eux, c'est des mois.

—N'empêche, ça m'intrigue grave. On a rencontré une fille, tout à l'heure... je sais même pas comment te la décrire. On aurait dit qu'elle faisait pas partie de notre monde, j'te jure. Au début, elle m'a un peu foutu la frousse, mais je veux la revoir à tout prix. Avant de se barrer, elle a dit comme ça « faites attention à eux », pi elle s'est tirée à la course, mais genre super vite. Même si j'avais voulu la rattraper, j'aurais pas pu. On aurait dit une biche, punaise.
—Faites attention à eux ? Elle parlait de qui ?
—Ben justement, couillon, j'en sais rien.
—Toi t'as l'air de celui qui s'est fait prendre dans les phares d'une jolie minette, elle t'a ensorcelé, mioche, ça se voit. Déjà amoureux ?
—Arrête tes conneries. Juste envie d'en savoir plus sur elle, et sur ce qu'elle a voulu dire. Sans déc, Sam, tu trouves pas ça excitant, ce qu'il se passe ? OK, c'est horrible, mais... je sais pas comment dire ça, c'est presque comme si on avait l'occasion de résoudre un mystère, tu sais.
—On sait pas encore à quoi ou qui sont dues les disparitions, c'est peut-être même que des fugues. Mais t'avise pas d'aller fourrer ton nez là où il faut pas, ça pourrait être dangereux. Et parle surtout pas de tout ça aux vieux, ils seraient capables de nous consigner à la baraque jusqu'à notre majorité.
Sur le trajet de retour, les deux frères dissertèrent sur les événements qui touchaient la région, chacun y allant de ses hypothèses, des plus raisonnables aux plus tordues.

8

Cri glaçant, suraigu, hurlement de terreur.
Marc, espoir déjà éteint, retranché en son for intérieur, dernier bastion contre le siège tenu par l'abandon et le renoncement, sortit de son apathie dans un sursaut instinctif.
Une fille, ou bien un enfant à la voix non mature, se trouvait ici, embarquée dans le même tourbillon d'horreur que lui.
Il eut voulu lui adresser la parole avec calme, tenter de trouver avec elle une solution pour s'en sortir ensemble. Mais pour dire quoi ? Comment conserver son calme en pareilles circonstances ?
Une étrange pensée, aussi dure à accepter qu'effrayante et réaliste, le ramena à ses combats d'insectes.
Quelqu'un était-il en train de jouer, comme lui l'avait si souvent fait, à se prendre pour un dieu ou un empereur avec droit de vie ou de mort sur des êtres qu'il considérait comme inférieurs ?
Les inciterait-on à se battre pour survivre, à s'entre-dévorer pour ne pas mourir de faim ? À manger cet amas de chairs putrides qui lui servait de couche ?
Et s'il devait sortir vainqueur de cette épreuve, serait-il alors traité comme cette mante religieuse qu'il avait sacrifiée plus tôt en dépit de sa victoire écrasante ?
Plus encore que l'odeur nauséabonde, ces bouffées de peur viscérale qu'il sentait monter en lui le tueraient peut-être avant même qu'il eût à subir quelque nouvel outrage.
Les puissants sanglots qui secouèrent sa poitrine agirent comme un massage cardiaque sur son instinct de survie. Il respirait, était en vie, et voulait le rester.
Il tenta de se dresser, mais chaque fois ses pieds se dérobaient, glissant sur le sol lisse et gluant.

À sa dernière tentative, sa tête porta si durement contre un angle vif et solide qu'il évita tout nouveau mouvement.
Communiquer. La seule issue, pour l'heure, à même de le tirer de cet enfer, au moins en pensée.
Il posa une question réflexe, aussi stupide que non réfléchie.
—Y a quelqu'un ? Répondez-moi.
Un long silence s'ensuivit, éprouvant, étouffant.
Puis s'éleva une voix fluette et timide, chevrotante et entrecoupée de sanglots.
—Ou-oui. C'est qui ?
—Moi, c'est Marc. Tu sais où on est ?
—N-non. C'est un méchant qui m'a attrapée. Il m'a jetée ici... je sais pas dans quoi on est. J'ai peur, je veux ma maman.
Les pleurs contenus à grand-peine déchirèrent le cœur de Marc, mais eurent pourtant chez lui un effet inattendu.
Ils les reçut comme une invitation à être courageux. Il ne s'agissait plus que de lui-même, que de sa seule personne. S'il se concentrait sur les peurs et les pleurs de cette petite fille, alors, il lui semblait qu'il oublierait les siens, et trouverait dans ce devoir de prendre soin de cette enfant la force de chercher la solution à leurs problèmes. Oui, peut-être.
Elle serait bien malgré elle sa canne pour se dresser et marcher, son étai pour rester debout face à l'adversité.
—C'est quoi ton nom ?
—Au-Aurélie. Je veux partir d'ici, je veux retourner dans ma maison.
—Je suis là Aurélie. On va sortir, on va chercher un moyen, t'inquiète pas. Tu crois que tu peux venir jusqu'à moi ? J'ai essayé de me lever, mais j'ai glissé et je me suis fait hyper mal.
—Je... je vais essayer. Mais y a plein de choses, autour de moi.
—Vas-y doucement, et guide-toi avec ma voix. Tu vas y arriver, Aurélie.
Peu à peu, les yeux de Marc s'habituèrent à l'obscurité, et dans la faible lueur émanant de ce toit micro perforé, il lui sembla distinguer la silhouette d'Aurélie en mouvement. Tout son être se figea, respiration et battements cardiaques compris, lorsqu'il crut percevoir, derrière Aurélie, une masse plus sombre encore que la plus noire des nuits, menaçante bien qu'immobile.

Il se mit alors à douter... ce qui s'approchait, était-ce bien une fillette? Impossible cependant d'en déterminer la nature. Cela ne pouvait être qu'Aurélie... ça DEVAIT être elle.
D'incoercibles frissons, presque douloureux tant ils furent intenses, parcoururent tout son corps lorsque son pied fut saisi.
Son regard handicapé par ce foutu manque de luminosité se porta alternativement sur ce qui venait de le toucher (*c'est Aurélie, ça doit être Aurélie, ça ne peut être qu'Aurélie*) et sur le golem de noirceur toujours immobile à quelques mètres d'eux.
—Aurélie ? C'est bien toi ?
—Oui. J'ai réussi à venir. J'ai peur, Marc. Je crois qu'y a quelqu'un d'autre, ici. Je l'entends respirer.
De manière un peu bête, inutile, Marc ferma les yeux avec force pour chasser les images qui s'imposaient à son esprit. La masse qu'il imaginait être une personne ou quelque monstre de cauchemar en attente, devait n'être rien d'autre qu'un amas d'objets ou de vêtements.
Il se répéta cela plusieurs fois avant de reprendre la parole.
—Non non, Aurélie, faut pas dire ça. Y a personne, que nous deux. Maintenant qu'on est ensemble, on va pouvoir trouver le moyen de sortir, pas vrai ?
—Je sais pas, on dirait qu'y a pas de porte, Marc.
La panique qui suintait de chacune des intonations de la fillette menaçait chaque seconde de contaminer Marc, et de faire de lui sa marionnette, incapable de la moindre décision propre.
—Je te jure qu'on va trouver. Ça nous prendra peut-être un peu de temps, mais on va trouver. Regarde, tu vois, au-dessus de nous, les tout petits trous qui laissent passer la lumière ? C'est comme des aiguilles. Le toit doit être un peu pourri, tu vois. Je suis sûr que je pourrai le défoncer, si j'arrive à me lever et à tenir debout. Je crois que c'est pas très haut. Si je mets la main sur un objet dur, je le lancerai en l'air, pour voir si on peut faire un trou plus gros.
—Il nous laissera pas faire, Marc.
—Il ? Qui, il ?
Le temps s'arrêta soudain, figé sur un sentiment bien au-delà de la peur.
La silhouette massive se mit en mouvement.

9

Les garçons trouvèrent, à leur arrivée dans le jardin, leur mère, en train d'étendre du linge, en grande conversation avec leur petite soeur.
Emmy paraissait très contrariée d'avoir à toujours être la seule à rester à la maison.
—C'est pas juste, maman. Moi j'ai jamais le droit d'aller m'amuser. Pourquoi les grands ils ont le droit, eux ?
—Ben parce qu'on est grands, Bouillab. Toi t'es encore qu'une chiure d'asticot, tu pourrais pas te débrouiller seule.
—Tais-toi, Sam, c'est pas à toi que je parlais !
—Sam, va donc aider ton père à ranger le bois, on en aura bien besoin pour cet hiver. Il paraît qu'il sera rude.
Sans mot dire, ni acquiescement ni protestation, Sam se dirigea vers la remise, à l'arrière de la maison.
—Et toi, Emmy, je t'ai expliqué mille fois pourquoi. Tu es trop petite. Et ne compte pas sur nous pour te laisser sortir maintenant, avec ce qu'il se passe en ce moment. Demain, tes frères resteront à la maison pour te tenir compagnie.
—Ah non, m'man, pas question, j'ai trop de trucs à faire, demain. Tu peux pas me faire ça. Emmy est petite, on est passés par là, nous aussi, on en a jamais fait une montagne.
—Vous ferez ce qu'on vous dira de faire ! Et tiens, tant que tu es là, tu peux m'expliquer ce que tu fais de tes chaussettes ? Ces derniers temps, je n'en trouve que très peu, au lavage. Tu les manges ? Tu en fais des nids pour les petits oiseaux ?

—Bah, je sais pas, moi. C'est toi, m'man, qui laves le linge. Je me disais bien aussi que j'avais de moins en moins de chaussettes... c'est toi qui me les perds, hein ? D'habitude, c'est dans les machines à laver qu'elles disparaissent... comment tu fais, maman, pour dissoudre mes chaussettes ?
—Tu devrais effacer ce petit sourire narquois de ton visage de jeune insolent, mon fils. Je ne sais pas ce que tu manigances, mais une chose est sûre, quand je le découvrirai, tu seras puni jusqu'à ta majorité.
Les propos de sa mère firent renaître à son esprit ceux tenus plus tôt par son frère, et Lucas ne retint pas un rire franc.
Il s'esquiva, chercha à sortir du champ de vision et de nuisance de son dragon maternel avant qu'elle ne lui fit griller les fesses d'un regard de feu.
Emmy suivit Lucas, toujours curieuse de ce qu'il aurait à lui raconter de ses aventures extérieures.
Tous deux bifurquèrent avant d'arriver à la vue de leur père pour éviter d'être embauchés au rangement de bois.
—C'est mon anniv', aujourd'hui, je vais quand même pas me trimballer du bois. Viens Emmy, on va s'asseoir sur le puits.
—Tu vas me raconter ce que t'as fait ?
—Un peu, ouais.
Ils contournèrent la maison pour se retrouver dans la petite cour au centre de laquelle trônait un joli puits de pierre, à sec depuis bien longtemps.
Sur la margelle haute d'un mètre reposait une lourde plaque d'acier boursouflée de chancres rouilleux, obstruant le puits pour éviter tout accident.
Lucas hissa Emmy sur le rebord, puis se posa à côté d'elle.
Quelques années auparavant, il avait pris cette habitude d'habiller, pour sa sœur, la réalité d'atours fantastiques.
Chaque promenade, chaque rencontre, chaque minute du quotidien se muaient, sous les mots de Lucas inventés pour Emmy, en expéditions périlleuses, en rixes tumultueuses et en événements incontournables.
—Tu racontes, mais tu fais pas peur, hein, Lulu.
—Comme si j'avais l'habitude de faire ça, tiens.
—Pas toi, mais Sam, souvent, oui.
—Eh ben je suis pas Sam, Bouillab. Figure-toi qu'aujourd'hui, j'ai rencontré la reine mystérieuse du bois des disparus.

—La reine quoi ?
—Mystérieuse, patate. Tu sais ce que c'est qu'un mystère, quand même.
—Et elle était comment ? Elle avait une belle robe ? Une couronne sur la tête, et pi plein de gens pour la servir ?
—Non, elle avait pas de beaux vêtements, les siens étaient plutôt vieux, usés, moches. Pas de couronne non plus, ni de valets à son service.
—Comment t'as su que c'était une reine, alors ? C'en était peut-être pas une, hein.
—Ah si, les vraies reines ont pas besoin de tout ça pour être reconnues. Elle était incroyablement belle, mais genre « crisecardiaquement » belle, tu vois.
—Comme dans les contes que me lit maman ?
—Ouais, pareil, mais en plus belle encore. Parce qu'elle, elle est vraie, elle vit. Y a comme une lumière qui irradie de sa peau, et ses yeux... ses yeux, Emmy, ses yeux !
—Quoi, ses yeux, qu'est-ce qu'y z'ont, ses yeux ?
—Si tu les croises, tu restes pétrifié, hypnotisé. T'as l'impression qu'elle a vécu mille vies et que ses yeux ont vu tant de choses que ça déborde. Tu prends tout en pleine gueule, c'est un truc de fou. Même le temps s'arrête et se fige, quand elle ouvre les yeux.
—Mais elle faisait quoi, là où t'étais ? Et t'étais où, d'abord ?
—J'étais au ruisseau, tu sais celui où poussent toutes ces belles plantes aquatiques que t'avait montrées Ali sur son téléphone.
—Toi t'as trop de la chance, tu peux aller te baigner dans un joli ruisseau, avec de l'eau fraîche et tout. Y a même des reines, en plus.
—Toi aussi, tu pourras, mais attends de grandir un peu. Puis là, avec ce qui se passe, c'est pas le meilleur moment. Même la reine mystérieuse m'a dit de faire attention.
—Attention à quoi ? Tu vois, Lucas, tu vas faire peur, là, j'en suis sûre. T'avais dit que tu ferais pas peur, comme Sam !
—Mais non... elle a juste dit que des mauvais esprits essayaient d'envahir son royaume. Mais tu penses bien qu'elle les laissera pas faire. Elle va les repousser, on peut compter sur elle.
—Et elle fera comment, si y a personne avec elle ? D'habitude, les reines, elles ont des armées, avec elles, alors qu'elle, t'as dit qu'elle avait même pas de serviteur.

—Mais elle a pas besoin de tout ça, c'est une reine spéciale, elle a de grands pouvoirs.
—Des pouvoirs ? Comment ça ?
Lucas n'eut pas le temps de répondre, précédé par son frère.
—Elle est comme le grand Paul, elle change le vin en vomi.
Depuis le coin de la maison, Sam s'esclaffa à la vue de sa petite sœur outrée par ses propos.
—Dégage, Sam, t'as rien à faire, toi tu sais pas raconter les histoires, tu fais rien que dire des trucs pourris.
Sam se retira, l'air goguenard, le sourire narquois.
—On en était où, avant que cette andouille vienne mettre son grain de sel ? Ah oui, les pouvoirs. Ben elle est capable de changer les mauvaises intentions en bonnes actions. Je te jure, si tu la vois, tu peux plus faire le mal, c'est im-po-ssi-ble !
—Ben dis donc... elle est forte, alors... hein ?
—Super balèze, ouais. Même Sam pourrait plus raconter d'âneries devant elle.
—Ah oui, alors elle est vraiment forte.
Frère et sœur s'allièrent dans un rire à la fois tendre et moqueur pour celui qui les agaçait si souvent, mais que pourtant ils admiraient et tenaient pour référence.
—Et tu crois vraiment qu'avec elle, y aura plus d'enfants qui disparaissent ?
Lucas hésita un long moment avant de répondre, puis se résolut à mentir avec autant d'aplomb que possible.
—J'en suis sûr, Emmy. Bientôt, tout ça s'arrêtera, plus aucun enfant ne disparaîtra. Ce sera plus qu'un mauvais souvenir.
—Comme les repas qu'on faisait chez tata Marge ?
Lucas laissa fuser un rire éclatant, porteur d'une joie de vivre communicative.
—Exactement, ça on s'en souviendra toujours comme de nos pires expériences gustatives, mais c'est plus qu'un mauvais souvenir, t'as raison.
—Ah non. C'est un hyper gros mauvais souvenir.
Nouveaux rires complices.
Yannick Normandin, le propriétaire terrien auquel leur père achetait son bois, s'avança jusqu'à eux, tout sourire, ce sourire hypocrite que ne supportait pas Lucas.

Il n'avait jamais apprécié ce hâbleur gominé, volontiers séducteur de bas étage, toujours à mettre en avant ses incroyables exploits et ses immenses possessions.
—Salut, les enfants. Voilà, on a rentré le bois, vous serez au chaud, cet hiver. Il y en a assez pour chauffer la maison au moins deux ans de suite. Prévoyant, votre père.
Quelque chose dans le regard que porta Yannick à Emmy agaça Lucas plus que de raison, sans qu'il comprît pourquoi.
—Tu te fais grande, Emmy. Bientôt, tous les garçons de la région viendront chanter à ta fenêtre, et ton père sera obligé de les chasser au fusil.
Il rit, comme il le faisait toujours à ses propres blagues : seul.
Devant le mutisme et l'indifférence des enfants, Yannick se sentit un peu gêné. Il fit tourner autour de son index droit ce porte-clé garni de plumes de bécasse, sa fierté de chasseur, ce qui eut pour effet d'énerver Lucas plus encore.
—Bon, je vais vous laisser. Vous devriez rentrer, je crois que le temps est en train de tourner. Ce serait dommage que ces jolies gambettes prennent froid.
Une fois encore, le regard de Yannick rendit Lucas fou de rage.
—D'accord, laissez-nous !
—Heu... ton père t'attend, Lucas, vous devez venir récupérer encore une remorque de bois.
Décontenancé, vexé aussi, l'homme fit demi-tour et quitta les lieux.
Lucas serra sa sœur contre lui, et d'un échange de sourires, ils effacèrent les tensions.
Le vent se leva soudain, ébouriffa les tignasses et fouetta les joues rosies par le plaisir d'être ensemble, de partager les joies et les préoccupations.
Le roulement sourd et rauque qui suivit brisa cet instant de grâce, et imprima sur les traits d'Emmy l'expression de l'inquiétude. Elle s'empara de manière instinctive de la main de son grand frère pour s'en faire un doudou rassurant, une amulette protectrice.
Un orage en approche, au grondement encore lointain, aussitôt accompagné de la voix de leur mère au ton péremptoire, les contraint à rentrer se mettre à l'abri de la pluie et des éclairs en prévision.
—Je crois que c'est la reine qui se met en colère. Elle va mettre de l'ordre dans les rangs des méchants.

—Si c'est elle qu'on entend, bah moi je veux pas la rencontrer.
—Et moi je crois le contraire. Un jour, je t'emmènerai la voir. Allez, on rentre, avant que maman gronde plus fort que le tonnerre.
Main dans la main, ils obéirent sans rechigner aux injonctions de leur mère, unis par des liens bien plus puissants que ces simples doigts croisés.

10

À l'intérieur, Viv et Sam se lavaient les mains, en compagnie de Yannick.
—Lucas, tu vas venir avec nous, tu n'y échapperas pas, cette fois. On doit faire vite, avec l'orage qui s'annonce. En voiture.
Sam affichait un sourire béat adressé à son frère pour se foutre de lui.
—Enfin, il se décide à te faire gratter un peu, Mioche.
—Parce qu'il en a marre de bosser tout seul, apparemment.
—Ptit con.
Sam, beau joueur, s'amusa de la réflexion de son frère.
Ils prirent la route pour rejoindre la propriété de Yannick, à deux kilomètres à peine à vol d'oiseau.
Veuf depuis au moins trente ans, sans enfant, il vivait seul dans cette immense demeure isolée, à l'écart de tout, commodités et problèmes compris.
Le terrain sur lequel était construite sa maison se trouvait inclus dans une propriété de plusieurs dizaines d'hectares de forêt.
Il avait hérité cela de son père, qui lui-même le tenait du sien, et il était possible de remonter très loin ainsi, les traces de sa famille dans ce village se retrouvaient sur plusieurs siècles.
Cette demeure imposante, aux pièces innombrables réparties sur trois étages, rez-de-chaussée compris, avait toujours inquiété Lucas, qui la voyait comme un château hanté dans lequel pour rien au monde il n'aurait voulu dormir.
Viv gara la voiture le long de l'un des murs où étaient stockées, à l'abri d'un solide et interminable auvent fait de poutres épaisses et de tuiles anciennes, des quantités impressionnantes de bois au séchage.

—Tu vois, Viv, j'ai fait la marque, ici. Vous chargez le bois jusqu'à ce repère, et tu auras la quantité commandée. Laisse faire tes mômes, et suis-moi, j'ai une petite merveille de cognac de 30 ans d'âge, tu m'en diras des nouvelles. Tu connais la devise de la maison, hein, après l'effort...
—Allez, les enfants, vous avez compris ? Au boulot.
Le sourire un tantinet moqueur et provocateur de leur père mit les deux frères d'humeur bouchère.
Ils martelèrent la remorque de coups de bûches jetées avec bien plus de force que nécessaire.
—Après l'effort, qu'il dit, l'autre... ils ont pas trop attendu après. Aux jeunes l'effort, aux vieux le réconfort.
—Te fatigue pas à jacasser, Mioche. On finit au plus vite, on aura peut-être le temps d'aller fouiner dans sa réserve avant qu'ils reviennent. Elle m'intrigue, moi, cette baraque. Le mec doit posséder la moitié de la superficie de la commune à lui seul, il a sûrement entassé plus de biens là-dedans que toute la population. Mate, la porte ouverte. T'as vu, y a plein de vieux trucs, là-dedans. J'y connais fifre, mais je suis sûr qu'y en a pour un paquet de pognon.
—Ouais ben pognon ou pas, c'est pas pour nous. Moi, elle me fiche la trouille, cette maison. Paraît qu'elle est super vieille. Doit bien y avoir des fantômes, là-dedans.
—Faut que t'arrêtes de traîner avec Ali ou les autres abrutis, tu deviens aussi débile qu'eux. Des fantômes, j't'en foutrais, moi.
Ils redoublèrent d'ardeur pour charger la remorque, Lucas s'accorda même la liberté de prendre quelques bûches après le repère.
—T'es bien un gagne-petit, un mange croûte, Mioche. T'as plein de richesses à portée, et toi tu piques quelques bûches. T'es pas mon frangin, c'est pas possible, sûr qu'ils t'ont adopté, les vieux.
—Cet hiver, quand on se caillera les meules, je serai plus satisfait d'avoir quelques bûches plutôt que tes vieilleries, là.
Sam jeta un regard circulaire tout autour d'eux, puis s'engouffra dans la remise.
—Merde, t'es con, tu vas nous faire pincer. Déconne pas, Sam, sors.
Aucune réponse, mais il n'en attendait pas plus de son grand frère.
Lucas se promit de ne pas tomber dans le piège tendu par son imbécile de frangin, mais la nervosité le gagna peu à peu.

Il passa la tête dans cette remise de dimensions pharaoniques, plus grande sûrement que l'intégralité de leur maison.
Un nombre affolant d'objets en tous genres était stocké là, dans un désordre rangé. Une chatte y aurait perdu ses petits, mais Yannick savait probablement où se trouvait chaque objet.
L'éclairage faiblard et vacillant, d'un jaune pisseux, peinait à percer la pénombre, freinée par la poussière omniprésente et les toiles d'araignées épaisses de couches surajoutées au fil des années, et donnait à l'ensemble des allures de vieille salle au trésor, surveillée dans l'ombre par un gardien redoutable.
Ce paradis pour brocanteur donnait à Lucas des envies de fuir, prendre ses jambes à son cou, et ne jamais se retourner.
Pourtant, le silence total observé par son frère finit par l'inquiéter au point de franchir le seuil.
D'une voix feutrée, il tenta de ramener Sam à la raison.
—Sam, déconne pas. Sors, ils vont pas tarder à revenir. S'ils te chopent là dedans, tu vas en entendre parler. Allez !
Toujours rien.
Le cœur dans les tempes, Lucas osa quelques pas, suffisant pour avoir une vue d'ensemble de la grande salle, mais pas assez pour perdre la porte de vue.
Il s'apprêtait à faire demi-tour et courir au moindre bruit suspect.
Pendues aux murs, trônaient de très belles lampes à huile de toutes époques, très belle collection qui, selon ses estimations, valait plus cher que Sam, cet emmerdeur patenté.
Mobilier et objets d'art, pour la plupart sans grande valeur, mais plutôt beaux et de bon goût, se disputaient la place.
Dans un coin que la lumière n'atteignait que très peu, il lui sembla voir une silhouette, accroupie dans le noir pour rester hors de vue.
Un léger cliquetis lui parvint, comme un bruit de chaînes, et naquit aussitôt l'image d'un fantôme traînant derrière lui un boulet.
Son stress franchit un cap supplémentaire, et déjà ses jambes menaçaient de le mener loin d'ici sans qu'il le décidât vraiment.
Sans oser s'avancer davantage, il se pencha en avant, plissa les paupières dans une futile tentative de percer les ténèbres.
—Allez, putain, Sam, je plaisante plus, là. Tu crois que c'est marrant ? Des fois, on se demande qui est le grand frère. Ramène ton cul. On va se faire punir à cause de toi. Là, j'te promets, ce sera la guerre, marre d'écoper pour tes conneries.

Une petite voix, tout au fond de lui, lui hurlait qu'il ne s'agissait pas de Sam.
« Quelque chose se tapit ici, dans le noir. »
Une main s'abattit sur son épaule et le tira en arrière avec brutalité, puis de solides bras enserrèrent sa poitrine.
Lucas hurla, se débattit... avant de se rendre compte que son idiot de frère riait aux éclats, juste à son oreille.
—Oh putain, Mioche, j'avais jamais vu quelqu'un flipper comme ça.
—T'es vraiment un gros con.
—Chiale pas, marmouset, c'est bon, faut bien t'endurcir un peu. Mais t'as vu ce qui a attiré mon œil, moi aussi. J'ai vraiment cru qu'y avait quelqu'un, dans ce coin. En fait, regarde, c'est un gros tas de sacs de jute, y a tout un tas de saloperies, dedans. C'est glauque, quand même, cet endroit. J'avoue que j'y viendrais pas la nuit.
Dehors, des rires masculins déclenchèrent leur fuite désordonnée.
Ils se postèrent devant la remorque, et suivirent l'approche des deux hommes aux joues enflammées.
—Ils ont fait plus que le goûter, leur cognac, si tu veux mon avis. Regarde le vieux, il ressemble à Porcinet.
—Que t'es con, s'esclaffa Lucas.
Viv s'extasia exagérément du travail accompli par ses enfants. Ils détestaient lorsque, un peu éméché, il se comportait ainsi, mielleux à vomir, et eurent préféré qu'il les grondât pour avoir pénétré sans autorisation une propriété privée.
Il prit son aîné par l'épaule, déposa sur sa joue un baiser mou et humide qui révulsa le garçon, et lui tendit les clés de la voiture.
—Mon grand me conduit chez moi. C'est des bons gars, que j'ai là, tu sais Yannick. De bons gars, ouais. Y a pas meilleur, ça, je te le dis.
—Oh papa, c'est bon là. Va t'asseoir. Au revoir, m'sieur, merci pour le bois.
Lucas leva simplement la main pour saluer Yannick avec froideur, puis embarqua.
Viv ronflait déjà comme un soufflet de forge, ce qui déclencha le fou rire de ses fils.
—Punaise, m'man va criser, quand elle va voir qu'il s'est mis minable et qu'il t'a laissé le volant.
—Va y avoir du catch, ce soir.

11

Marc plaqua le visage d'Aurélie contre sa poitrine.
—Il est là, Marc. Il est là.
Ces simples mots chuchotés firent à Marc l'effet d'un hurlement horrifié, terreur que la puissance d'une voix n'aurait pas suffi à exprimer.
Les tremblements de la fillette, puissants, incoercibles, furent pour lui salvateurs.
Ses tentatives pour rassurer la gamine occupaient son esprit, négation désirée de ce qui se trouvait ici, avec eux.
Il eut voulu être aveugle et sourd, privé d'odorat et de toucher, un simple être unicellulaire dénué de tout sens.
De nouveau, il perçut, dans la pénombre contrariée par quelque rais minuscules d'une lumière en constante baisse, la masse sombre en approche.
Pétrifié par une terreur froide, à l'inverse de ce qu'il désirait, sa perception se décupla, et tout devint chaos.
La chose venait de s'arrêter à deux mètres à peine, et sans voir ce qu'elle faisait là, Marc sut au plus profond de son âme à quoi elle se livrait.
Elle mangeait, dégustait la bouillie immonde sur laquelle lui et Emmy reposaient, cet amas... de cadavres ?
Cette idée insupportable le mena aux portes de la folie, et les bruits de succion molle et de mastication aspirée qui accompagnaient le repas de la créature lui vrillèrent l'âme.
L'air devint purement irrespirable, et Marc s'efforça de refouler les pensées qui le harcelaient et le poussaient à imaginer de quelle nature pouvait être « l'aliment » que venait de crever de sa

dentition prédatrice l'abominable animal occupé à se nourrir à deux pas tout juste. Tout ne fut plus que fragrances abominables et sons écœurants.
Il contrôla à grand-peine les puissantes nausées qui soulevaient sa poitrine.
Les pleurs d'Aurélie le poussèrent à puiser au plus profond de lui, dans cette partie encore intacte, où l'espoir et le désir de vie subsistaient encore, pour y trouver la force de la consoler quand lui-même se trouvait au bord de la panique.
Il savait, était sûr que l'être dégueulasse supposé anthropophage engloutissait des portions de viande humaine gargantuesques. Et que, probablement, Aurélie et lui seraient partie ou totalité de ses repas à venir.
Il porta ses yeux au ciel qu'il ne pouvait qu'imaginer, et constata que la lumière ne suintait plus du plafond.
Était-ce la nuit, déjà ?
Ce défaut de repères temporels ajouta à sa détresse, et lui porta un coup dévastateur.
Le tonnerre roula, gronda, puis vint le martèlement d'une pluie abondante et violente sur le toit, dont la nature se précisa.
Fin. Très fin. Ces mots, nés du travail de son ouïe combiné à celui de sa mémoire, s'imposèrent comme une évidence. Les souvenirs affluèrent, les vacances d'été de sa proche enfance, passées en compagnie de ses grands-parents dans leur camping-car, lui revinrent comme un vieux film remastérisé et colorisé pour lui apporter des informations qui lui seraient peut-être utiles.
Ils devaient se trouver dans un véhicule du même genre, camping-car ou caravane.
Si tel était bien le cas, alors ils avaient une chance. Il se sentait capable de passer au travers d'une des parois, relativement fragiles au demeurant sur des modèles neufs, et bien plus encore lorsque le temps avait fait son usage.
Les gouttes qui commencèrent à perler sur son visage lui rappelèrent le mauvais état de la toiture, et donc potentiellement de tout le reste de l'habitacle.
Oui, ils sortiraient de là... si cette chose ne les dévorait pas avant.

12

Fraco s'entretint avec trois des hommes du clan, les plus fiables et réfléchis.
Il les mit au courant de ses intentions de prendre les devants sur la justice, et d'en finir une bonne fois pour toutes avec ces enlèvements récurrents qui jetaient l'opprobre sur leur communauté à intervalles réguliers. Jorge prit la parole en son nom pour s'adresser à la petite assemblée.
—Les marider (gendarmes), y karav kettchi à ces histoires. Nous accus'ront encore, pour mettre un ou deux d'chez nous en chtiriben (prison). On va pas les attend', on va trouver les coupables et leur montrer qu'c'est pas nous. Je compte sur vous pour calmer les plus jeunes, faut pas commettre de faute. Surveillez-les, qu'ils aillent pas mettre le village à feu et à sang.
Le petit groupe d'initiés tenait son conciliabule dans la caravane de Fraco, à l'abri des oreilles indiscrètes. La plupart, en tout cas.
Joseph, fils de Jorge, 13 ans et quelques poils au menton, allongé sous la caravane du patriarche, tendait une oreille qu'il préférait attentive plutôt qu'indiscrète.
Il avait toujours subi le rejet et la stigmatisation pour ses origines et son mode de vie, et pressentait que cette histoire, qui commençait à prendre de l'ampleur et de la place dans toutes les conversations des gens du village, allait les mener, lui et son clan, droit au lynchage.
S'il voulait être enfin considéré comme un homme, un membre à part entière du clan, actif et décisionnaire, il devait faire ses preuves. Et l'occasion lui était servie sur un plateau.
Il découvrirait qui se cachait derrière ces disparitions et ferait payer au(x) responsable(s) le prix fort.
L'honneur des siens en dépendait.

13

Lucas observait avec un amusement croissant son grand frère, proche de l'hystérie, retournant sa chambre pour déceler enfin l'origine de l'odeur suffocante qui s'y répandait par moment.
Son agacement se lisait dans chacun de ses gestes, brusques et maladroits.
—Qu'est-ce que t'as à te marrer, mioche ? Viens m'aider, au lieu de te foutre de moi.
—T'as cherché partout, t'es sûr ?
—Ben à ton avis, je fais quoi, là ? J'ai tout passé au peigne fin, rien à faire, j'arrive pas à savoir d'où vient cette odeur dégueulasse.
—Peut-être que c'est toi, qui candaves, espèce de goret.
—Toi, un jour ou l'autre, tu finiras par payer la note. Et crois-moi, elle sera salée. Je me retiens tout le temps pour pas te laminer le derche à coups de Docks, mais viendra le moment où ça débordera, et là, faudra planquer ton cul. Allez, aide-moi, on va bien trouver, merde !
Lucas accepta d'aider Sam, et tous deux mirent la chambre sens dessus dessous sans jamais rien trouver.
—Désolé, mais c'est bien ce que je disais, c'est toi qui pues. Je m'arrache, je te laisse dans ta porcherie, monsieur Groin.
Lucas évita de justesse l'album de bande dessinée qui volait à la rencontre de son visage, avant de se retirer dans le couloir. Précédé de son rire et poursuivi par les noms d'oiseaux rares proférés par Sam à son encontre, il se hâta de traverser le hall d'entrée.
Sur sa gauche, dans le salon, se jouait un spectacle qu'il avait vu et revu des milliers de fois et qu'il aimait à observer depuis qu'il savait marcher. Chaque fois, cette impression de bien être

l'envahissait, et, de manière instinctive, il était conscient qu'il devait profiter de ces instants de grâce tant qu'il lui serait possible de le faire.
Contrairement aux attentes de Sam et Lucas, la crise n'avait pas eu lieu. Viv, rapidement dégrisé lorsqu'il avait croisé le regard de sa femme, s'était débrouillé pour l'amadouer, et lui laisser penser qu'il commençait la conduite accompagnée avec Sam sur de petites routes désertes, pour l'aider à être plus à l'aise lorsque viendrait le temps de passer son permis.
Annick avait mis en marche son vieux gramophone, hérité de sa grand-mère,avec le seul disque en leur possession, une vieille valse qu'elle et son mari aimaient pour la somme de souvenirs qu'elle représentait pour leur couple.
Son père, torse nu, bedaine généreuse en avant, avait étreint sa femme pour mener une danse amoureuse à défaut d'être très gracieuse.
Ce que Lucas cherchait à capter et à toucher du doigt se trouvait là, sous ses yeux, manifestation de bonheur vrai et pur. Beau, simplement.
L'expression de sa mère, jeunesse retrouvée, lumineuse et belle, respirait, dans ces moments simples, la félicité.
Lucas la revoyait telle qu'elle était sur les photos de leur mariage, épanouie, heureuse.
Il sentit une main se loger dans la sienne, pour compléter son bonheur.
Sans même regarder, comme à l'accoutumée, il reconnut le toucher timide et sensible de sa petite sœur, venue se joindre à lui pour partager son émerveillement.
Cette main minuscule et fragile, qui manquait à la sienne lorsqu'elle ne la rencontrait pas, lorsqu'elle ne pouvait la serrer et échanger avec elle ces sentiments intenses qui irriguaient leurs veines.
Quelques minutes suspendues, hors du temps et des tourments, osmose totale durant laquelle les secondes tutoyaient l'éternité.
Les enfants auraient voulu que cette valse durât des siècles ou ne s'arrêtât jamais.
Pourtant, les chuintements de cette inévitable fin de disque venaient invariablement briser la magie et les rappeler à la réalité.

Ils applaudirent leurs parents, qui saluèrent leur jeune public, de courbettes exagérées et théâtrales en baisers déposés et soufflés sur le bout de leurs doigts.
La bouille d'Emmy, irrésistible, attira les bisous de son frère.
Elle protesta mollement, sans pour autant chercher à se dérober.
—C'était beau, hein, Emmy ?
—Papa et maman, c'est les plus forts, pour danser. Mais des fois, j'aimerais bien qu'on change de disque, quand même.
—Parle pas de nouveauté, Bouillab, tu vas filer des allergies à ces personnes d'un autre âge.
—Les personnes d'un autre âge assument totalement de l'être, fiston. Je vais dans mon bureau, qu'on ne me dérange surtout pas, je sens l'inspiration venir.
Comme toujours après leur danse, Viv se retranchait dans son petit atelier d'écriture.
Bien que peu connu, écrivain sans nom, ses écrits suffisaient amplement à subvenir à leurs chiches besoins.
Sam surgit alors, mettant un terme définitif au rêve éveillé d'Emmy et Lucas.
—Mioche, je sais pas ce que t'as magouillé dans ma chambre, mais je suis sûr que c'est toi. Quand j'aurai trouvé, t'auras vraiment intérêt à disparaître en forêt, mon ptit vieux.
—Sam, je ne veux pas que tu menaces ton frère, et ne l'incite surtout pas à se réfugier dans un endroit reculé. J'imagine que tu sais à quoi je fais allusion.
Annick posa ces mots en fixant sa fille pour vérifier qu'elle ne comprenait pas de quoi il retournait.
—Oh, m'man, charrie pas, tu veux, tu sais bien qu'on se chambre tout le temps, avec cette tête plate, c'est pas pour autant qu'on s'étripe, non ?
—Et j'entends bien que ça continue ainsi.
Légèrement agacé par le ton employé par sa mère, Sam préféra regagner sa chambre pour éviter toute dispute, et reprit son activité « défoulatoire », lançant des flopées d'insultes comme un musicien répéterait ses gammes.
Viv ne reparut pas de la soirée, aussi inspiré qu'il l'avait déclaré, et comme souvent en pareil cas, ils dînèrent sans lui.
Sans télé ni autre moyen de distraction moderne, ils se couchaient relativement tôt, et se levaient presque toujours aux aurores, y compris (et surtout) en vacances.

14

Marc n'aurait su dire combien de temps s'était écoulé depuis le moment où il n'avait plus entendu le moindre signe de présence de la chose qui partageait l'obscurité avec eux.
Dans tout l'habitacle, le silence pleurait, poisseux d'angoisse sourde, l'étouffant d'ignorance, l'accablant d'incertitude, et de ses larmes sèches, de ses sanglots timides, s'échappait tout espoir, mourait l'envie de vivre. Rien à voir avec ces instants calmes et paisibles passés dans sa campagne, à n'entendre que la brise, seul et heureux de l'être. Non, ici le silence était agressif, dangereux, assassin et complice... il était synonyme de fin.
Marc aurait donné bras et jambes pour savoir où se tenait en cet instant l'abomination dévoreuse de chair et d'âmes, et qu'elle le tuât sans attendre. Mourir lui semblait être un châtiment plus doux qu'attendre, baigné dans ce silence.
Son angoisse portée à son paroxysme, à friser la rupture d'anévrisme, lui susurrait de manière insidieuse que l'attendait ici une mort lente, interminable, que chaque seconde passée dans cette tombe emportait avec elle une parcelle de lui.
Il préférait sans hésiter percevoir les bruits émis par la bête, aussi abominables et écœurants fussent-ils, et savoir à peu près où elle se trouvait.
Qu'elle fût humaine ou animale, cette créature démoniaque les avait enlevés, Aurélie et lui, et jouissait probablement de la terreur qu'elle leur inspirait.
Maintenir le doute en permanence, ne pas leur laisser savoir comment ni à quel moment il en finirait avec eux, comme pour celui ou ceux qui lui servaient de repas.

La pluie continuait à marteler le toit de ses tambours monotones, et jouait le jeu du propriétaire des lieux en brouillant l'ouïe des malheureux prisonniers.
Était-il toujours là, non loin d'eux, à attendre de les avoir rendus fous, ou bien était-il sorti sans qu'ils s'en aperçussent ? Pourquoi n'en finissait-il pas tout de suite ?
Il posa la question la plus stupide qui lui fût jamais venue à l'esprit, et en conçut sur le champ de la honte, cependant atténuée par l'absence de regards posés sur lui.
—Aurélie, t'es là ?
Il se serait frappé pour ces mots ridicules, alors qu'Aurélie se trouvait toujours lovée contre sa poitrine.
—Oui. Et lui... tu crois qu'il est toujours là ?
—Je l'entends plus, je pense qu'il est parti. Et c'est une bonne nouvelle. Tu sais pourquoi ?
—Parce que c'est horrible de l'entendre faire... ça.
—Aussi, oui, mais y a autre chose. Si lui , il est sorti, ça veut dire que nous aussi, on pourra sortir. On y arrivera, tu comprends ? Je vais essayer de faire un repérage. Je dois t'écarter de moi, mais n'aie surtout pas peur, il peut rien arriver.
En dépit de quelques sanglots étouffés, Aurélie se laissa faire, et se blottit contre la paroi jusqu'à vouloir s'y fondre.
Marc tâtonna autour de lui, et ses mains ne rencontrèrent que des substances molles.
Les fragrances ignobles réveillées par son action continuaient de lui hurler avec une indécente crudité que tout ceci était organique.
De la merde, pensa-t-il, y a de la merde partout... et de... la viande... des tripes ?
Il s'arc-bouta avec une violence inouïe, plié en deux par de virulents réflexes nauséeux.
S'il avait une certaine habitude de l'odeur de la mort à la ferme de ses parents, il n'était pas préparé à pareille abomination.
Son père égorgeait et éviscérait régulièrement, en toute illégalité, quelques têtes de leur petit troupeau de moutons, un cochon parfois, et si cela lui avait toujours été désagréable, rien de comparable pourtant à ce qu'il vivait là.
Il perçut derrière lui le chuchotement à peine perceptible d'Aurélie, un souffle si léger qu'il aurait pu le croire rêvé.
—T'as dit quelque chose, Aurélie ?

La réponse attendue tarda à venir, et son cœur se mit à cogner de manière désordonnée, avec une force redoutable, suffisante pour alimenter tout son être de cette terreur liquide et explosive.
—Aurélie ? Réponds-moi, ste plaît.
Il s'entendit prononcer ces mots avec une voix tremblante et aiguë qui n'était plus la sienne, et ajouta à l'horreur du moment celle de n'être déjà plus lui-même.
Cette épreuve, si elle ne le menait pas à la mort, le changerait de façon radicale et irrémédiable.
Il se glissa à quatre pattes en direction de l'endroit où il avait abandonné Aurélie.
Elle ne pouvait pas l'avoir laissé seul à son tour, sans elle pour excuse de continuer, il ne résisterait pas, ne tiendrait jamais le choc plus de quelques heures.
Sa main droite lui servit de canne d'aveugle, et lorsqu'il sentit ce qu'il supposa être une chaussure de petite taille, il soupira de soulagement. Il remonta jusqu'au visage de la fillette, vérifia avec un soulagement plus grand encore qu'elle était bien en vie.
—Pourquoi tu réponds pas? Tu me fiches la trouille grave, Aurélie. Parle-moi.
Elle l'attira à elle pour glisser au creux de son oreille des mots aussi simples que lourds de sens.
—Il est là... il m'a touchée.
Marc aurait voulu pouvoir hurler, frapper cette obscurité et ce vide qui se faisaient complices de telles atrocités, courir loin d'ici... ou seulement mourir.
—C'est pas possible, Aurélie ! Je crois pas qu'il soit là !
Dehors, l'orage redoublait d'efforts pour dire au monde toute sa colère, et s'escrimait de manière fort ironique à laver de ses pluies torrentielles l'extérieur de cette caravane, quand l'intérieur baignait dans la crasse et l'horreur.
Les pleurs d'Aurélie s'amplifièrent, traduction littérale et audible de la terreur éprouvée.
—Il me touche encore, empêche-le, Marc, empêche-le !
Alors qu'il se penchait de nouveau sur elle pour la saisir à bras le corps, il se figea, pétrifié.
Il était là. Oui, juste là, à quelques centimètres de son visage.
Sa respiration, son souffle froid et immonde, porteur du parfum putride de la mort.

Il lui sembla même percevoir les battements du cœur de cette pourriture. Mais en avait-il un ?
Incapable de la moindre réflexion ou réaction, il ne put qu'attendre que leur bourreau lui accordât une fin rapide.
Mais tout traîna en longueur, tout s'éternisa, et le temps s'étira. Marc percevait du monde une version ralentie, avec une acuité qui ne pouvait laisser échapper le plus petit détail.
Il entendit, il en fut certain, le mécanisme d'une montre à remontoir, le bruit d'un pendentif glissant le long de sa chaîne, peut-être quelques pièces de monnaie choquées les unes contre les autres au fond d'une poche. Ces détails familiers donnaient à la situation un caractère plus abominable encore. Point d'animal, ici, seulement un homme... un homme, mais de la pire espèce qui fût, de celle qui avait oublié toute humanité.
La déglutition de ce monstre que la situation faisait manifestement saliver de plaisir le surprit à quelques millimètres de son oreille.
Poings serrés à s'en blanchir les phalanges, il put enfin s'extraire de cette délétère paralysie.
—T'es qui, putain ? Tu veux quoi ?
L'homme brisa alors la distance résiduelle, cette barrière infime qui les séparait encore, et infiltra sa langue dans l'oreille de Marc.
Cryogénisé dans la seconde, Marc sentit un tel froid envahir son corps qu'il pensa être déjà mort.
L'inconnu lui lécha la peau, comme un prédateur aurait goûté sa proie avant de se décider à la manger.
Marc se crispa, imagina son âme fuir ce corps qu'elle savait perdu, et se sentit plus vide que le frigo d'un boulimique, dévoré de l'intérieur par ses propres démons.
Sur le point d'abdiquer, de renoncer totalement et de se laisser égorger comme le veau de lait, il entendit son bourreau s'éloigner.
Une porte s'ouvrit sur la fureur de l'orage, ou plus sûrement un vasistas.
Un éclair zébra le ciel, pour figer sur les rétines de Marc un instantané de la silhouette du monstre en train de monter et de s'extraire de la caravane. Il s'agissait bien d'un homme, oui, une bête humaine.
Les bruits du vent, de la pluie et du tonnerre, intensifiés par l'ouverture d'une issue, reconnectèrent les deux enfants à ce monde extérieur auquel on les avait arrachés.

L'eau et l'air s'engouffrèrent, et Marc comme Aurélie s'empressèrent, urgence vitale, de respirer, respirer cet air frais, renouvelé et sain, avant qu'il ne soit de nouveau vicié et inapte à la vie.
Une échelle fut tirée vers le haut, hors de cet habitacle, puis la trappe se referma en un claquement riche d'enseignements pour Marc.
Si la fragilité avait une note dans l'arpège, cela aurait été celle qu'il venait d'entendre.
Cette issue, peut-être la seule, était obturée par un matériau léger qu'il pourrait casser sans problème, il s'en persuada en se le répétant à de multiples reprises.
Aurélie et lui attendirent longuement avant de souffler.
—Il est vraiment parti, hein, Marc ?
—Oui. Et je sais par où, j'ai senti l'air, et j'ai vu un éclair au moment où cette saloperie est sortie. Faudra monter, trouver quelque chose pour pouvoir monter, et je défoncerai la trappe.
—Je veux partir d'ici, Marc. Maintenant. Je t'en supplie, je veux rentrer chez moi. Il va nous manger.
Bouleversé par l'intensité des émotions véhiculées par cette petite fille, Marc s'efforça d'oublier sa propre peur et de conserver sa positivité.
—Je vais fouiller un peu, histoire de trouver des trucs utiles. Je sais pas, peut-être qu'y a des outils, ou quelque chose qui pourra nous servir. Surtout, t'inquiète pas, je serai pas loin, puis il te suffira de me parler. On risque plus rien, pour le moment, je dois en profiter pour chercher une solution.
Avec une infinie prudence, il se mit à quatre pattes, trop effrayé et révulsé à l'idée de glisser de nouveau et de se retrouver la face plongée dans le magma visqueux et spongieux tout autour pour oser se mettre debout.
Lentement, il se glissa (terme tout à fait adéquat) dans le noir, en quête d'un trésor inestimable, une clé de sortie.
La voix d'Aurélie l'accompagna comme une prière, litanie familière et rassurante, et maintenait entre eux un lien presque palpable.
Avec répugnance, il se contraint à envoyer ses mains jouer les éclaireuses, palper la crasse gluante qui, manifestement, tapissait l'ensemble de cet habitacle.

Ce qu'il ne pouvait voir de ses yeux, il s'en faisait une représentation mentale aux contours dessinés par son sens du toucher.
Ainsi interprété, son environnement prenait des allures de ces images à gerber d'abattoirs en plein rush qu'il avait vues sur le net.
« Concentre-toi sur ton but, Marc. Te laisse pas distraire, tu vas nous sortir de là, mon vieux » chuchota-t-il à sa seule intention, pour se donner courage.
Sa main agrippa une chaussure, puis ce qu'il pensa être le bas d'un jean. Toujours emplis d'un pied et d'une jambe. Un pied d'enfant, si sa perception de la taille était exacte.
Il frissonna avec tant de force qu'il lui sembla que sa peau se détachait de ses membres par vagues successives.
—Tu... tu m'entends ?
Aucune réponse, pas de mouvement, ni même le moindre souffle.
Marc rassembla son courage pour remonter le pantalon à tâtons, se forçant à imaginer qu'il ne s'agissait là que de l'un de ces mannequins en plastique exposés dans les magasins.
Sous ses doigts, il sentit le renflement des poches, bourrées d'objets divers, mais il ne put se résoudre à détrousser ce... mannequin avant d'avoir vérifié qu'il ne s'éveillerait pas soudainement.
—Je... je vais fouiller tes poches. Si t'es pas d'accord, dis-le maintenant.
Il attendit quelques secondes, accroché à l'effrayante idée que la jeune personne allait se jeter sur lui en hurlant.
Rien ne vint pourtant troubler le calme revenu après la fin de l'orage, rien d'autre que la douce voix d'Aurélie qui maintenait sans faiblir le contact oral entre eux.
Marc enfonça ses mains dans les poches, et en ressortit deux poignées pleines d'objets hétéroclites.
Il prit le temps de les « interpréter » en brailles, lecture à l'aveugle faisant appel à sa mémoire pour mettre ce qu'il touchait en images.
Une petite boîte de plastique qu'il reconnut sans hésiter en la faisant sonner comme des maracas.
Des tictac, songea-t-il avec un demi-sourire. Il les remit pourtant là où il les avait pris, écœuré à la pensée de manger ce qui avait séjourné sur un... mannequin.
Il fit jouer entre ses doigts un objet oblong, relativement lourd en comparaison de ses dimensions, dense, solide. Un petit canif, du

genre de celui que lui-même avait eu pour ses 8 ans.
Il l'enfourna dans sa poche, persuadé que cela pourrait lui servir.
Quelques pièces, pour le moins inutiles ici, lui échappèrent et roulèrent au sol pour rester collées dans la mélasse immonde qui le souillait dans son ensemble.
Il lui fallut un certain temps pour comprendre ce qu'était cette petite pochette de carton rectangulaire. Ce ne fut que lorsqu'il l'ouvrit qu'il comprit. Des allumettes, probablement récupérées dans un restaurant ou un bistrot à l'insu des grandes personnes.
C'était bien là le genre de « trésor » que lui-même aimait à conserver lorsqu'il était plus jeune, alors qu'il savait que cela lui était interdit.
L'idée que les parents de cet enfant devaient être en train de souffrir mille morts lui étreignit le cœur avec tant de puissance qu'il craignit l'arrêt cardiaque.
Ces pauvres gens allaient passer des jours, des semaines, peut-être des mois ou des années dans l'incertitude. Pour rien au monde il ne voulait que ses parents pussent vivre les mêmes tourments.
Il lui fallait conserver un souvenir du visage de cet enfant sacrifié.
—C'est pas un mannequin, Marc, c'est un enfant, tu peux pas nier sa personne, ce serait comme le tuer encore et encore.
—Tu dis quoi, Marc ? Tu parles à qui ? Il est là ?
La détresse d'Aurélie fusa dans la nuit, le gifla de toute sa violence.
« Je vais devenir dingue » pensa-t-il avec effroi.
—Non, non, c'est rien, Aurélie, t'inquiète pas. Je parle tout seul pour me donner du courage. Y a personne, à part nous.
Sa main remonta le long du pantalon jusqu'à la ceinture. Il lui fallait établir une représentation mentale de ce visage, et ne jamais l'oublier. Oui, il le fallait.
Mais au-delà des hanches, il ne trouva que le vide, les restes dévastés et humides d'un cadavre qui, hier encore probablement, était un enfant plein de vie.
Son corps bascula en arrière, son esprit vacilla aux portes de la démence, et il perdit l'équilibre juste avant la raison.
Tout ce qu'il pourrait retenir de ce gosse, qu'il pensait être un garçon, était que son bourreau l'avait assassiné avec sauvagerie, jusqu'à le couper en deux.
Puis il repensa aux bruits de succion, d'aspiration et de mastication entendus plus tôt... et il hurla sans bruit.

15

Lorsque Lucas sortit de sa chambre, Emmy déambulait déjà dans le couloir comme un petit fantôme, vêtue d'une robe de chambre en pilou.

—Salut, microbe. Qu'est-ce que tu fous debout à cette heure-ci ? D'habitude tu dors comme un loir sous calmants. Puis c'est quoi cette tête que tu nous fais ?

—J'ai fait un rêve qui fait peur. J'ai essayé d'aller voir maman et papa, mais ils ronflaient trop fort, tous les deux, ils m'ont même pas entendue.

—Papa a dû travailler tard, cette nuit. Tu sais bien que maman dort jamais avant qu'il vienne se coucher, et après elle lit ce qu'il a écrit. Viens, on va se faire un petit déj de commando, et tu vas me raconter ton rêve, d'accord ?

—Oui. Dis, t'aimerais pas manger de ces céréales qu'on voit sur les grands panneaux devant mon école, des fois ? Ça a l'air super bon.

—Paraît que c'est hyper sucré et que dès que tu mets le nez dedans, tu peux plus t'arrêter, et tu deviens comme un ours qui a senti du miel. Tu te gaves, tu te gaves, et tu grossis, et tu grossis. Et tu deviens comme papa, avec un bon gros bidon.

Emmy se fendit d'un rire et gratifia son frère de ce sourire orné de profondes fossettes qu'il affectionnait tant.

La cuisine résonnait d'un silence qu'ils eurent beaucoup de mal à briser, comme s'ils venaient de pénétrer un sanctuaire et craignaient en parlant de commettre un sacrilège.

Lucas ouvrit le frigo, et fit mine de chercher longuement quel serait leur menu.

—Tu veux manger quoi ? Des bons yaourts nature de la ferme qui puent, des œufs qui ont tout juste quitté le cul de la poule ou du lait cru bien gras qui vient de sortir des nichons de la vache ? Punaise, c'est vrai que, je me plains pas, hein, mais des fois, j'aimerais bouffer des trucs industriels, bourrés de mauvais gras et de mauvais sucres, des saloperies bien chimiques et dégueulasses pour la santé. Juste une fois, pour voir la différence. Et surtout pour vérifier si ce que disent les parents est vrai. T'en penses quoi, Bouillab ?
—Moi, un jour, j'irai toute seule au supermarché, et je m'achèterai plein de bonbons, tu sais, comme ils font, avec plein de couleurs, parce que c'est trop beau. Même une fois, j'ai goûté, c'est Aurélie qui m'en a donné, ben c'est trop bon aussi.
—Dis pas ça trop fort, si les ronfleurs t'entendent, ils te feront un lavage d'estomac et ils te brosseront les dents avec du savon de Marseille. Et ton rêve, alors ? Puisque je vois que t'as pas trop faim, raconte.
—C'était horrible ! T'étais avec moi, et on était enfermés dans un endroit tout noir. Mais vraiment noir, hein, on pouvait même pas voir ton gros nez.
—Hé, j'ai pas un gros pif, tu dis n'imp. C'est juste mon visage qu'est trop petit. Mais t'as vu quoi d'autre, alors, dans ce rêve ?
—Ben pas grand-chose, c'était tout noir, je t'ai dit. Mais y avait quelqu'un, avec nous. Et ce quelqu'un il faisait très peur.
—Ah, et à quoi il ressemblait ?
—Je sais pas, je te dis que je voyais rien. Mais je l'entendais. Il faisait des bruits horribles, un peu comme papa quand il mange.
Lucas s'esclaffa, et se félicita de n'avoir pas commencé à manger quoi que ce fût qu'il aurait alors immanquablement recraché.
—Et pourquoi il te faisait peur, alors ? Papa, il fait pas peur, quand il mange, enfin, en tout cas tant que t'es pas un steak ou un plat de pâtes.
—Non, mais c'était des bruits vraiment bizarres. C'était comme si le monsieur il déchirait des choses avec ses dents. Et toi, t'étais comme une statue, tu pouvais plus bouger. Je te disais de m'aider, parce que le monsieur méchant il approchait, et toi tu restais comme un bout de bois. Tu sais ce qu'il voulait faire ? Enfin, je crois, hein.
—Il voulait te faire plein de bisous sur tes fossettes, sûr.
—Ah, non, je crois pas, Lucas. Pas lui. Il voulait nous manger.

—Ben dis donc, sœurette, tu fais de sacrés cauchemars. Remarque, on doit être sains, avec ce qu'on bouffe ici, de la viande bio, ce mec est un fin connaisseur. C'est la première fois que tu fais un rêve comme ça ?
—Oui. Puis tu sais, ça avait l'air tellement vrai ! C'était horrible. Je veux plus dormir toute seule. Tu voudras bien que je mette mon matelas dans ta chambre ? Juste pour cette nuit !
—C'est à dire qu'il va falloir me promettre un truc, en échange.
—Je sais ce que tu vas demander, je te connais, hein. Tu veux me faire des bisous, sur les fossettes, j'en suis sûre.
—Faux ! Je veux pas faire des bisous SUR tes fossettes. Je veux faire des bisous DANS tes fossettes.
Il accompagna ses paroles du geste, et inonda les joues de sa sœur de baisers gourmands.
Leurs parents les rejoignirent peu de temps après, dans le glissement feutré et paresseux de leurs confortables pantoufles, suivis des vociférations de Sam, toujours aux prises avec ces émanations nauséabondes qui le rendaient furieux.
Annick et Viv, échevelés, la face « dunlopillée », marquée de ce combat mené avec leur oreiller, s'effondrèrent sur leur chaise plus qu'ils ne s'y assirent.
Lucas, amusé, leur servit un café brûlant et noir comme le bitume, assez costaud pour sortir leurs ancêtres de leur tombe.
Puis il s'installa face à eux, sourire calqué sur celui qui barrait le visage de sa sœur.
Emmy s'absenta quelques secondes, pour revenir armée d'une brosse.
Elle entreprit sans mot dire de ramener à la raison le bataillon de mèches rebelles de sa mère, horde indisciplinée en pleine révolution.
Annick se laissa faire, comme elle en avait l'habitude, pour le plus grand plaisir de sa fille.
Lucas mit à profit ces instants de flottement, entre éveil et somnolence.
—Je vais aller faire un tour chez Ali. Vous voudrez que je vous ramène quelque chose du village ?
L'absence de réponse, par défaut d'attention, fut accueillie comme un oui, permission de sortir entérinée par un accord supposé.

16

—T'as vu comment ils étaient KO, les vieux, ce matin ? Je les avais rarement vus comme ça. Ils ont dû faire des choses pas catho dans leur pieu, cette nuit.
—Arrête, j'ai des images horribles qui arrivent. C'est nos parents, on peut pas...
—Tu crois que m'man est la vierge Marie ? À ton avis, comment ils nous ont mis en route, mioche ?
—Je sais bien, tout ça, je veux juste pas y penser. Puis bon, ça m'arrangeait bien, pas eu besoin de batailler des heures pour sortir, tu vois. Tu fais quoi, aujourd'hui, toi ? Tu veux pas venir voir cette fille dont je t'ai parlé hier ?
—Chacun la sienne, mon vieux. Léa m'attend, et paraît que c'est pas joli joli de faire attendre les femmes.
—Galant quand ça t'arrange, toi.
—Je te laisse là, trouduc. Fais quand même gaffe à ton cul. On sait pas encore ce qui se passe vraiment, va pas te fourrer dans la merdouille, OK ?
—T'inquiète pour mon cul, je suis assez grand pour le sortir des ronces si jamais j'y tombe. À plus, tombeur.

Sam s'éloigna d'un pas rapide et volontaire, pressé de retrouver celle qui, cinq mois plus tôt, avait réussi le pari réputé impossible de le rendre fidèle.
Amoureux, ouais, probablement, même s'il se refusait à l'avouer devant qui que ce soit, elle y compris. Il supposait, sentait de manière instinctive et viscérale que ces sentiments en bataille capables de mettre dans sa caboche plus de désordre qu'il n'y en avait dans sa chambre, ces élans thoraciques joués en boums

sonores lorsqu'il l'apercevait, devaient s'apparenter à ce que tout le monde nommait « amour ».
Et ces sourires béats qu'il arborait souvent sans même s'en rendre compte, dès lors qu'il se laissait aller à penser à elle, n'était-ce pas là une preuve ?
Il s'auto-sermonnait parfois, s'en voulait de devenir aussi con et gnangnan, selon ses propres termes, mais prenait toujours autant de plaisir à découvrir et redécouvrir sans cesse ces ailes qui lui poussait dans le dos à la seule évocation de ce prénom : Léa.
Jolie, elle l'était, fait indiscutable. Mais il savait désormais que l'attirance physique, si elle avait accéléré les choses, n'était pas seule responsable de ce chaos émotionnel.
Comment aurait-il pu imaginer, un jour, qu'il pût accorder à une fille belle et sexy plus que de simples atouts physiques ?
Drôle, intéressante, intelligente, Léa était tout cela... et tellement plus encore.
Tout à ses réflexions dictées par le cœur, il traversa sans s'en apercevoir la grande pièce de vigne qu'avant il jugeait « insupportablement interminable ».
Il tourna dans une petite passe forestière, pour traverser le bois de la source, raccourci désormais incontournable pour arriver plus vite à son point de rendez-vous.
L'atmosphère qui y régnait ce jour déclencha dans son esprit un signal d'alarme presque inconscient, tout juste assez perceptible pour qu'il en conçût un très léger malaise.
L'absence de jacasseries des geais et des pies, d'ordinaire si querelleurs, ce silence de cathédrale là où d'habitude le bruit était synonyme de vie, mit Sam en alerte aussi efficacement qu'un concert de sirènes.
Il poursuivit son chemin avec un certain calme, sans précipitation réelle, mais d'un pas qui s'accéléra de manière sensible, comme une proie consciente d'être épiée se serait pressée sans mouvement de panique pour ne pas exciter son prédateur.
Plus il avançait dans le sous-bois, plus la sensation d'oppression augmentait.
Lui, le fier et bravache, le grand frère à la poitrine gonflée, pectoraux en bouclier, et aux poings tout faits, prêt à en découdre avec quiconque aurait remis en cause son aura auprès de son frangin, ce mioche dont le regard admiratif était vecteur de confiance et d'amour.

Sam loua le ciel que Lucas ne fût pas présent pour le voir se calter comme un lâche, un trouillard. Et dans le même temps, Dieu qu'il aurait voulu qu'il fût présent !
À quelques pas de lui, un large buisson d'aubépine s'anima de frissons, bruyants et vigoureux, et surtout contagieux.
Les pieds enfoncés dans ce matelas de feuilles mortes, humus odorant et nourricier, il arrêta net sa progression, attention toute dévolue au végétal agité comme un vieux chien épileptique.
Le silence anormal poursuivit son travail de sape sur l'assurance du garçon, mise en garde naturelle comprise de manière instinctive par sa part animale héritée du passé.
Les renards, les oiseaux, les sangliers, les cerfs et les blaireaux lui hurlaient sans un bruit de les imiter dans la fuite.
Le temps lui-même en parut perturbé, figé sur ces instants dont Sam craignit de ne jamais pouvoir s'extraire, boucle temporelle vouée à n'égrener les secondes qu'au rythme de ses peurs.
Il cria pour se donner courage et contenance.
—C'est qui, là-dedans ? Si vous croyez que vous me foutez la trouille, vous vous foutez le doigt bien profond, les nazes. Mioche, si c'est toi, tu vas moucher rouge ! Sortez de là, les morveux ! Vous m'avez pris pour une victime, les gars ? Allez, j'ai pas que...
Ses derniers mots moururent au fond de sa gorge, terrassés avant de voir le jour.
D'un mouvement soudain, animal et brutal, les branchages s'effacèrent pour accoucher d'une masse imposante, aussi sombre qu'un jour sans espoir, animée d'une fureur dont aucune course effrénée ni aucune résistance ne pourraient le mettre à l'abri.
Pétrifié, il attendit l'inéluctable, résigné.

17

Marc, en état de choc, avait abandonné ses recherches pour rejoindre Aurélie.
Tous deux avaient passé la nuit serrés l'un contre l'autre, imbriqués pour ne plus faire qu'un.
Toute notion de temporalité évanouie dans l'obscurité de leur cellule, presque sans repères visuels extérieurs, seules les micro-perforations du toit leur indiquèrent que le soleil s'était levé, que le monde ne s'était pas arrêté de tourner en hommage à leur disparition.
Il fouilla sa poche pour en extraire le paquet d'allumettes récupéré la veille, geste accompagné d'une pensée horrifiée à l'évocation du corps mutilé sur lequel il l'avait récupéré.
—Aurélie, je vais craquer une allumette, pour voir un peu autour de nous. Je pourrai peut-être trouver une sortie, comme ça, ou quelque chose pour monter dessus et atteindre la trappe au plafond. Toi, tu vas garder les yeux fermés, d'accord ?
—P... pourquoi, Marc ? Moi aussi, je veux voir. Tu vas pas me laisser, hein ?
—Non, mais non, bien sûr que non... je ferai jamais ça. Juste qu'y a des trucs que je préfère que tu regardes pas, tu vois. C'est... enfin, fais-moi confiance, ste plaît.
—Promis ?
—Juré ! Ferme fort les yeux, et mets tes mains devant. Je te raconterai tout ce que je vois, si c'est intéressant.
Aurélie, non sans réticence, s'exécuta, assise contre la paroi, genoux remontés pour encadrer sa tête, bras passés en boucle autour de ses tibias.
—C'est bon ?
—Huhum.

Marc détacha une allumette du paquet, inspira avec lenteur et profondeur pour préparer son esprit à confirmer de visu tout ce qu'il savait déjà se trouver autour d'eux.
Il hésita, présenta la tête d'allumette contre le grattoir à plusieurs reprises sans aller au bout de son geste, de peur de briser le silence qui régnait ici en maître. Un silence de tombeau.
Enfin, concentré sur la mission qu'il s'était fixée, il osa.
Le feulement caractéristique du soufre enflammé se fit détonation, l'odeur qu'il avait toujours aimée vint remplacer dans ses fosses nasales, l'espace d'une demi-seconde, celles, nauséabondes, d'urine, d'excréments et de charogne mêlées.
La lueur, aussi faible fût-elle, fournit à Marc, par le jeu mouvant de multiples ombres chinoises, une carte morbide des lieux.
Il se contraignit à ne regarder que les murs et le plafond, à peine dévoilés derrière l'épais rideau obscur, pour ne pas fixer à tout jamais dans ses souvenirs l'image de cadavres en partie dévorés.
Tout n'était que tâches et traînées, dont l'origine organique ne faisait aucun doute.
Sale, dégueulasse, immonde.
Mais s'il s'était attendu à voir l'une de ces caravanes ou mobil home modernes, il ne reconnut rien de ce qu'il en attendait. Il lui sembla plutôt qu'il s'agissait d'un moyen de locomotion bien plus ancien, à l'image de ces roulottes qu'il ne connaissait qu'à travers les films.
Avant que la flamme ne lui brûlât les doigts, il eut le temps d'apercevoir les contours d'une porte, et pour la première fois de sa courte existence, son cœur battit plus fort à la vue d'un objet inanimé.
Il lâcha l'allumette consumée avec un gémissement poussé sous la douleur d'une cuisante brûlure.
—Qu'est-ce qu'y a, Marc ? T'as vu quoi ?
—Rien, Aurélie. Enfin si, mais je me suis juste cramé les doigts. Et j'ai une super nouvelle, une nouvelle de dingue, Aurélie, un truc de ouf. Je vais aller voir ça de plus près, toi, bouge pas.
—Mais c'est quoi ?
—Une porte, Aurélie, une porte !
La gamine n'ajouta aucun mot, déjà partie à rêver d'emprunter cette sortie pour rejoindre les bras de sa mère et de son père.
Marc se dressa et, usant de sa vision mémorielle, se dirigea à petits pas vers l'issue tout juste aperçue.

Cette traversée de trois mètres à peine prit des allures de longue épopée périlleuse, tant Marc s'attendait à tout instant à être saisi par leur monstrueux geôlier.
Rien ne vint pourtant l'arrêter, et ses mains placées devant lui en cannes d'aveugle se plaquèrent contre la paroi opposée.
Il glissa le long de ce repère tangible, et effleura ce qu'il imagina être une poignée.
Une nouvelle allumette grattée vint confirmer ses suppositions, et il n'attendit pas cette fois-ci qu'elle se consumât en totalité avant de l'éteindre. Doigt échaudé craint...
Sa main se posa sur le pommeau, et son cœur impatient voulut fuir cet endroit sans lui en fracassant sa poitrine.
Convaincu que tout devait être verrouillé, sa surprise fut si grande lorsqu'il tourna la poignée qu'il pensa tout d'abord que ce qu'il vivait là n'avait rien de réel, simples fantasmes hallucinés.
« *Si j'ouvre la porte, il va me tomber dessus. Il va me tuer et me dévorer. C'est trop facile, c'est un piège, mon vieux Marco. À ton tour d'être l'araignée piégée dans un bocal. La mante religieuse t'attend dehors.* »
En dépit de ces pensées aussi sombres que le lieu, il tira et poussa, força et insista, sans obtenir le plus petit succès.
La porte ne bougea pas d'un pouce, ni même ne vibra. À l'évidence, quelque chose, derrière, en bloquait l'ouverture.
« Ouais, ça aurait vraiment été trop facile. »
Marc enflamma une autre allumette, et repéra à proximité une fenêtre masquée par des rideaux lourds de crasse.
En deux pas glissés de côté, il se posta en face, arracha les tentures humides et malsaines, lourdes de moisissure, et tenta de percevoir l'extérieur à travers le verre.
Aucune lueur, aucun mouvement ne vinrent lui indiquer qu'en dehors de leur geôle, le monde existait encore.
Où se trouvaient-ils ? Étaient-ils morts, tous les deux, aussi morts que les puzzles humains disséminés au sol ? Était-ce donc cela, la mort, n'en avait-on aucune conscience, destinés à errer dans la totale ignorance de notre condition, pour l'éternité enfermés dans cet enfer qui méritait déjà son nom dans sa seule atmosphère viciée ?
Dans un mouvement de révolte, un refus d'abdiquer, il brisa du coude la surface vitrée.

Derrière, encore du bois, des planches clouées, songea-t-il, pour les empêcher de s'évader.
La colère le gagna, pour se muer en fureur. Il cogna le bois sans écouter la douleur, tapa, frappa, pour ne s'arrêter que vidé de toute énergie.
Les planches, pas plus que la porte, ne bougèrent d'un millimètre, aucune déformation sensible sous ses coups, comme si elles avaient été renforcées par de solides étais.
Ses pensées ne restèrent pas bloquées sur ces issues condamnées, mais se tournèrent au plus vite vers cette trappe au plafond, aperçue la veille.
Peut-être elle aussi était-elle lestée de poids qu'il ne parviendrait pas à soulever, mais il se raccrocha à l'idée que leur chance se trouvait là, vers le haut. Ils sortiraient de ce trou, s'en extrairaient, il se le jura.
Avant cela, toutefois, il lui fallait trouver un support pour atteindre le plafond, bien trop haut pour qu'il pût songer à atteindre la trappe en sautant.
Point de meubles pourtant, aucun objet assez dur et solide pour leur servir d'escabeau.
À son esprit s'imposa la construction d'un escalier d'un genre inédit, fait de marches... funèbres.
Il repensa alors à la maxime préférée de son gros connard d'oncle, alcoolo à ses heures, dans le coma le reste du temps : Si tu veux monter et sortir la tête du lot, il faut savoir marcher sur les autres, mon gars.

18

Lucas avait attendu Ali en vain pendant plus de vingt minutes, avant de se décider à se rendre chez lui.
Sa mère l'accueillit d'un sourire franc, chaleureux, l'invita même à prendre un copieux petit déjeuner avec eux, offre qu'il déclina en usant de toute la politesse et le tact dont il était capable.
Ali était malade, ce matin, et ne pouvait quitter son lit.
Officiellement, pensa Lucas.
Il fut autorisé à lui parler deux minutes.
—Alors, trouillard. T'as que ça à inventer pour pas venir avec moi voir Charline ?
—T'es fou, je suis malade comme un chien. J'ai une fièvre de canasson et une chiasse, je te raconte pas.
—Non, merci, pas de détails, ça ira.
—À force de tremper nos culs dans ce ruisseau, ça devait arriver, ça doit être un vrai bouillon de culture, j'ai dû choper une maladie rare, genre une mutation entre des miasmes du fion et des mycoses des pieds.
Les deux garçons s'esclaffèrent, complices.
—Je te raconterai, alors. Puis j'avoue, je préfère être seul, pour la voir.
—Salaud ! Eh, fais gaffe, quand même, j'te jure, elle est pas nette. Y a vraiment un truc chelou, chez elle.
—T'inquiète, jo la frousse, je maîtrise la situation. Elle et moi, on va bien s'amuser, aujourd'hui, sans toi dans nos pattes.
—Fais le fier, je suis sûr que tu te chies dessus, en fait.
—Sûrement pas autant que toi. Je te laisse avant que tu me recolles tes miasmes d'un autre monde.

—Ouais, vas-y, veinard, moi j'attends ce foutu docteur. Je peux pas le blairer, lui.
—J'espère qu'il te prescrira un traitement à base de suppos, je filmerai ta mère en train de t'en enquiller dans l'oignon avec ton fabuleux téléphone.
Nouveaux rires.
—Casse toi, faux frère.
—Lucas, il va falloir quitter la chambre, le docteur est en route. Si tu veux rester, tu peux jouer au salon avec la console d'Ali.
—Oh, merci, madame, mais je dois y aller. Puis si je touchais à ses jeux, il en serait encore plus malade.
Lucas quitta la maison, soulagé d'avoir pu constater que le mal qui touchait son ami ne l'empêchait pas de plaisanter, et léger de savoir qu'il allait enfin revoir Charline. Seul.

19

L'ombre massive se détacha du buisson et fondit sur Sam, déjà recroquevillé sur lui-même, bras en croix devant le visage.
Il fut heurté avec une force peu commune, renversé comme une pièce d'échec tout juste prise par l'adversaire.
Le souffle étonnamment froid et à l'humidité fétide parcourut sa nuque puis son dos, et le lourd martèlement du sol s'éloigna sans précipitation.
Tremblant, esprit vacillant au bord de la panique, il osa un regard craintif vers la créature.
Il souffla, explosa d'un rire à la fois soulagé et moqueur.
—Mais que t'es con, mon pauvre Sam. Si y avait eu des témoins, j'aurais eu l'air fin, moi.
L'énorme cheval noir, qui venait de le percuter, trottait avec calme et assurance quelques dizaines de mètres plus loin.
—Un cheval ! Une foutue carne. Si mioche savait que je me suis liquéfié à cause d'un canasson, il se foutrait de moi jusqu'à la maison de retraite. Mais d'où tu sors, toi ?
L'animal s'arrêta, avant de se retourner vers Sam.
Il sut sur l'instant que cette bête n'avait rien de commun, et cette lueur malsaine qui brûlait dans ses yeux installa dans les veines du garçon un hiver des plus froids.
Sans chercher à en savoir davantage sur la provenance de pareille créature, il prit la fuite, courut sans un regard en arrière.
Jusqu'au sortir du bois, et bien plus loin encore, il courut, courut.
S'il s'était retourné, il aurait vu un homme aux contours vaporeux, au visage fait de lambeaux, lacéré, dur, animé d'une haine sourde, s'approcher du cheval pour lui flatter les flancs et la croupe.
Un hennissement envahit l'atmosphère, lui perça les tympans, lui vrilla les neurones et fractura son âme.

20

Seul. Pour la première fois, peut-être, depuis des années.
Entre son frère, sa sœur, ses amis, ses parents, les instants où il se retrouvait face à lui-même étaient d'une rareté qui les rendait précieux.
Jouer un rôle, tout le temps, celui qu'impose la vie en société, n'être jamais soi-même, pas vraiment.
Comment savoir qui nous sommes réellement, en présence d'autres personnes, qui portent sur nous un regard déterminant sur notre comportement ?
Lucas, arrivé en forêt, loin de tout regard indiscret, se mit à sautiller comme seuls les jeunes enfants peuvent le faire sans être jugés pour cela.
Il accompagna cette marche joyeuse et décomplexée d'un chant désordonné, fait de cris et de sons sans visée mélodieuse, simple récréation, lâcher-prise assumé, pour oser enfin donner libre cours aux envies les plus brutes et directes.
Ainsi ne vit-il pas passer le temps ni la distance, et se retrouva-t-il dans la clairière, devant ce ruisseau clair au doux chant cristallin.
Assise sur la même pierre plate que la veille, se trouvait Charline, mystérieuse sirène, qui, sans même donner de la voix, avait fait de lui un Ulysse prêt à plonger en eaux troubles sans réfléchir plus avant.
En douceur, il s'approcha d'elle, comme le jour aborde la nuit, comme l'amour absorbe l'ennui.
Penchée au-dessus de l'onde, admirait-elle le fond de sable doré ou bien son propre reflet ?
Cherchait-elle son identité dans ce miroir troublé par un courant vif et joueur ?

Les yeux de Lucas se perdirent là où ceux de Charline se noyaient, emmêlés dans ces bouquets de myriophylles ondoyants, regards captifs de ces lassos verdoyants.
La notion de minutes et d'heures leur échappa durant cet intermède hors du temps, et Lucas se surprit à redresser la tête en sursaut, comme s'il s'éveillait d'un rêve sans sommeil.
Charline l'observait, souriante, avec toujours cette impression donnée d'être à moitié absente.
—Bonjour, Charline. Désolé, je rêvassais, je voulais pas te déranger.
Le regard étonné qu'elle lui adressa ne mentit pas. Elle ne se souvenait pas de lui.
Gêné, un peu vexé aussi, Lucas prit quelques secondes pour reprendre contenance.
—Tu connais mon nom ?
—Euh... oui. Tu me l'as dit toi même, hier. Tu te souviens, hier... j'étais là avec mon pote Ali. On s'est parlé, puis t'es partie en nous disant de faire attention à eux.
—Faire attention à qui ?
—Ben, j'espérais que tu pourrais me le dire. Me fais pas marcher, ste plaît, tu te rappelles forcément de moi, non ? Regarde ma bobine, y en a pas deux, des tronches pareilles.
—Je crois que tu fais erreur. Tu dois me confondre avec quelqu'un d'autre.
—Lucas... je m'appelle Lucas. C'était hier, tu peux pas l'avoir oublié, tu te fous de moi, pas vrai ?
Elle répondit par la négative d'un mouvement de tête pensif.
Désarçonné, troublé aussi par le regard perdu de cette fille de plus en plus étrange, Lucas, à l'encontre totale de ses habitudes, resta coi.
Son mutisme et son immobilité de statue de cire amusèrent Charline, qui rit alors du plus joli des rires, de ceux ressurgis d'un passé heureux, mais oublié et perdu jusqu'alors.
Elle se surprit elle-même, sembla retrouver des sensations oubliées.
—J'espère que je ne t'ai pas blessé. Je suis vraiment désolée, ça doit être vexant. Mais je t'assure que tu te trompes, on ne s'est jamais vus. C'est notre première rencontre, j'espère que ce ne sera pas la dernière. Je sens que le courant passe bien, entre nous.

—Il passait déjà bien hier. Bon, OK, je laisse tomber. On va dire qu'on s'est pas croisés avant. T'habites où, en fait ? Je t'ai jamais vue au village, ou au collège. Nulle part.
—Je vis dans une vieille maison isolée, loin de tout. Je ne peux pas me mêler aux autres.
—Une maison isolée ? Où, dans les bois ?
—Je n'ai pas le droit de te le dire. Je veille sur lui.
—Hein ? Sur lui ? Qui, lui ?
—Tu comprendras. Oui, je sais que tu comprendras.
—Ben, pour le moment, je t'avoue que ça en prend pas vraiment le chemin.
Charline lui tendit la main, lui faisant signe de s'approcher.
Toujours aussi paumé, décontenancé par l'attitude étrange et nébuleuse de cette fille, Lucas se laissa guider, comme hypnotisé.
Elle le fit s'asseoir à sa gauche, et tira sa tête contre son épaule.
Les doigts fins et délicats, doux et légers comme des aigrettes de pissenlit, lui massèrent lentement les tempes et le front.
L'effet fut immédiat, il se décontracta, lâcha prise.
La mélodie qu'elle fredonna à ses oreilles termina le travail de sape sur sa conscience, et il se sentit sombrer avec délice.
Jamais auparavant il ne s'était senti si bien, si apaisé, en totale connexion avec une autre personne.
Ni les mois ni les années n'auraient pu ternir ces instants qui, pour Lucas, avaient un puissant goût d'éternité, et sans aucun complexe, il se sentait armé pour affronter les siècles, plus en vie que jamais.
—Je dois partir. Tu dois faire attention à toi, Lucas. Il n'est jamais bien loin.
Elle se dressa avec une vivacité proche de la brutalité, en parfaite contradiction avec sa douceur antérieure.
—Attends, je peux t'accompagner ? On pourrait discuter, un peu. On s'est presque rien dit, encore.
—Non, tu ne peux pas. Tu ne dois pas. Et je crois que tu ne veux pas.
« Elle a le don pour me faire fermer ma gueule » pensa-t-il avec amertume.
—Tu veux que je fasse gaffe à qui, ou à quoi, au juste ? Tu dois m'en dire plus, si tu veux que j'évite un danger. De qui tu parles, Charline ? Hier, déjà, t'as dit ça, juste avant de partir.
—Hier, je n'étais pas là, Lucas. Prends garde à toi, et à demain, j'espère.

Elle sauta du haut de la roche, et sans transition, courut jusqu'à disparaître à la vue de Lucas.
Ce dernier ne chercha pas à la suivre ni même à lui extorquer plus de précisions, la laissa partir seule là où elle refusait d'être accompagnée.
Toujours assis sur cette large pierre, il fit renaître mille fois dans sa tête la courte scène vécue avec Charline.
Aucune explication valable ne vint le convaincre que tout était normal.
Peut-être aurait-il dû rentrer chez lui et fuir cette fille jusque dans ses pensées, ne surtout pas chercher à la revoir.
Pourtant, ce mystère qui planait autour d'elle accentuait son envie de la rencontrer de nouveau.
Impossible désormais de réfléchir à autre chose, Charline avait pris le contrôle de ses neurones et s'était imposée en nécessité.
La notion d'envie ne suffisait plus à qualifier son besoin absolu et total de s'asseoir avec elle au bord de l'eau, de lui tenir la main, et de laisser battre son cœur en osmose avec le sien.
Des feuilles mortes froissées, des brindilles piétinées le ramenèrent à la réalité.
Quelqu'un approchait, à grande vitesse.
Le martèlement du sol témoignait d'une cadence soutenue, course consentie ou fuite effrénée ?
« Il n'est jamais bien loin », ces paroles résonnèrent avec intensité.
Regards circulaires affolés, jetés à l'arrache sans prendre le temps de se fixer, pour avoir vue sur la plus grande étendue possible.
Affolé, il fut incapable de prendre la décision de s'arracher à son assise.
Derrière ces branchages écartés à la hâte, deux silhouettes fusèrent comme des boulets de canon.
Il reconnut dans la seconde l'une des deux, pour l'avoir eue sous les yeux depuis sa naissance.
Sam, main serrée autour de celle de sa petite amie qu'il traînait sans ménagement, laissa échapper un long soupir de soulagement en apercevant son frère.
Les deux adolescents coururent jusqu'à lui, le cœur au bord des lèvres.
Pliés en deux, hors d'haleine, ils furent incapables, l'un comme l'autre, de prononcer de suite le moindre mot.

—Qu'est-ce qui t'arrive, Sam ? On dirait une poule qu'a vu un renard. Si je te connaissais pas, je dirais que t'as une trouille de malade. Mais pas toi, pas mon grrrand frère, c'est pas possible.
—Ferme-la, mioche. Laisse-moi reprendre mon souffle.
—Sans déc, tu me fiches les chocottes, je t'avais jamais vu dans un état pareil. Qu'est-ce qui s'est passé ?
La jeune fille, que Lucas ne connaissait pas encore, haussa les épaules en signe d'ignorance, et de désolidarisation face au comportement un peu fou de Sam.
—Salut, Lucas. J'ai beaucoup entendu parler de toi.
—En mal, je suppose. Il sait dire que de la merde, ce grand machin.
—Non non, au contraire, il m'a dit que du bien, il m'a même souvent saoulée avec son petit frère. Maintenant, je comprends mieux, t'as une bonne trogne, j'aime bien. Moi, c'est Léa. Si tu te demandes ce qui arrive à l'asthmatique qui est là, dis-toi que t'es pas seul, j'en sais pas plus que toi. Je l'ai vu arriver à notre lieu de rendez-vous comme un fou, aussi essoufflé que maintenant. D'ailleurs, je me demande s'il ne l'a pas toujours été, fou, mais aujourd'hui peut-être plus. Il m'a rien dit, rien expliqué, il m'a empoignée et m'a traînée à la remorque jusqu'ici.
—Punaise, Sam, je connaissais pas Léa, mais elle me plaît trop. Léa, t'es adoptée, tu seras un peu ma grande sœur. On pourra dire du mal de ce grand truc autant qu'on voudra.
—Marché conclu, le programme me plaît.
Ils conclurent cet accord en se tapant dans la main.
—Vous comploterez contre moi plus tard. Faut pas qu'on traîne dans les bois, on rentre à la baraque. Je demanderai à notre mère de te raccompagner en voiture, Léa, en fin d'aprèm.
—Et c'est tout ? Tu crois que tu vas t'en tirer comme ça, que je vais te suivre sans aucune explication ? Tu rêves, Sam. Mon cul restera soudé à la roche si tu causes pas.
—Il a raison, Sam. Explique !
Sam se renfrogna, agacé de n'avoir pas plus d'autorité et de n'être pas plus écouté dans un moment aussi grave.
—Vous pouvez pas me faire confiance ? Vous croyez que si c'était pas super important, je vous la jouerais comme ça ? Putain, vous faites chier. Si je vous dis pourquoi je suis dans cet état, vous allez me prendre pour un déglingué du bulbe, et vous allez juste vous foutre de ma gueule.

—Un peu plus, un peu moins... allez, crache le morceau, faible d'esprit.
—Toi, mioche, t'as vraiment trop de bouche. Bon, OK. J'ai vu des trucs horribles. M'en demandez pas plus, mais croyez-moi. Ça traîne quelque part dans ces bois, et vous avez aucune envie de croiser des choses pareilles.
—Non, mais t'es sérieux, frangin ? Des trucs, des choses... pourquoi pas des machins, aussi ?
—Et des bidules, c'est terrifiant, les bidules.
Léa et Lucas s'esclaffèrent sans retenue, déjà complices. Sam s'emporta, entre vexation, colère et angoisse.
—Eh, j'ai déjà assez de lui pour me les scier, tu vas pas t'y mettre aussi, Léa ! J'ai vu un canasson, dans les bois, tout à l'heure, un...
Ses deux interlocuteurs, peu compatissants, explosèrent de nouveau d'un rire commun.
—Tu vieillis mal, Samounet, tu deviens fragile. On vit à la campagne, mec, des chevaux, des vaches, et même des animaux sauvages, on en croise souvent.
—Ferme-la, mioche. Si tu m'avais laissé finir ma phrase, j'aurais pu le décrire. Il avait bien l'allure d'un cheval... mais ça en était pas un... je sais pas comment expliquer ça. Puis y avait cette odeur, un truc de fou. Tu te souviens comment c'était chez le vieux Firmin ?
—Oh punaise, j'en ai fait des cauchemars pendant longtemps. Léa, chez ce vieux bubon, ça schlinguait plus que dans une station d'épuration.
—Ouais, ben là, c'était pire. Ce... truc sentait la charogne. Et je l'ai entendu faire son cri, là, comment on dit pour les chevaux, déjà ?
—Un cheval hennit, ignorant. Je me demande ce qui m'a plu, chez toi. Dis Lucas, t'as une petite amie ? Je crois que je me suis trompée de frère.
Lucas resta estomaqué, à la fois surpris par tant d'audace dans l'humour et gêné.
—Oui et non... enfin, c'est dur à expliquer.
—Ne rougis pas, joli moineau, je plaisante, hein. N'empêche que tu viens de me mettre le plus gros râteau de ma life.
—Vous avez fini ? Vous avez entendu ce que j'ai dit ? C'était pas un con de canasson normal. Cette carne sortait tout droit de l'enfer. Il était... mort... mais pas mort.

La colère de Sam monta d'un cran, nourrie par les moqueries reparties de plus belle.
Quelque part en forêt, sans notion claire de distance, loin ou bien près, retentit un cri lugubre, effrayant dans ce qu'il avait d'inconnu et de désespéré.
Les rires se turent sur le champ, annihilés par ce son qu'aucune créature vivante n'aurait pu émettre.
Toute envie de plaisanter venait de les quitter, remplacée par celle, irrationnelle peut-être, de fuir longtemps et vite.
Le regard dur, mais instable, en équilibre précaire sur le fil de la terreur, Sam leur intima sans mot dire l'ordre impérieux de le suivre.
Aucun des deux plaisantins, proches de la panique, n'imagina lui contester cet accès d'autorité.
D'une lecture rapide sur les traits de son frère, Lucas prit toute la mesure de la situation, et comprit l'extrême gravité de ce qui se tramait, quoi que cela eût pu être.
Qu'il eût rêvé ou pas, il ne plaisantait pas, cela était certain.
Sam se mit en marche sans plus attendre, suivi de près par Léa et Lucas. De très près.
Ils calquèrent leur pas sur le sien, et se fondirent dans son ombre.
Un nouveau hennissement, venu d'un autre temps et d'un ailleurs sans vie, déclencha chez le petit groupe un réflexe de fuite, dans une coordination proche de celle d'un vol de grives à l'approche du faucon ou d'un banc de sardines chassé par les thons.

21

La journée était idéale pour se détendre dans le jardin.
Le soleil aux ardeurs enflammées se trouvait modéré par quelques nuages résiduels, souvenir de l'orage de la veille.
Il faisait si bon qu'Annick, après avoir gratté la terre du potager pour en éliminer quelques herbes envahissantes, s'était installée sur une chaise longue pour lire le dernier roman d'un jeune auteur au talent indécent, capable de ses mots d'enflammer une page, comme elle avait pris l'habitude de le dire.
—Ce Brian B. Merrant ira loin, je le prédis, lança-t-elle à sa propre intention, comme pour s'en convaincre davantage.
Emmy jouait à la poupée, quelques mètres plus loin, assise dans l'herbe sans se préoccuper le moins du monde de l'humidité du sol.
En plein conciliabule avec ses deux poupées préférées, aux mille histoires partagées, elle ne loupait pourtant pas une miette des élucubrations de sa mère. Cela l'amusait de l'entendre s'adresser au vide pour parler de son livre, comme elle-même le faisait avec ses protégées de porcelaine.
Derrière la maison, Viv s'était mis en devoir de réamorcer la pompe du puits qui leur assurait un approvisionnement en eau pour les sanitaires et l'arrosage du jardin.
Emmy l'entendait pester et rager, voix amplifiée et déformée par le gouffre de quelques mètres, et riait des mots que d'ordinaire il était interdit de proférer.
Ainsi passaient la plupart de leurs journées d'été, et bien qu'Emmy eût bien sûr préféré parfois suivre ses frères pour voir en leur compagnie d'autres horizons, elle était heureuse de pouvoir partager ces petits moments de plénitude avec ses parents.

Elle prit à témoin ses amies de toujours, qui jamais ne la contrariaient, pour s'assurer qu'elle n'était pas la seule à trouver ces instants fantastiques.
—On s'en fiche de pas quitter la maison, nous, pas vrai, les filles ? C'est ici, qu'on est tous heureux, grand comme ça, ajouta-t-elle en écartant les bras.
Annick posa à regret son précieux ouvrage et gagna l'intérieur pour préparer le déjeuner.
Depuis la fenêtre de la cuisine, elle conservait une vue sur sa fille, et jetait entre deux activités culinaires un œil à l'extérieur.
Emmy en était à distribuer à ses amies des bouts de vieux journaux de son père, découpés avec patience et auxquels elle prêtait la valeur virtuelle de billets de banque.
Un coup de vent soudain, sournoisement taquin, lui arracha des mains toute sa fortune de papier, pour l'éparpiller en une pluie légère et virevoltante.
Plutôt que de s'en agacer, elle s'en amusa, habituée à jouer de tout imprévu garant de distraction nouvelle.
—Surtout, ne bougez pas, les filles. Je veux pas vous voir vous promener toutes seules, compris ?
Elle se releva, épousseta avec maladresse ses fesses, plus humides de rosée que sales.
Pas à pas, elle récupéra sa fortune avec avidité.
Les derniers billets s'étaient envolés à proximité de la limite extrême de leur propriété, bordée par la forêt.
Concentrée sur sa tâche, elle perçut pourtant ce mouvement léger, aussi discret que l'envol d'un Grand Duc.
Intriguée, dotée d'une curiosité naturelle qu'elle n'oubliait jamais d'assouvir, elle s'avança en direction du sous-bois.
Il lui sembla saisir, dans l'entrelacs végétal, une forme massive et sombre.
Elle se pencha, chercha le meilleur angle pour tenter de mieux voir cette intrigante silhouette mal définie, puis s'avança de quelques pas encore.
Difficile pour elle de comprendre ou formuler ce qui la poussait à aller voir de plus près.
Un bref appel, aussi léger et doux que du duvet d'oison, la poussa à pénétrer le couvert végétal.

—Bonjour. T'es qui ? Tu veux jouer avec nous ? Tu verras, elles sont gentilles, mes copines. Puis si t'es sage, tu pourras peut-être manger avec nous, à midi.
Nouveaux chuchotements, suaves et envoûtants.
—T'as pas besoin d'avoir peur, tu sais. Je vais pas te faire du mal. Puis c'est pas la peine de chuchoter, ici c'est pas comme à la bibliothèque de madame Rambert, on peut crier fort, fort, fort. Pourquoi tu veux pas te montrer ? Viens jouer, tu verras, ce sera chouette.
Derrière l'épais feuillage, agité par un vent discret, Emmy ne pouvait apercevoir qu'un contour incertain.
Selon sa perception, il s'agissait d'un enfant, ou d'une personne pas très grande.
La voix, la plus étonnante et pourtant attrayante qu'elle eût jamais entendue, lui confirma la jeunesse de son nouvel ami, et bien qu'elle ne pût interpréter le moindre de ses mots, elle y saisit une douceur extrême, de l'amour sous sa forme la plus pure, capable de s'exprimer dans les vibrations de l'air, sans qu'aucune parole ne fût compréhensible et audible.
Un léger frisson la parcourut pourtant.
« Y a que les enfants qui peuvent parler comme ça... il est forcément gentil, c'est pas méchant, les enfants ».
—Je vais t'attendre là-bas, tu vois là où y a mes poupées ? Tu peux venir, si tu veux, mais si tu veux pas, c'est pas grave.
Contre toute attente, la silhouette s'anima alors, se dressa, grandit pour se faire menaçante.
Emmy demeura immobile, bouche bée, en état de choc.
Un long bras décharné, aux blessures anciennes et non cicatrisées, se glissa au milieu des branchages, sale, terrifiant.
Une main osseuse, aux doigts effilés et aux ongles longs et noirs de crasse, s'avança vers son visage, malsaine, avide.
Si elle avait pu hurler, le monde aurait alors résonné de sa terreur criée.
Mais elle ne le put pas.
Les doigts se saisirent d'une boucle de ses cheveux, qu'ils firent rouler pour en apprécier la douceur.
La voix, en contraste total avec ce physique de cauchemar, se fit plus doucereuse, et tout à fait intelligible.
—Viens avec moi, on jouera ensemble. Tu seras heureuse, avec nous. Pour toujours.

La main se referma avec force sur la chevelure de la fillette, prête à la contraindre à obéir.
Seul l'appel angoissé d'Annick, en mode panique totale après s'être aperçue que sa fille ne se trouvait plus là où elle la pensait, fit à Emmy l'effet d'un électrochoc et la sortit de sa catatonie.
Dans un sursaut salvateur, elle s'arracha à la prise pour courir en direction de sa mère.
—Je reviendrai, je reviendrai te chercher.
Ces paroles, prononcées sur un ton d'où amour et douceur avaient disparu pour laisser place à la colère et la haine, allaient la poursuivre nuit et jour, naissance d'un traumatisme durable et éprouvant.
Emmy courut sans en avoir conscience, poussée par la terreur, tirée par la voix d'Annick.
Elle sauta dans ses bras avec tant de vitesse que toutes deux tombèrent à la renverse, et elle pleura sur la poitrine de sa mère.
Annick tenta de la calmer et d'en tirer des explications qui ne vinrent jamais.
Dans les bois, à quelques dizaines de mètres, une main refermée sur une touffe de cheveux bouclés se serra avec force, enfonçant des ongles malsains dans une paume déjà en lambeaux.

22

Le trio s'arrêta de courir lorsque la maison fut en vue. Ils s'accordèrent une pause, soufflèrent et reprirent des forces.

—Sam, c'était quoi, ce truc ? Je connais bien les chevaux, ça, c'en était pas un, c'est sûr. Plus jamais j'irai me promener par là-bas, si tu veux qu'on se voie, faudra venir chez moi.

—Alors, vous voyez, vous vous foutiez de ma gueule. Je vous ai dit ce que j'avais vu. Ça ressemblait à un bourrin, mais... ce truc vit pas dans les prés, au milieu des pâquerettes, ça c'est clair.

—Faut qu'on se calme, qu'on réfléchisse. Y a forcément une explication. Des fois, quand on a la trouille, on voit des choses qu'existent pas, non ? On entend, on imagine... on transforme tout. Faut qu'on arrête de psychoter, et surtout, faut pas qu'on parle de ça aux parents. Sinon, tu sais ce qui arrivera, Sam.

—Ouais, on pourra plus sortir. En même temps, je sais pas si j'en ai super envie.

—En tout cas, je sais pas ce que tu vas inventer pour que ta mère me ramène, mais j'avertis, je rentre pas à pied, hors de question.

—T'inquiète pas pour ça, Léa, comme je la connais, elle proposera d'elle-même. On y va, l'air de rien. Il sera toujours temps de leur en parler si ça devient trop craignos.

Ils se remirent en marche, pas rapide et forcé, sans cesser de jeter alentour des regards inquiets.

Lorsqu'ils arrivèrent dans le couloir d'entrée, Annick et Viv étaient agenouillés face à leur fille secouée d'incoercibles pleurs.

—Parle, ma chérie. Que s'est-il passé ? C'est parce que j'ai crié, c'est ça ? Mais il ne faut pas te mettre dans des états pareils pour ça, ma chérie, tu m'as fait très peur quand j'ai vu que tu n'étais plus dans le jardin. Tiens, voilà les grands. Tu vas pouvoir nous raconter toutes tes misères devant un bol de chocolat. Bonjour, Léa, ravie de te voir.
—Bonjour, madame Davies. Bonjour, monsieur. Oui, moi aussi, contente, grave. Dis donc, Emmy, c'est un gros chagrin, que t'as là. On va pouvoir en parler, toutes les deux.
—Voilà, tu vois ma chérie, si tu ne veux pas en parler à papa et maman, tu pourras en discuter avec Léa et les garçons. Dites donc, qu'est-ce que vous avez fait, ce matin ? Vous êtes rouges comme le nez du père Bargol, tous les trois.
La gêne s'installa, les esprits ralentis, pris au dépourvu, incapables de trouver une explication valide.
Lucas fut le premier à sortir du mutisme et à avancer une excuse bancale.
—On se met au sport, un peu, avec Léa et Sam. On commence juste, pas trop l'habitude, alors on a craché nos poumons.
Annick les détailla durant d'éprouvantes secondes, dubitative, puis sembla se satisfaire de l'argument avancé.
—Ah, ces jeunes. Viv, tu pourrais t'y mettre avec eux, mon chéri, ça ne te ferait pas de mal.
Il balaya l'idée d'un geste de la main, lui pour qui la course n'avait jamais été qu'un moyen de fuir le danger.
—Vous voyez ce que vous allez mettre dans la tête de votre mère. Je la connais bien, elle n'a pas dit ce que vous croyez avoir entendu. En vérité, elle vient de dire « tu as pris du bide, mon chéri, il serait temps d'arrêter ou bien tu rouleras, bientôt », voilà ce qu'il fallait comprendre.
Annick laissa tinter son rire communicatif, puis se mit en devoir de préparer le chocolat chaud de sa fille.
—Je vous laisse, les enfants, je dois aller écrire. Je suis en retard sur mes prévisions, je dois mettre les bouchées doubles pour terminer ce roman dans les temps. Mais ça va, ça avance. Ne jamais remettre à demain ce que vous pouvez faire le jour même, conseil de « procrastineur » professionnel.
—Papa, il remet pas au lendemain, il remet tout au surlendemain.
Nouveaux rires partagés, pour une atmosphère plus détendue.

—Nous, on va dans ma chambre, je dois montrer ma collection de BD à Léa. Travaille bien, p'pa, peut-être que tu pourras nous payer une console et des smartphones, hein mioche.
—Ce serait cool, p'pa.
—Je suis fier de mes enfants. Le rêve, c'est ce qui nous fait avancer, les projets, les désirs, ça permet de travailler dur pour atteindre ses objectifs. Rêvez donc, mes garçons, je veillerai à ce que vous continuiez longtemps à rêver à ces aberrations technologiques.
Viv prit congé de la petite assemblée en riant de sa propre boutade.
Lucas prit avec peine sa sœur dans ses bras, et suivit Sam et Léa.
À l'entrée dans la chambre, le nez de Léa s'anima, se tordit, incommodé et agressé par une odeur de vestiaire après un gros match.
—Oh la vache, j'avais oublié. Désolé, y a un truc qui schlingue depuis une semaine au moins, et je sais pas ce que c'est.
—Vous avez perdu votre chien ? Le cherchez plus, il est mort dans cette chambre. Pfiouuu, c'est puissant.
—Trop la honte. Mais c'est pas moi, hein, Léa, je te jure. Je suis sûr que c'est lui, là, qui m'a joué un sale tour puant.
Lucas gratifia son frère d'un sourire indifférent, puis s'assit sur le lit avec sa sœur.
Léa chuchota à l'oreille de Sam pour ne pas effrayer Emmy avec le sujet qui les préoccupait, pendant qu'Emmy en fit de même avec Lucas.
—Lucas, je l'ai vu.
—T'as vu qui, Bouillab ?
—Le méchant de mon rêve. Il était là, dehors.
Lucas hésita quant au crédit à accorder aux paroles de sa sœur. Que pouvait-elle avoir réellement vu ?
—C'est pas possible, Emmy, tu sais bien. Les rêves, ça reste dans la tête, la nuit, puis des fois, quand ils nous ont fait peur, on croit les voir le jour. Mais c'est juste notre imagination, tu vois.
—Non, c'était pas ça. Il était là. Il m'a même tiré les cheveux.
—Un monstre tireur de cheveux, c'est les pires, ça.
—Sam, ferme-la, sans déc, tu vois pas qu'elle a eu super peur ? Je sais pas ce qui s'est vraiment passé, Emmy, mais doit y avoir une explication. Y a toujours une explication, pas vrai, les deux, là ?

—J'aimerais bien la connaître, si y en a une qui me file pas le vertige et mal au ventre. Au lieu de dire à Emmy qu'elle a pas vu ce qu'elle croit avoir vu, demande-lui à quoi ressemblait ce dont elle se souvient. Je vous signale, les garçons, qu'on est pas plus avancés qu'elle.
—T'as raison. Emmy, on t'écoute, on se moquera pas de toi, promis.
—Et toi, Sam, promets aussi.
—Ouais, ouais, Bouillab, juré, craché, si je mens je vais en enfer, et tout et tout. Allez, vas-y.
—Tout à l'heure, quand je jouais dehors, y a quelqu'un qui m'appelait, dans les bois. Enfin, il disait pas des mots, c'était juste sa voix... je sais pas pourquoi ça m'a attirée, c'était comme si j'étais obligée d'y aller. Moi je croyais que c'était un gentil enfant, il était petit au début. Enfin, derrière les buissons, je le voyais petit, mais c'est parce qu'il était accroupi. Il a dit qu'il voulait que j'aille avec lui, pour jouer. Moi j'ai pas voulu, mais lui, il est devenu méchant. Il m'a même arraché des cheveux. J'avais trop peur, Lucas. Je sais qu'il est dehors, je veux plus jamais aller dans le jardin.
Lucas croisa les yeux de Léa et Sam, qui loin de sous-estimer les propos de la fillette, en mesuraient le poids, en résonance avec ce qu'eux-mêmes venaient de vivre.
Les questions angoissantes s'ajoutaient les unes aux autres, sans qu'aucune réponse ne vînt leur apporter le plus infime réconfort, le plus court répit.
Ce qui avait ému et terrifié Emmy avait-il un rapport avec ce qui les avait terrorisés, eux, les grands ?
Que se passait-il dans ce village sans histoire ?
Dans le secret de la chambre, ils échangèrent leurs idées, les mirent bout à bout pour tenter de rationaliser ce qui leur paraissait pour l'heure relever du surnaturel.

23

Au centre du campement régnait une agitation inhabituelle. Pas de celles, joyeuses, qui unissaient le clan autour de danses et de chants accompagnés à la guitare, non.
Inquiétude et agacement se partageaient l'occupation des esprits, et les rumeurs au sujet du retour des amants maudits enflaient.
Fraco ne savait plus où donner de la tête pour calmer les siens et répondre autant que possible à leurs questions.
Hommes et femmes, chauffés à blanc par les accusations à peine masquées de la population locale à leur égard, hésitaient entre la volonté de reprendre la route et le désir d'en découdre.
D'expérience, Fraco savait que s'il ne se montrait pas inflexible et autoritaire, ces mouvements irréfléchis les mèneraient à leur perte à tous.
Les gendarmes avaient accentué leur surveillance, et il ne se passait pas une journée sans qu'ils vinssent inspecter le campement.
Chez les locaux, la gronde montait, nourrie de peur et d'ignorance, et Fraco n'était que trop conscient des débordements auxquels cela aurait pu les mener.
Lui et les siens se trouvaient en danger, harcelés de toute part, accusés et rendus coupables de ces disparitions récentes, sans preuve ni jugement, aussi était-il « urgent de ne surtout rien faire dans la précipitation », comme il aimait à le dire.
S'ils avaient pris la route, pour mettre leurs enfants à l'abri des tribunaux populaires, cette rue toujours prompte à condamner pour exorciser ses peurs, cela aurait été perçu comme un aveu.

Canaliser les mouvements de colère et de craintes, calmer les esprits échauffés et tenter d'apporter au plus vite une solution, plus que jamais le patriarche du groupe sentit sur ses frêles épaules le poids de la responsabilité dont les siens le chargeaient sans retenue.
Profitant de ce remue-ménage, le jeune Joseph, toujours prêt à se démarquer de la foule, se faufila derrière les caravanes jusqu'à atteindre celle de Fraco.
Ce qu'il s'apprêtait à faire relevait d'un véritable sacrilège, mais, de naturel aventurier et têtu, cela ne le fit nullement reculer. Ne pas être vu ni entendu, et tout roulerait comme il l'entendait.
Il en avait assez de ces vieux inactifs, attentistes, si frileux lorsque ça chauffait sévère.
Bien décidé à leur montrer que le morveux qu'il était à leurs yeux serait bien plus utile à la communauté que tous ces « dégradés du bulbe ostéoporosés » qui ne pensaient, à son sens, qu'en termes de guitares grattées, de hululements de vieux hiboux et de feux de camp.
Le cœur en mode essorage, il ouvrit pourtant la porte sans chercher plus avant à rester discret.
Cette méthode, il l'avait éprouvée maintes fois lorsqu'il entrait sans montrer la moindre hésitation dans des bâtiments ou événements payants... sans payer.
« Plus tu veux te cacher, plus on te voit » se répéta-t-il en pensée comme pour s'en assurer lui-même.
Battant refermé, il resta un long moment immobile, dos plaqué à la paroi, à l'écoute d'éventuelles réactions outrées et choquées par son intrusion en ce lieu presque sacré.
Rien ne lui laissa penser que quiconque l'eût grillé.
Rassuré, il se mit en quête de ce qu'il venait chercher.
Culpabilité ancrée par des années d'éducation stricte dévolue au respect de ses aînés, Fraco en particulier, il fit sauter toutes ses barrières et valser ses réticences d'un bras d'honneur imaginé.
Il fouilla les affaires du vieil homme, prenant un soin particulier à tout remettre en place.
Enfin, il posa les yeux sur, pensa-t-il de manière intuitive, l'objet de ses recherches, posé en évidence sur la table centrale, au milieu de livres divers.
Un gros carnet relié à la couverture de cuir épais, d'allure plus ancienne encore que le vieux bubon propriétaire des lieux.

Pour la première fois de sa vie, peut-être, il fut satisfait d'avoir été contraint de suivre des cours à l'école publique. S'il n'en avait pas retiré un savoir immense, bien moindre en tout cas que celui accumulé sur la route, au moins savait-il lire.
Sa main se posa avec délicatesse sur cet ouvrage venu tout droit d'un passé qu'il peinait à imaginer, et c'est avec un respect instinctif qu'il manipula l'objet.
Il en sentit la noblesse, des matériaux qui le composaient autant que de l'histoire qu'il véhiculait.
Décidé à en découvrir tous les secrets jalousement gardés par Fraco, il le glissa dans sa ceinture, et ressortit comme il était entré, naturel et discret sans chercher à l'être.
Joseph s'éloigna du campement pour ne pas risquer d'être surpris avant d'avoir pu lire le contenu du carnet. Il serait puni avec sévérité, il en était conscient, car Fraco découvrirait le vol, et il ne faudrait pas très longtemps pour qu'il fût désigné coupable. Mais il s'en moquait, il lui fallait savoir, étudier l'ennemi pour mieux le vaincre.
Il s'enfonça loin dans les bois, pour ne s'arrêter que lorsqu'il se trouva face à un grand chêne couché, gardien de la forêt qui lui barrait le chemin.
De ce tronc énorme au diamètre colossal, il se servit de banc.
Une fois son cul hissé et posé sur l'écorce rude et encore vive, il posa le carnet sur ses genoux et l'ouvrit. Voyage instantané sans machine à remonter le temps.

24

Je me nomme Joachim Fernet, fils de Léon Fernet et de Fernande Fernet née Delonges.
J'ai décidé d'écrire ce journal pour laisser une trace, témoigner de ce qu'est la vie d'un homme tel que moi, comme l'ont fait avant moi écrivains et artistes, journalistes et simples gribouilleurs de carnets de bord.
Je suis né durant l'été 1858, année d'éprouvante sécheresse, qui vit ma mère mourir en couche.
Je fus élevé par mon paternel, homme doux et prévenant, sans grande autorité.
Propriétaire terrien viticole, il était réputé pour son laxisme envers ses employés, et attirait de toute la France vagabonds et gens sans attache venus tenter ici leur chance.
Il m'inculqua le goût de la littérature, l'amour des livres, des textes, des mots, jusqu'à faire de moi un lecteur boulimique.
L'immense bibliothèque du château dans lequel nous résidions n'y suffît bientôt plus, et mes cadeaux d'anniversaire et de noël se résumèrent à des livres, des livres et encore des livres.
La mauvaise gestion pratiquée par mon père, doublée de la confiance aveugle qu'il accordait à tout le monde, sans distinction d'origines ou de statut social, lui valut de tout perdre, de se retrouver sans le sou, expulsé de ses terres.
De manière certaine, cela le tua, alors que je n'étais qu'un pré adolescent, 11 ans à peine.
Il emporta avec lui mes racines, et je fus dès lors ballotté de ville en ville sans moyen ni envie de me fixer. Je ne pus emporter de lui que sa montre à gousset et la chaîne qu'il gardait toujours au cou, un cadeau de maman.

Des gens du voyage, Tziganes originaires d'Espagne, employés saisonniers récurrents et fidèles, qui venaient chaque année pour les vendanges, se proposèrent sans hésiter de se charger de moi.
Mon chagrin fut certes immense, mais tempéré par leur présence auprès de moi.
Ils étaient mes seules connaissances, mes seuls repères, ma seule famille.
Ils me recueillirent et me traitèrent comme l'un des leurs, que j'étais déjà avant ce drame.
Fils de la terre, sans origine claire, enfant des routes et des sentiers, nulle part vraiment chez lui et partout rejeté.

La cohabitation avec ma nouvelle famille officielle se passa sans heurt les premières années.
Chacun tenait son rôle pour la survie et le confort de la communauté, moi y compris.
Nous allions de ville en ville, de village en village, traversions les campagnes et les montagnes pour suivre le rythme des saisons et des cultures vivrières, et trouver ça et là embauche au gré des récoltes.
Nous nous déplacions en roulottes, qu'un petit carré de terre suffisait à loger, avalions boue et poussière en guise de bornes kilométriques.
Nous pouvions juger de la distance parcourue à la noirceur de nos gueules et à la gangue de terre que chaussaient nos chevaux.

Nous vivions en bonne intelligence avec les gadjos, pourvu que nous ne nous fixions pas trop longtemps au même endroit.
En effet, s'ils acceptaient de bonne grâce nos bras rompus au dur labeur et nos mains expertes, notre présence devenait incongrue et gênante dès la récolte terminée.
Pablo, chef de notre petit clan, ancien vénéré et vénérable, n'avait pas son pareil pour sentir le moment opportun du départ, aussi n'avions-nous que rarement maille à partir avec les locaux.
Je nouais des relations d'amitié avec quelques fils et filles de propriétaires terriens, grâce auxquels j'obtenais les livres dont eux n'avaient cure, en échange de menus services.
Pablo et les autres ne comprenaient pas bien cette passion pour la littérature, et me traitaient parfois, pour cette raison, avec une certaine condescendance. Peut-être y avait-il déjà une autre raison.

Oui, certainement.
Quelque chose en moi grandissait sans que j'en eusse conscience à ce moment-là. Quelque chose qui me rendait différent, selon leur conception des choses. Différent et mauvais, coupable d'une horreur qui me vaudrait d'être chassé.

Tout a réellement commencé en octobre 1874, l'année de mes 16 ans.
J'étais très ami avec le fils de Pablo, Diego. Très lié.
Pablo était fier de Diego, et savourait par avance le mariage qu'il imaginait pour lui avec une fille du clan des Aguas.
Devenir grand-père avant de croiser le chemin de la mort était son plus ardent désir, aussi se mettait-il souvent en colère devant le peu d'entrain manifesté par Diego.
Diego et moi passions tous nos instants libres ensemble, à arpenter les campagnes, et je crois pouvoir dire que nous nous sommes réellement rencontrés cette année-là, 5 ans après que le clan m'eût recueilli.
Nous changions, lui et moi, nos préoccupations devenaient plus sentimentales, le besoin d'aimer et de séduire se faisait pressant. Plus charnelles, aussi, le désir nous accompagnait de nuit comme de jour. Des adolescents, en somme, mais un peu différents.
Beaux garçons l'un comme l'autre, nous testions notre pouvoir de séduction sur les jeunes filles de ces campagnes reculées, qui rêvaient toutes de princes charmants et d'aventures romantiques et romanesques.
Cela nous amusait de les voir se presser autour de nous, les entendre glousser. Mais, à notre grand étonnement, notre excitation s'arrêtait à cela.
Car notre amour et notre désir, qui chaque jour croissaient, ne se tournaient pas vers le sexe opposé.
Longtemps lui et moi avons repoussé cette idée, hors de question pour nous de nous laisser aller à ce qui était considéré comme un terrible péché, une abomination, une trahison, même, pour Pablo et les siens, trahison à ces valeurs qui comptaient plus pour eux que leur vie même.
Mais l'amour se moque de telles considérations, il est bien plus puissant que la plus stricte des éducations.

Il est l'eau qui érode les rivages de nos acquis, s'infiltre et ronge la roche de nos assurances, capable de faire éclater les montagnes de nos peurs et de nos réticences.
Repousser l'inéluctable ne sert jamais qu'à amplifier ce qui est encore en état de latence.
Je me souviens encore de ce premier baiser échangé, chargé de culpabilité et de dégoût pour nous même, mais aussi si doux et naturel, issu d'un amour pur.
Cela ne pouvait être aussi sale que ce qui en était dit.
Nous nous sommes aimés, avec le cœur d'amants trop longtemps séparés, avec la fougue de l'amour impossible et contrarié.
Ce qui pour le clan était une maladie des plus ignobles n'était pour nous rien d'autre qu'une évidence.
Je crois pouvoir dire, avec le recul, que j'ai aimé Diego dès ma prime enfance, du temps où sa famille était aux ordres de mon père et n'était pas encore la mienne. Lui que je trouvais si naïf, lui dont le regard sur toute chose me ramenait à la poésie pure, cette poésie que j'aimais tant à lire et que je retrouvais dans son regard sur le monde.
Oui, il a toujours eu cette beauté sans artifice, celle, intérieure, qui irradie, qui se défait des traits physiques, mais les transcende et les rend uniques et magnifiques.
Chaque fois que je le regardais, je prenais dans la gueule des vagues de souvenirs d'une puissance phénoménale, et de ces bribes d'un bonheur déjà ancien, de ces rognures de notre enfance commune, renaissaient mes rêves d'alors.
Une fois le péché entamé, il nous fut impossible de revenir en arrière, l'aurait-on voulu.
Nous cherchions bien sûr à cacher cette idylle considérée comme contre nature, alors qu'elle était bien au contraire la plus naturelle des relations.
Cette fille qui lui était destinée n'aurait pu prétendre l'aimer autant que je l'aimais moi, ni obtenir ce cœur qui m'était réservé.
Nos escapades finirent bien sûr par éveiller quelques soupçons, jusqu'à ce jour où deux de ces jeunes filles amourachées de nos physiques avantageux nous surprirent dans le foin d'une chaude étable.
Par jalousie, je le suppose, par bêtise aussi, elles coururent porter le bruit, le colporter et le répandre jusqu'à ce qu'il atteignît les oreilles du clan.

Ce fut, à n'en pas douter, après la mort de mon père, la pire journée de mon existence.
Pas pour les coups de bâton et de fouet reçus en abondance. Pas non plus pour les crachats et les insultes, les moqueries, les quolibets.
Ce qui me mortifia fut le regard de Pablo. La déception que je pus y lire, lui qui avait totale confiance en moi et me considérait comme son second fils, l'immense peine qui s'y exprimait avec dignité, sans sanglots ni flots de larmes, et enfin, et surtout, cette honte qui l'accablait... lui fier et droit, je le vis courber l'échine.
J'aurais voulu lui demander pardon, m'excuser pour tout ce mal que nous lui avions fait... mais je ne le pus pas, car ça aurait été renier les plus beaux sentiments que j'eus jamais éprouvés.
Nous fûmes séparés, enfermés l'un et l'autre dans deux roulottes distinctes.
Je compris ce jour-là que les gens n'ont nul besoin d'être agressés physiquement ou insultés de vive voix pour haïr et désirer la mort d'autrui.

Le clan leva le camp dans les jours qui suivirent, sans terminer la récolte, sans même attendre d'être payé pour la somme des tâches effectuées.
C'est dire si l'affront était insurmontable.
Je me passai de manger durant presque une semaine, privé de tout, nourri aux coups.
Le visage tuméfié et les côtes meurtries, mon corps ressemblait à l'une de ces cartes du monde sur lesquelles paraissent pays et continents, îles et océans, « mappemondé » à l'encre des ecchymoses, reliefs, monts et crevasses, représentés par les plaies et les bosses.
Pourtant, je me moquai totalement du sort qui m'était réservé, j'aurais pu mourir sans protester, juste pour apaiser les tourments qui animaient ceux qui m'avaient élevé.
Seul Diego avait pour moi de l'importance, j'étais prêt à payer de mon sang son droit au pardon et à la vie.
La caravane prit ses quartiers quelques jours plus tard dans une petite bourgade où les pommiers attendaient des bras pour les soulager de leurs fruits mûrs et sucrés.
Les mauvais traitements diminuèrent jusqu'à s'arrêter, et je pus enfin manger.

Il me semble, avec le recul, que le regard des autres sur la communauté était plus important que les faits mêmes aux yeux de nos compagnons de vie et de route.
Ils ne retourneraient jamais dans ce village où leur réputation venait d'être entachée, et pourvu que plus personne, jamais, ne leur parlât de ce fâcheux épisode, ils étaient prêts à l'oublier.
Tirer un trait, faire comme si cela n'avait jamais existé, tel était leur désir. Mais pas le mien. Pas le nôtre.
Bien sûr, Diego et moi avions interdiction formelle de nous parler, ou même de croiser nos regards.
Nous étions contraints de marcher tête basse, les yeux dans les godasses, au risque sinon de déclencher de nouveau la fureur et les coups.
Ce qu'au début je comprenais commença vite à me peser, et le sentiment d'injustice prit le pas sur les remords et les regrets.
Non, nous n'avions pas à nous excuser, nous avions droit de nous aimer.
La colère finit par changer de camp, gonfla mon cœur jusqu'à éclater.
Je profitai de la dernière soirée, arrosée à tonneaux débondés pour fêter la fin de la récolte, pour fausser compagnie à mes geôliers avinés.
Diego me suivit sans rechigner, sans hésiter, et débuta pour nous ce soir-là une longue période d'errance.
Deux vagabonds amaigris, sales et amoindris, mais libres enfin de vivre leur vie.

25

Joseph referma le carnet sur l'histoire de Joachim et Diego, perturbé par les appels furieux qu'il entendait, encore lointains mais en approche constante.
—Merde, c'est quoi ce bordel ? Des mange-lune... pourquoi le vieux garde ça comme un secret ? Qu'est-ce que ces tantouzes viennent foutre dans cette histoire ? J'comprends plus rien, moi.
Sa foutue montre cassée fut incapable de lui donner une heure, aussi tenta-t-il de l'évaluer à la position du soleil, de manière plus qu'approximative.
Il abandonna rapidement cette idée à la con, se rappelant avec une acuité redoublée qu'il avait toujours été incapable d'interpréter la nature, contrairement à Fraco qui la comprenait avec autant d'aisance que lui saisissait le sens des mots écrits. Il se foutait régulièrement de la gueule de ceux qui écoutaient les conseils de Fraco en la matière, et s'attirait leurs foudres pour ce manque de respect.
Si l'école buissonnière n'avait jamais été pour lui déplaire, il préférait toutefois passer son temps en ville plutôt que dans les champs et les forêts, pour mieux comprendre les codes des gadjos et éviter de se comporter comme un animal sauvage.
Il se laissa glisser jusqu'au sol, puis cacha le carnet sous le grand tronc avant de le recouvrir de feuilles mortes.
Les autres continuaient de beugler son nom, et il se prépara à passer à la question.
—Et allez, ça va être l'inquisition. Ram'nez-vous, les vioks, je suis prêt.
Jorge, le père de Joseph, sortit d'un large buisson à la manière d'un sanglier en pleine charge.
—Te v'là, kestufoula, encor'. On t'cherch' partout.

—Pfff, arrête de parler comme un vieux gitan périmé, p'pa. Vous vous étonnez qu'on nous prenne pour des mongols, après.
—Moukave ta mouille, payo. Y a Fraco qui veut te voir. Marre de tes conneries. Qu'est-ce que t'as chourav, encore ? Avance.
Jorge saisit la nuque du garçon de sa main forte et rêche, et le poussa devant lui jusqu'au campement.

Fraco attendait dans sa roulotte, calme, paisible.
Il sortit sa blague à tabac, son papier, son vieux papier maïs et son briquet à essence.
Avec lenteur et application, il roula une belle cibiche, qu'il alluma à la suite.
L'odeur d'essence enflammée mêlée à celle du tabac brûlé envahit ses fosses nasales puis gagna toute la roulotte.
Il recracha un large et épais nuage de fumée, blanche comme ses tempes.
Jorge poussa à ce moment précis son fils à travers l'ouverture de la porte.
Joseph se rattrapa de justesse avant de s'écraser contre la table où s'était installé le vieil homme.
—Jorge, laisse-nous.
L'homme se retira sans protester, avec tout le respect qu'il avait depuis sa prime enfance manifesté à l'égard de Fraco.
—Tu sais pourquoi je t'ai fait venir, je suppose ?
—Pour qu'on fume un bédo ensemble ?
Fraco planta ses yeux dans ceux de l'adolescent pour y tuer sur l'instant tout esprit de rébellion.
Joseph se sentit fondre, toujours aussi intimidé par le patriarche malgré ses attitudes bravaches.
—Assieds-toi.
Le garçon obtempéra, tira une chaise avec autant de précautions que si elle avait été faite de sucre, et posa dessus ses fesses avec retenue. Il se savait coincé, incapable de se soustraire au long sermon que s'apprêtait à lui servir Fraco.
—Je sais que tu en as assez de vivre à l'ancienne, selon nos coutumes. Mais je te connais mieux que tu ne le penses. Tu n'es pas le mauvais bougre que dépeint ton père, pas vraiment celui, non plus, que viennent chercher les gardés (flics) de temps à autre. Je sais aussi que ces histoires d'enlèvement t'ont touché, et que tu t'en préoccupes, peut-être davantage que certains adultes. Est-ce

que l'un des disparus était de tes amis ?
Joseh opina du chef.
—Ouais, un de ceux qu'ont été enlevés... ou quoi, il leur est arrivé quoi, au juste ? Tu sais, toi, Fraco ? Lui et moi, on était ensemble en cours, l'année dernière. Marc, qu'il s'appelle.
—C'est donc qu'il t'arrive d'aller à l'école, s'amusa le vieil homme. Je sais que c'est toi qui as pris le journal de Joachim. Je t'ai vu entrer, puis sortir de ma roulotte. Je t'ai laissé le temps de commencer à le lire avant d'envoyer ton père te chercher. Ce carnet, vois-tu, n'est rien d'autre qu'une tranche de vie, un bout de notre histoire aussi, vieille d'un siècle et demi, à peu près. C'est toujours instructif de savoir comment vivaient nos aïeux, comment ils abordaient les problèmes qui se posaient à eux. Il semblerait que les erreurs du passé doivent se payer à un moment ou un autre. Avant de continuer, tu as bien commencé à le lire, n'est-ce pas ?
—Ouais. Et j'ai pas trop pigé c'que ces deux tarlouzes avaient à voir avec c'qui se passe aujourd'hui. Chais pas moi, j'croyais que j'allais trouver de vieilles formules, des sortilèges à la con, des trucs qui expliqueraient ce qui arrive. Mais là, je vois pas. C'est quoi, le lien ?
—Je vais te donner l'occasion de lire ce journal jusqu'au bout. Je te demande même de le faire. Et si tu possèdes un dixième de l'intelligence que je te prête, tu banniras de ton langage le vocabulaire que tu emploies pour qualifier l'amour homogenre, comme tarlouze, pédé, fiotte ou que sais-je encore. J'ai lu moi-même ce journal il y a trente ans, l'ai relu dix ans plus tard, et il y a dix ans encore, et avant cela, mes idées sur le sujet n'étaient pas très claires, mon langage était alors proche du tien. Ouvre ton esprit à cette lecture, et tu comprendras bien des choses.
—Ouais, OK, c'est bien gentil... mais qu'est-ce qu'on en a à foutre de ce qui est arrivé y a plus de 100 ans ? Qu'on les appelle tarlouzes, chevaliers de la rosette ou juste des amoureux, ça a quoi à voir avec les disparitions ? Je veux dire, c'est quoi, le délire ? J'ai entendu des trucs dans les bois que jamais j'avais entendus jusque là, et pourtant, c'est pas faute d'avoir tendu l'oreille aux bruits que font les arbres et les petits oiseaux pendant tes vieilles leçons moisies. Des bruits qui foutent la trouille, Fraco. Vraiment la trouille. Y a des choses pas normales, là dehors, des trucs pas naturels. Et au lieu d'avoir un vieux grimoire rempli de formules pour faire saigner du fion n'importe quel « gros méchant pas

gentil » sorti d'un endroit pire que la roulotte pourrie et puante de mon daron, t'as un vieux cahier qui nous raconte Roméo et Juliette chez les Grecs.
—Tu comprendras en temps voulu, à condition que tu le veuilles. Je ne te retiens pas plus longtemps, tu as de la lecture à faire.
—T'as dit que t'as lu ce torchon y a 30 piges, puis plusieurs fois encore après... pourquoi, comment, et qu'est-ce qui s'est passé ?
—Ce village a connu, il y a 30 ans, une vague d'enlèvements, de disparitions, de meurtres, on n'a officiellement jamais vraiment su ce qui était arrivé à ces personnes, mais c'était en tout point similaire à ce que nous connaissons aujourd'hui. Et cela remonte à bien plus loin encore, mais les archives n'ont jamais été recoupées. Des enfants et des adolescents, chaque fois, font les frais de ces horreurs. Ton père et moi avons à l'époque résolu le problème. Il avait ton âge, alors, la première fois. À deux reprises, ensuite, à dix ans d'intervalle chaque fois, il m'a aidé à en finir. Mais j'ai des raisons de penser qu'il ne le pourra plus, et que c'est à toi de prendre la relève.
—Mon vieux a résolu un truc une fois dans sa vie ? Je veux bien croire à l'enfer, aux démons, aux fantômes, à toutes ces conneries, tu vois, mais là, t'y vas fort, tu m'fais marcher.
Le rire de Fraco s'envola en volutes de fumée blanche, libéré de toute retenue.
—Non, mais donc, tu sais c'que c'est, ce problème, puisque tu l'as réglé. Vas-y, dis !
—Je me fais vieux, tu sais. Je n'aurai pas la force, pas cette fois. Mais ton père et toi...
—Oh putain, le cauchemar. Il est pas capable d'essayer d'ouvrir une boîte de sardines à ouverture facile sans péter le petit anneau, ce bourrin, et tu voudrais qu'il sauve le monde ?
—Sache une chose, Joseph. Nous sommes liés au clan de Pablo, nous en sommes les descendants. Et l'histoire de ce village est d'une certaine manière ancrée en nous, nous sommes en partie responsables de ce qui arrive. Tu vois, Joachim et Diego ont bien plus en commun avec toi que tu ne l'imagines.
—Tu vas pas me dire que je suis le petit petit petit marmot de deux amateurs de touche prostate, non ? J'ai pas été beaucoup à l'école, mais les cours de biologie et d'anatomie étaient clairs à ce sujet, c'est pas possible, même avec beaucoup d'amour.

—Cesse de parler ainsi, tu ne sais pas ce que tu pourrais déclencher. Lis le journal de Joachim jusqu'au bout, nous en reparlerons. En attendant, je te demande de rester sur tes gardes, ne traîne pas trop seul et loin du campement. J'ai des raisons de penser que rien n'arrivera aux membres de notre communauté... mais on n'est jamais assez prudent, n'est-ce pas. Allez, sors d'ici, et fais ce que je t'ai demandé de faire.
Épaules basses, attitude molle et lasse, indolence du parfait adolescent, Joseph se dressa, repoussa sa chaise avant de se diriger vers la sortie.
Un pied sur la marche, il se retourna, le regard plein de reproches.
—Eh, Fraco, t'as réussi ton coup, hein. Moi qui m'faisais un plaisir de lire ce machin que j't'avais chourave, maintenant qu't'es d'accord et qu'tu m'autorises à le garder, qu'tu m'ordonnes presque de le lire... Où j'vais trouver le plaisir de le lire, maintenant ? C'est comme si c'était des devoirs ! Le mec distribue les punitions en ayant l'air de rien.
—Tu auras d'autant plus de mérite quand tu en seras venu à bout. Laisse-moi, maintenant, j'ai à réfléchir.
Joseph sauta de la hauteur des deux marches qui le séparaient du sol.
Il inspira avec insistance, gonfla la poitrine, fier, le regard porté sur les femmes et les enfants de sa communauté qu'il ferait tout pour protéger.
Fraco le sage, le respectable patriarche, venait de lui accorder sa confiance, totale, sans condition, dans le cadre de cette affaire qui promettait d'être d'une importance capitale pour l'équilibre de leurs relations avec les gadjos, peut-être même pour leur survie à tous.

26

La chaleur montait doucement dans l'habitacle, et avec elle les odeurs pestilentielles jusque là alourdies et plaquées au sol par l'humidité et la relative fraîcheur de la nuit.
Marc se raccrochait à ces repères corporels autant que temporels, pour conserver la notion de jour et de nuit et éviter de perdre pied.
Occupé à sa tâche, il commençait à transpirer.
À sa demande, Aurélie avait entamé une jolie comptine de sa voix fluette et douce, et gardait ainsi entre eux un contact permanent.
Ce chant aux couleurs d'insouciance tranchait avec leur situation de manière radicale.
Tous deux en profitaient pour s'évader, s'enfuir de ce lieu glauque, rattraper cette vie qu'ils craignaient de perdre, et Marc surtout pour éviter de penser à ce qu'il était en train de faire.
Il forçait, ahanait, tirait et traînait tout ce que ses mains pouvaient attraper. Aucun meuble, aucune chaise, seulement des corps.
Tous ces corps mutilés, qui faisaient fosse commune... combien étaient-ils, au juste ? Depuis combien de temps ?
Certains n'étaient plus que des os dispersés, d'autres donnaient la sensation au toucher d'être faits de carton, séchés, momifiés. Mais les plus récents, les plus frais si le terme pouvait convenir à ces amas de chair décomposée, représentaient pour Marc le plus horrible défi.
Si son plan était d'une simplicité élémentaire, sa mise en œuvre lui demandait des efforts bien supérieurs à ceux consentis physiquement. Nier l'horreur de ce qu'il était en train de faire, se mentir à lui-même quant à l'usage auquel il destinait ces dépouilles, dernier outrage à ajouter à la somme de toutes les horreurs subies.

Le filet de voix de la fillette, comme une bouée de sauvetage, lui permettait de conserver la tête hors de l'eau, de ne pas s'enfoncer dans les méandres de la folie.
Continuer, ne pas faiblir, pour elle et pour lui-même.
« Ce ne sont que des sacs, des choses sans identité, aucune vie ne les a jamais animés »
Il se répéta cette litanie tout le temps que dura sa basse besogne.
Lorsqu'il ne trouva plus rien à ramasser, plus aucun corps à entasser, il tenta de craquer une allumette. Il lui fallut en gaspiller plusieurs avant de parvenir à en allumer une, tant sa sueur avait détrempé sa chemise et les têtes soufrées.
Dans la faible lueur de la flamme ajoutée à celle filtrant à travers le toit en mauvais état, il distingua le résultat de cet acharnement à profaner la mort pour sauver sa petite vie.
Sale, à l'extérieur comme à l'intérieur, il se sentit minable et dégueulasse, misérable.
Pris de nausée, il secoua la main pour effacer cette image dans l'extinction de la flamme faiblarde, mais pas d'ardoise magique, c'était là un simple coup d'éponge inutile passé sur une horreur gravée au burin dans le marbre de sa mémoire.
Devant son immobilité et le silence observé par Marc, Aurélie tenta de le rattraper là où il était parti, de reprendre contact avant qu'il ne fût trop loin.
—T'as fini, Marc ? T'es toujours là, hein ?
Le garçon temporisa quelques secondes, avant de répondre sur un ton aussi neutre que possible.
—C'est bon, Aurélie. J'ai... fait le ménage. Je t'ai pas abandonnée t'inquiète pas, j'irai nulle part sans toi. On va sortir ensemble, promis. Il me reste encore à tester mon boulot, je sais pas si ce sera suffisant pour atteindre la trappe. Mais laisse-moi quelques minutes, ste plaît, je crève de chaud, je sue comme un veau.
—Tu crois qu'on va pouvoir retourner chez nous ? Que je vais revoir maman ?
Il marqua de nouveau une hésitation, trop longue cette fois pour qu'Aurélie ne la relevât pas.
Elle n'en dit pourtant pas un mot.
Comment lui avouer les doutes et les craintes qui l'assaillaient, lui-même ne croyant pas aux mensonges qu'il s'inventait.
Eut-il fallu être optimiste jusqu'à la naïve stupidité pour avoir la certitude qu'ils sortiraient de leur tombe sans autre encombre, sans

que leur bourreau ne les attendît sur le toit pour leur barrer la route, quand bien même parviendrait-il à ouvrir cette trappe qui lui semblait prendre plus de hauteur chaque fois qu'il posait ses yeux sur ses contours nimbés d'une lueur légère, à lui donner le vertige.
Il choisit pourtant de mentir encore, ou la réalité les tuerait plus sûrement et plus vite.
—Bien sûr, qu'on va retrouver nos maisons et nos familles. Allez, j'essaie de monter, souhaite moi bonne chance, et chante moi quelque chose qui me donnera du courage, Aurélie.
La fillette réagit à la seconde même, et dans l'espace étouffant et obscur, elle apporta bouffée d'air et lumière.
Elle chanta avec l'énergie de l'espoir une chanson apprise de sa grand-mère, aussi joyeuse que belle.
Marc débuta son ascension, gravit ces marches instables et molles, éprouvant Everest à vaincre, non par la taille, mais par la difficulté, frein mental serré au taquet. Pas plus d'un mètre à monter, mais toute son humanité à contourner.
Chaque pas effectué sur ce monticule digne d'un charnier lui tira des frissons et le contraint à formuler des excuses pensées à ceux qu'il foulait au pied.
Il enjamba le dernier dernier buste, se hissa dessus et déploya tout son corps et son bras pour atteindre la trappe.
Du bout des doigts, il en sentit la surface lisse, chauffée par le soleil.
Si près du but, près de l'issue, près de la vie.
Peut-être voulut-il aller trop vite, en finir sans tarder, et le puissant mouvement qu'il imprima à son bras pour pousser ce dernier obstacle entre eux et la liberté le déséquilibra.
La chute, inévitable et lourde, le conduisit à s'écraser face au sol, dans cette mélasse immonde, bouillie poisseuse dont il connaissait l'origine. Il en oublia presque le craquement audible et douloureux de son poignet.
De crachats en vomissures, il hurla sa souffrance moins que son refus d'accepter l'abomination et la démence qui en découlait.
Aurélie passa outre les recommandations de Marc, surmonta sa peur viscérale, brisa son immobilité comme un chien effrayé son attache, pour se ruer en direction de son dernier ami, dernier espoir.

Guidée au son des cris et de la toux de Marc, elle le rejoignit en trois enjambées rapides, se pencha sur lui, le prit à bras le corps et se remit à chanter.
Elle qui depuis sa naissance n'avait pas fait une seule nuit sans intervention de sa mère pour la rasséréner inversait aujourd'hui les rôles. Elle serait la grande, celle qui rassure par sa présence et pousse ses propres peurs sous le tapis, elle jouerait la veilleuse, petite source lumineuse qui ferait son possible pour empêcher le noir de gagner.

27

Les enfants passèrent la journée dans la chambre de Sam, à ne parler que de ce qu'ils avaient vu, entendu ou vécu dans la matinée.
Plus l'heure avançait, plus ils cherchaient à minimiser ce qu'il s'était passé, et penchaient vers une simple exagération de leurs perceptions, troublées et trompées par les faits rapportés dans les journaux. Seule Emmy campait sur ses positions et refusait de reconnaître qu'elle avait pu imaginer tout cela.
Malgré tout, hors de question pour Léa de rentrer seule à pied, ni même accompagnée.
Annick fut donc mise à contribution pour la ramener chez elle en voiture, ce qu'elle proposa de toute façon avec une spontanéité ne souffrant aucun doute quant à sa réelle envie de rendre service.
Sam partit avec sa mère et Léa, pendant que Lucas et Emmy restèrent à la maison avec leur père.
Emmy ne décolla pas Lucas d'une semelle, toujours terrorisée à l'idée que l'homme horrible de son rêve vienne de nouveau se mêler à sa réalité.
Viv entreprit de faire la cuisine, au grand dam de ses enfants qui détestaient ses plats et hurlaient chaque fois à l'attaque chimique.
L'abandon en forêt eût été un châtiment plus humain, aimaient-ils à plaisanter.
Installés dans le salon, devant la cheminée équipée d'un insert où aucun feu ne brûlait, ils en regardaient l'âtre à travers la vitre fumée, comme s'il s'agissait d'un écran de télé.

Aucune émission venue de l'extérieur par le biais d'ondes aériennes, aucun programme fixé, établi à l'avance, ce qui se jouait dans ce foyer n'était que le fruit des pensées conjuguées du frère et de la sœur.
Depuis qu'Emmy était en âge de parler, d'exprimer ses idées et de les développer avec une aisance surprenante, elle et Lucas jouaient souvent à ce jeu.
Blottis l'un contre l'autre, en hiver pour lutter contre le froid, ce soir contre les frissons nés de leurs peurs récentes, ils communiaient, partageaient un moment d'étroite et intime collaboration.
La surface vitrée derrière laquelle gisaient les restes de feux anciens, paysage torturé de charbon et de cendre, se faisait la scène d'aventures incroyables dont les seules limites, loin de celles de la cheminée, étaient celles, inexplorées, de leurs imaginations combinées.
Le monde autour d'eux se faisait silence, à leur écoute, attendait sagement qu'ils l'habillassent d'extraordinaire et de merveilleux.
Emmy oubliait tout dans ces instants complices, ses peurs et ses angoisses, ses chagrins d'enfant au cœur nu et sensible, ses soucis de fillette à l'esprit éveillé.
Elle se lançait corps et âme dans ces voyages hors du quotidien et du temps, yeux grands ouverts sur un monde rêvé, brillants de plaisir et d'envie de poursuivre.
Lucas se nourrissait davantage de ce visage poupin émerveillé que des histoires inventées, et trouvait dans ces moments d'extrême proximité toute la puissance de l'amour pur et sans limite, sans condition ni passion destructrice.
Pourtant, ce soir, l'imagination bridée par un traumatisme frais, leur conte prit des accents de vécu et de vérité.
—Là, tu vois, en haut de la montagne grise, c'est nous. On va faire rouler un énorme rocher sur la tête du méchant, puis on le chassera loin de notre royaume.
—Super, Emmy. Tu sais ce qu'on fera, après ? On va se servir des arcs en ciel pour redonner ses couleurs au monde. Et là, le vilain pourra pas supporter cette campagne colorée, parce que lui, il aime que le noir, l'obscurité. Le retour de la lumière ramènera le bonheur, partout, Emmy, elle effacera les peurs, les soucis, les problèmes.

—Oui, parce que les enfants, ils seront libérés, et ils retourneront avec leurs mamans, et leurs papas. Pas vrai ?
—C'est sûr, Bouillab.
—Et on pourra continuer à aller dans le bois, parce qu'il y sera plus, l'horrible.
—Il y sera plus jamais, j'y veillerai. Dis donc, d'habitude, c'est plus gai que ça, nos aventures.
—Ben ouais, mais là, c'était obligé. Fallait qu'on trouve la solution ici, pour de semblant, pour pouvoir le chasser pour de vrai, après. Pas vrai ?
—Si si, c'est exactement ça. C'est même déjà fini, il a entendu que Super Bouillab allait lui botter le cul, il s'est tiré.
Elle sourit dans le vide, pensive.
Dehors, la nuit livrait sa lutte éternelle contre le jour, le repoussait, gagnait du terrain, jusqu'à ce qu'il lui soit repris, au petit matin.
Lucas, parti ailleurs, comme sa sœur, percevait du monde réel des sons assourdis, lointains.
Crépitements d'une poêlée de pommes de terre rissolées, sifflotements de leur père, cuisinier enjoué.
Tout cela dans une atmosphère ouatée, un brouillard léger qui les enveloppait, lui et Emmy, avec le confort agréable d'une couette chaude et moelleuse.
Une suite de bruits, incongrus dans leur environnement familier, vint soudain s'imposer pour emplir leur univers auditif et en prendre le monopole.
Emmy se serra contre son frère plus étroitement encore, pour tenter de combattre le froid qui s'abattit sur eux.
Claquement, raclement, dans la petite cour pavée, quelque chose de lourd, puissant, se déplaçait.
Comme s'ils étaient séparés, dans deux univers différents, les enfants ne tentèrent même pas d'appeler leur père, persuadés qu'il ne les entendrait pas.
Des sabots. Lucas, terrifié, repensa à ce terrible hennissement, glacial et mort.
—C'est pas possible, c'est pas ça, il est pas là. Dis-le avec moi, Emmy, il est pas là, il est pas là !
Emmy, secouée de tremblements, plaqua ses mains sur ses oreilles, et scella ses paupières assez fort pour chasser toute image de sa tête.

Les pas cessèrent, et de l'absence de bruits et de repères, de cette incertitude naquit la terreur froide.
Lucas parvint à s'arracher à sa paralysie, laissa Emmy recroquevillée sur sa frayeur pour se diriger vers la fenêtre.
Il agissait comme dans un très mauvais rêve, marchait vers un abîme aux parois friables et mouvantes dans lequel il risquait de s'enfoncer, avec la totale conscience que c'était là une terrible erreur. Mais il ne put s'en retenir, contraint d'obéir à une impériale injonction.
Debout face à la baie vitrée, il scruta la pénombre, prit le temps d'accoutumer ses yeux à l'obscurité.
Dans un soupir inversé, sa respiration s'arrêta et son cœur connut des ratés.
Il distingua tout d'abord l'énorme silhouette chevaline, massive, plus sombre que l'enfer. De ces contours flous et mal définis ne se détachaient que deux yeux brillants d'une lueur verdâtre folle et malsaine.
L'animal, ou quoi qu'il fût, conserva sa position, immobile.
—Qu'est-ce que tu veux, saloperie ? chuchota Lucas d'une voix expirée à peine audible.
En dépit de son émotion extrême, le garçon s'approcha encore de la grande surface vitrée, et tenta de voir la bête plus en détail.
Mains en coupe autour de ses yeux, plaqué au vitrage, il détailla chaque centimètre carré que la nuit n'avait pas encore englouti.
La peau de l'animal, parcourue de plaies et d'entailles, se détachait par endroit en plaques nécrosées.
S'il subsistait la moindre parcelle de vie en cette créature, elle devait alors souffrir mille tortures.
Dans ces veines putrides ne coulait que la mort, rien de vivant dans cette aberration sortie tout droit d'une tombe.
Le cheval ne bougeait plus du tout, ne manifestait pas le moindre intérêt pour Lucas, mais sa seule présence, ici, chez eux et dans leur monde, représentait une virulente agression à l'édifice de la raison même.
Fou, probablement, assurément, Lucas devait l'être, car rien de semblable à cette chose ne pouvait arpenter la surface de cette terre, dont seules les profondeurs lui étaient réservées.
Il aurait pu rester statufié derrière la fenêtre jusqu'à la nuit des temps, à étudier l'horreur dans ses moindres détails.

Le canasson du diable finit par se retourner vers la forêt, appel d'air à l'espoir, bouffée de soulagement expirée aussitôt par le garçon sous forme de buée blanche.
Lucas relâcha toute la tension accumulée lorsque la bête reprit sa marche pour s'éloigner.
Impossible de croire que tout cela était réellement arrivé, impossible tout autant de penser que cela n'avait aucune réalité, tout comme cela le serait d'essayer de l'expliquer à qui que ce soit, en dehors de son frère.
Condamné à garder ce secret pesant et acide, corrosif pour toute âme sensée, abrasif pour tout esprit doté de raison.
Les asiles étaient emplis d'hommes et de femmes qui juraient avoir assisté à des scènes aussi délirantes... Lucas s'imagina enfermé dans l'un de ces centres, entravé par une camisole, isolé, abandonné.
Peu à peu, la buée se résorba, et ce qu'il vit alors l'envoya à l'étage des cas désespérés. Il bascula en arrière, et tomba sur le coccyx, sans même écouter la douleur intense née de ce choc.
Une silhouette, humaine cette fois, s'inscrivit dans le halo de lumière généré par la lampe faiblarde du salon, d'un jaune pisseux.
Une main décharnée, dont les doigts comportaient des phalanges entre os nu et chair putréfiée, se posa à plat sur la vitre, la souilla de sa viande décomposée.
Lucas aurait pu reculer, fuir, hurler... il n'en fit rien.
Son regard se porta sur le visage dont une partie manquait.
L'étrange et abominable rictus permanent découvrait des dents terreuses.
Puis les yeux s'ouvrirent, ou s'illuminèrent juste d'une rage démente, il n'aurait su dire s'il restait à cet homme des paupières.
Lorsqu'ils plongèrent dans les siens, la somme de douleur, de chagrin et de rancœur qu'il put y percevoir le balaya, et il s'écroula sur le plancher, évanoui.

28

Après avoir déposé Léa chez elle, Annick conduisait avec une prudence redoublée depuis qu'ils avaient failli renverser un sanglier avec une embardée sur le bas côté, pour ensuite s'arrêter, pneu avant droit déjanté.
—Avoue, m'man, t'es contente que je sois avec toi, hein ?
—Pas plus que tu ne l'es que je sois avec toi, il me semble.
—Allez, charrie pas, comment t'aurais fait pour changer la roue, si j'avais pas été là, hein ?
—Mon cher fils a l'air d'oublier que s'il n'avait pas été là, sa chère maman n'aurait pas eu à prendre sa voiture pour raccompagner la dulcinée de son cher fils, et n'aurait donc pas eu à éviter ce cher sanglier et à crever son cher pneu, que son cher fils a changé parce qu'il pouvait au moins faire ça.
—C'est bon, t'as gagné, m'man. Tu reconnaîtras jamais que t'as besoin de moi, hein ?
—Et toi, j'imagine que tu ne me diras jamais ce qui te préoccupe. Je me trompe ? Je t'ai observé, tout à l'heure, lorsque tu changeais la roue. Tu avais l'air... nerveux, pas comme d'habitude. Non ? Tu ne demandes jamais à ce qu'on vous ramène, tu préfères prolonger les instants passés avec elle, marcher, y compris de nuit, ne t'a jamais effrayé. Je jurerais que tu avais peur, tout à l'heure. Tu veux éviter quelqu'un ? Si tu as des ennuis, il faut nous le dire, Sam, même si ça implique que tu aies fait quelque chose de répréhensible. Ton père et moi t'apporterons notre soutien, mais tu ne dois pas nous « balader ».
En recherche d'une réponse crédible, le garçon resta muet trop longtemps pour ne pas attiser les doutes nourris par Annick.
—Il va vraiment falloir qu'on ait une discussion, Sam. Tu ne touches pas à la drogue, j'espère ? Si c'est ça, nous t'aiderons à t'en

sortir, tu sais, tu resteras notre fils quoi qu'il en soit, mais ne t'enferme pas seul avec ça. Nous t'aimons, Sam, j'espère que tu le sais.

—Oh la vache, m'man, tu regardes pas de films et de série, mais tu te fais de beaux scénarios quand même. Je me suis jamais intéressé à ces merdes, même pas à l'herbe ou au shit. Arrête, c'est du délire, là, à t'écouter, je devrais déjà faire mes valises pour partir en désintox. Rien à voir avec ça. C'est juste... ben tu sais, ces histoires d'enlèvement, là. C'est chelou, je trouve, tu crois pas ? Ça fait un peu flipper, normal, non ? Je pense à ces gosses, va savoir ce qui leur est arrivé. C'est horrible, je m'imaginais si c'était Bouillab ou mioche qui avaient disparu. J'essaie de me mettre à la place des familles, ça doit être la pire des choses qui puisse arriver.

Annick arrêta le véhicule sur le bas-côté, et porta un regard d'une folle intensité à son fils.

—Si c'est bien ça qui te préoccupe, Sam, alors je te demande pardon. Et je suis fière d'avoir un grand garçon pour qui l'empathie n'est pas qu'un simple mot pour faire joli au scrabble.

—Oh, m'man, ça craint, me parle pas comme si j'étais un gogol.

—C'est bien de vous, les jeunes d'aujourd'hui, ça. La gentillesse, l'empathie, la compassion ne sont pas des gros mots. Et n'emploie pas ce mot.

—Quoi ? Gogol ? Je dis pas ça méchamment, tu sais bien.

Les phares déshabillèrent peu à peu l'allée d'accès à leur maison de sa tenue de deuil, et l'animèrent d'un ballet d'ombres vivaces.

Arbres et buissons prenaient alors vie, semblaient se mouvoir et se poursuivre.

Sam prêtait à toutes ces ombres, qu'auparavant il ignorait, une attention particulière.

Et parmi elles, si singulières, si différentes, il en repéra deux aussi visibles et incongrues que deux maillots du PSG dans les tribunes des ultras de l'OM.

Ses yeux allaient de l'une à l'autre, une masse imposante happée par la forêt, qui réveilla en lui les souvenirs effrayants du matin, et une silhouette fine et longiligne, immobile devant l'une des fenêtres.

Annick ne vit rien de tout ça, occupée à diriger son véhicule et à s'étonner du comportement étrange de son garçon.

Crispé sur la poignée de porte, penché en avant comme pour raccourcir la distance entre ses yeux et leur cible, il vécut l'un des instants les plus terrifiants de son existence.
« Ils sont là, chez nous... ils sont réels ».
Cette intrusion dans son espace de vie, dans son intimité, accrut de manière exponentielle son traumatisme.
La créature se détacha de la face vitrée, et rejoignit le cheval.
Sa démarche cassée, désarticulée, ajouta au malaise de Sam.
Dès que la voiture fut garée, et avant qu'Annick eût pu lui poser la moindre question, Sam s'éjecta du véhicule pour foncer à l'intérieur.
Puis il se ravisa, retourna jusqu'à sa mère et l'agrippa avec force pour la tirer et la pousser.
—Mais qu'est-ce qui te prend, à la fin ? Tu me fais mal, Sam.
—La nuit, c'est dangereux, c'est tout. Allez, maman, rentrons, tout de suite.
Peur contagieuse, doute pernicieux.
Annick ne tarda pas à se laisser convaincre.
À peine la porte d'entrée fut elle claquée que Sam courut au salon.
Lucas, assis devant la baie, pétrifié, d'une pâleur cadavérique, semblait ne jamais devoir se relever.
En totale panique, Sam chercha sa sœur, et son cœur ne repartit que lorsqu'il la trouva, petite chose en boule, repliée sur ses peurs.
Il la prit dans ses bras, et pour la première fois de leur vie commune, sans calcul, sans retenue aucune, l'embrassa et la serra contre lui.
Ainsi chargé, il s'avança jusqu'à Lucas, s'agenouilla devant lui.
—Mioche. Mioche, réponds-moi, ste plaît ? T'es parti où, mec ? Nous laisse pas, on a besoin de toi. J'ai vu, moi aussi, j'ai tout vu. T'as pas besoin de t'en faire, je croirai tout ce que tu pourras raconter.
Lucas parut émerger d'un sommeil prolongé, perdu, déboussolé.
—Eh, mec, ça va ? Dis quelque chose, tu me fais flipper.
—Ils étaient là, Sam. Vraiment là.
Annick entra dans le salon, de plus en plus surprise, inquiète même, de l'attitude de ses enfants.
La précipitation de Sam, son intérêt soudain pour sa sœur au point de la prendre dans ses bras, sa sollicitude envers son frère visiblement tombé au sol à force de chahuter pour amuser Emmy, pensa-t-elle, tant de comportements en totale incohérence avec

ses habitudes ne firent que confirmer ses doutes quant à sa prise de drogue.
Elle rejoignit son mari dans la cuisine, et entreprit, par touches discrètes, de le questionner au sujet de leur fils, pour confronter son avis au sien.
Viv, plongé dans un épisode de son roman, inscrit par bribes successives dans un carnet, remuait machinalement la viande en sauce qu'il laissait mijoter, et ne prêtait aux propos de sa femme qu'une attention limitée.
Cette dernière, découragée, finit par penser qu'elle se faisait des idées, et balaya, pour le moment en tout cas, ces pensées déplaisantes.

À table, la fratrie, unie par les mêmes tourments, ne fit que peu honneur au dîner préparé par Viv, ce dont il ne s'offusqua ni ne s'étonna guère, sa cuisine n'emportant jamais les faveurs de sa difficile descendance.
Annick, discrète, resta en retrait, observatrice attentive, point d'interrogation vissé au-dessus de la tête.
Aucune dispute, aucun rire, que ce repas fut morne et ennuyeux.
Annick se projeta dans les années à venir, lorsque ses trois bébés auraient quitté le foyer, et en conçut une pénible angoisse, presque douloureuse.
Sensation oppressante, ce vide sidéral et ce terrible vertige, des rochers dans la gorge, des braises dans l'estomac.
Emmy, éponge à sentiments, vint se blottir contre elle, pour répondre à une demande mutuelle, besoin de réconfort, envie de rassurer.
Annick sentit l'extrême tension qui torturait sa fille, et la mit sur le compte de sa malheureuse aventure de la matinée.
Emmy, quant à elle, n'osa plus exposer ses terreurs, de crainte de les voir renvoyées à de simples inventions.
La soirée s'acheva tôt, et les lits accueillirent des cauchemars sans sommeil, et les draps recueillirent quelques frissons et larmes.

29

Marc avait perdu connaissance après sa dure chute, pour ne se réveiller que de longues heures plus tard.
Couvé par Aurélie, collée à lui tout ce temps à fondre sa peau à la sienne, il s'éveilla en sursaut, la bouche faite de charogne et d'excréments, le bras droit harcelé par une douleur lancinante en constante augmentation. Il cracha et toussa pour tenter de se défaire de ces saveurs et de ces fragrances immondes.
Aurélie l'avait retourné de manière à dégager son visage de la fange visqueuse dans laquelle il trempait, puis s'était serrée à sa poitrine pour compter les battements de son cœur, mesurer la vie qui y circulait de peur qu'elle ne le quittât, pour finir par s'endormir ainsi.
Il remit de l'ordre dans ses pensées, rejoua le film sans image qui l'avait mené à la chute, et se souvint de cette foutue trappe, assez proche pour les laisser espérer, trop haute pour l'atteindre et concrétiser leur souhait. Il n'en perçut aucune trace au-dessus d'eux, signe évident que la nuit était tombée.
Sa main gauche courut le long de son bras meurtri, jusqu'à ce poignet qui formait un angle anormal.
Mâchoires crispées et dents grinçantes, il put sentir avec dégoût l'excroissance osseuse sous la peau distendue. Il ne faisait aucun doute que son poignet, énorme, était fracturé, réduit en miettes.
Dans un accès de désespoir, il s'imagina rester coincé ici pour toujours, délirant d'une fièvre létale, ce bras blessé dévoré de gangrène, une mort lente, interminable et douloureuse.
Ce fut un coup de fouet, coup de pied au derrière, qui le poussa sans attendre à se redresser et tenter l'impossible.
Il secoua Aurélie, qui poussa un cri étouffé.

—N'aie pas peur, c'est moi. Il est pas revenu, je crois pas.
—Tu t'es fait très mal, Marc ? J'ai eu peur, j'ai cru que t'allais me laisser toute seule. Tu me laisseras pas, pas vrai ?
—Je te l'ai dit, jamais. On rentrera chez nous ensemble. J'ai super mal au poignet, va falloir que tu m'aides, Aurélie. On va se mettre debout, OK ? Et ensuite, tu feras ce que je te demanderai. Tu vas monter sur mes épaules, et t'essaieras de pousser la trappe, OK ? Je sais pas pourquoi j'ai pas pensé à ça avant, putain.
—J'ai peur, Marc, s'il est en haut et qu'il m'attrape ? Je crois que je pourrai pas, je pourrai pas, Marc.
La voix du garçon se fit inflexible, ne laissa aucune place aux contestations.
—Tu feras ce que je te demande ! T'as pas le choix. Y a personne, là haut. Tu veux revoir ta mère ?
—Ou-oui.
Les sanglots retenus dans la gorge de la fillette ne le touchèrent pas, le temps n'était plus à l'apitoiement ni aux jérémiades. Il lui fallait être fort pour deux, et ne gâcher aucune chance de s'en sortir.
—OK, vas-y, écarte tes jambes, je vais passer ma tête, et après, je te soulèverai.
Aurélie s'exécuta, terrorisée.
Marc tenta une première fois de la hisser, et se rendit compte qu'il avait sous-estimé le poids de la fillette.
Il dut s'employer bien plus qu'il ne l'avait imaginé, et chaque effort supplémentaire lui arracha de vicieux pics de douleur. Au bord de l'évanouissement, il parvint enfin à se redresser, puis stabilisa sa position, attendit que les vagues de souffrance s'estompassent avant de reprendre la parole.
—Maintenant, Aurélie, faut que tu sois forte. Je suis avec toi, tu vas y arriver. Tends le bras vers le haut, et vois si tu peux toucher le plafond.
—T'es sûr qu'il peut pas m'attraper ?
—Oui, sûr de chez sûr. Vas-y !
Hésitante, Aurélie se fit violence, et envoya sa main avec la crainte de la perdre ou de rencontrer ce qui lui faisait si peur.
Lorsqu'elle entra en contact avec le plafond, rugueux d'ignobles salissures séchées, elle se rétracta comme une anémone.
Le petit gémissement qu'elle poussa confirma à Marc que leur but était atteint.

—C'est bon, ça y est, tu l'as touché ?
—Oui, Marc. Y a des trucs collés, partout, c'est comme des croûtes. Je sais pas ce que c'est, ça me fait peur, Marc.
—C'est rien, je te jure que c'est rien. On est pas loin, Aurélie, la sortie, elle est juste là, à portée de tes doigts. Mais faut que tu continues à toucher, à chercher la trappe. Tu dois sentir comme un trou, et après, juste un peu plus haut que le plafond, tu la sentiras. Faudra pousser de toutes tes forces, Aurélie. Si tu le fais pas, on va mourir tous les deux. Tu veux pas ça, hein ?
Elle ne répondit que par les frôlements audibles de sa main contre le toit.
Plusieurs minutes lui furent nécessaires, à tâtons successifs, pour atteindre leur but. Marc se déplaça par petits pas chassés, monta sur ce qu'il assimila du pied à un buste, aida de son mieux Aurélie, qui enfin exulta.
—C'est là, c'est là, y a le trou.
—Comme on sait pas trop dans quel sens ça s'ouvre, faut que tu pousses au milieu, tu comprends ?
De nouveau, elle ne dit mot, mais il l'entendit gémir dans l'effort et sentit la pression accrue sur ses épaules.
—C'est top, Aurélie, continue. Pousse super fort, tu vas y arriver.
Les tremblements dans les membres d'Aurélie vinrent confirmer à Marc qu'elle lui obéissait sans chercher à feindre.
Un claquement de couvercle soulevé et retombé, une bouffée d'air frais, non vicié.
—T'as réussi, putain, Aurélie, t'as réussi.
—Mais ça se referme, Marc. C'est lourd, j'arrive pas à ouvrir.
—C'est pas grave, Aurélie, on va prendre notre temps, et t'y arriveras. J'ai confiance en toi, tu sais, tu vas nous sortir de là, je le sais.
En dépit de son assurance affichée, Marc sentait ses jambes faiblir, et était tout à fait conscient qu'ils n'avaient plus beaucoup de temps avant qu'il ne s'écroulât.
Le vent aride et brûlant que soufflaient ses bronches vint ajouter, à la détresse, la soif, intense, gorge sèche en proie aux morsures de la déshydratation, langue de carton devenue inutile, sans salive à déglutir.
Aurélie, dans un effort ultime, rassembla force physique et volonté.

De nouveau, l'air s'engouffra, enveloppa les corps moites d'une douce fraîcheur.
Cette brise portait un nom plus délicieux encore que ne l'était sa caresse : Espoir.
Aurélie poussa encore, aidée d'un cri libérateur, et enfin la trappe claqua, en position ouverte cette fois.
Aurélie laissa exploser son soulagement, entre pleurs et rires.
—C'est ouvert, Marc. Je peux même mettre ma main dehors.
—Génial, t'es la plus forte. Va falloir que tu t'accroches au bord pour te hisser dehors. Je vais t'aider en poussant, mais je pourrai pas trop avec mon bras droit.
Ses propres paroles lui revinrent avec la violence d'un boomerang en pleine gueule, oiseau de proie et de mauvais augure aux serres redoutables, initiatrices d'une prise de conscience douloureuse.
Il tituba sous le choc, faillit s'effondrer, mais se reprit à temps.
—Aurélie, vas-y, vite, je vais pas tenir longtemps. Monte ! Quand tu seras dehors, faudra que tu coures, que t'ailles chercher de l'aide.
—Mais Marc, il fait noir. J'ai peur, je sais pas où on est. Je... je pourrai pas. Faut pas me laisser toute seule. Pourquoi tu viens pas avec moi ?
—Aurélie, écoute-moi bien, on n'a pas de temps à perdre ! J'ai le bras cassé, tu comprends ? Ça me fait trop mal, je pourrai pas sauter pour m'accrocher à la trappe, avec une seule main, aucune chance. Mais toi, tu peux. T'es notre seule chance à tous les deux. On n'a pas le choix, tu dois y aller seule.
Les tremblements d'Aurélie prirent une ampleur démesurée, communiquée à Marc par le biais de sa nuque. Étrange connexion, communication directe de tourments puissants et traumatisants.
Il sut que s'il ne réagissait pas, alors tout serait perdu, toute la peine qu'ils s'étaient donnée, tous les efforts consentis... jusqu'à leur vie.
—Je peux pas, je veux que tu viennes avec moi, Marc, ste plaît.
La voix de Marc tonna alors, sèche, péremptoire, autoritaire au point qu'elle le surprit lui même.
—Tu dois y aller ! Maintenant ! Tu sais ce qui va arriver si tu fais ton bébé pleurnichard ? Tu veux que je te dise ? On va mourir tous les deux dans cette fosse à merde ! Voilà ce qui va arriver. T'as le choix, Aurélie, soit tu te sauves tout de suite, et là, on aura une chance, soit tu restes avec moi, et on reverra jamais nos parents.

À toi de voir !
Mortifié, il sentit sur son front tomber de lourdes larmes, averse abondante venue d'un ciel chargé de peine, giboulées de chagrin violentes et soudaines.
Le poids de l'enfant se fit plus discret, moins difficile à porter.
Aurélie, contrainte et forcée, tirait déjà sur ses bras pour s'extraire de l'enfer de leur geôle.
Marc l'aida du mieux qu'il le put, poussa aussi fort que possible, et à son tour se mit à pleurer sans retenue.
« Sauve-toi, Aurélie. Sauve-toi »
Les pieds d'Aurélie se posèrent sur ses épaules, et déjà son buste dépassait à l'extérieur.
Un hennissement, lugubre et malsain, retentit et occupa tout leur espace sonore, comme si tout ne se résumait plus qu'à lui, destructeur de joie, d'espoir et de vie.
Aurélie, à moitié sortie, haut du corps plaqué au toit pour ramper, arrêta net sa progression.
Marc put entendre sa respiration saccadée, presque un halètement de chien en état de choc.
—Aurélie, putain, c'est quoi ? Il se passe quoi, là-haut ? Réponds !
Le temps s'arrêta, les secondes se firent douloureuse éternité.
Puis tout s'accéléra, de manière incontrôlable.
Le corps d'Aurélie fut happé, ses jambes disparurent à une vitesse effarante.
Et de nouveau, tout se figea.
Tête levée vers la trappe, regard fixé sur le ciel, Marc adopta le comportement d'un fauve encagé, décrivit des cercles autour du monticule de cadavres.
Lorsqu'il retrouva sa capacité à s'exprimer, peur et rage s'allièrent pour former un hurlement.
—Aurélie ! T'es où, dis-moi ce qui se passe, ste plaît. Vous foutez quoi, bande d'enfoirés ? Laissez-la, vous entendez ? Laissez-la ou je vous bousille. Je vous tuerai, salopards !
Dans l'attente d'une réponse, ou d'une réaction, il se tut, à l'écoute totale et viscérale du plus petit bruit.
Le silence relatif de la nuit se fit brouhaha, le chant des grillons lui parvint avec une agressive puissance, le hululement de la chouette effraie s'insinua dans son âme, et il lui sembla l'espace de quelques secondes percevoir jusqu'au grouillement des vers de terre.

Tout cela ne pouvait être que le pire des cauchemars, et sa mère ne tarderait plus à lui secouer l'épaule avec tendresse pour l'en sortir et le rasséréner.
Tout à cette pensée, il ferma les yeux dans l'espoir de les rouvrir dans sa chambre.
Aussi brusquement qu'elle avait disparu, Aurélie reparut, jetée comme un déchet à travers l'ouverture.
Son corps percuta Marc, qui bascula sous le choc, écrasé par sa jeune amie. De nouveau, son poignet se tordit, les fragments osseux raclèrent les uns contre les autres, les chairs se distendirent et par endroits se cisaillèrent.
La souffrance se fit intolérable, au-delà de la conception même de la douleur.
Avant de sombrer, il vit s'inscrire dans l'encadrement de la trappe un visage, légèrement luminescent, astre maudit qui prit la place de la lune dans son ciel minuscule.
Ravagé, détruit et en partie décomposé, cet être malsain aux yeux noirs de sang le fixa de son regard brûlant de haine, rictus déroutant affiché sur ces vestiges de traits, sourire dément sans joie ni aucune bienveillance.
Ce qui le marqua pourtant bien plus que tout autre caractère, ce qui le malmena, fut cette humanité en passe d'être oubliée ballottée dans un océan de chagrin. Et l'amour aussi, pur, fort, insensé. De l'amour. De l'amour.
Marc s'évanouit.

30

Lucas s'éveilla en sursaut, poisseux de sueur froide.
Son doigt guidé par l'habitude pressa le bouton supérieur de son radio réveil, qui grava l'heure au plafond en gros chiffres rouges.
Dans le faible halo de lumière, il capta du coin de l'œil un mouvement furtif qui terrassa son cœur, le mit à l'arrêt une microseconde avant de le relancer sur un rythme accéléré.
Le choc le fit se redresser en position assise, pour scruter la chambre.
Alors qu'il tendit le bras pour atteindre l'interrupteur, une silhouette surgit de la pénombre pour se précipiter sur lui.
Il faillit pousser un cri, qui mourut dans sa gorge avant de naître.
—Bordel, Emmy, t'as failli me faire crever !
La fillette se jeta sur le lit, s'enfonça sous le drap et se serra contre son frère.
—J'ai encore rêvé, Lucas. J'ai peur, je veux pas dormir toute seule. Laisse-moi rester, s'il te plaît. Je ferai pas de bruit, et je prendrai pas trop de place, promis.
—Ouais, t'inquiète, tu peux rester. Va falloir qu'on parle à papa et maman de ce qu'on a vu, hein.
—Mais tu sais, je voulais parler à papa et maman, mais je sais qu'ils nous croiront jamais. Moi ils disent tout le temps que c'est mon imagination.
—Je sais même pas si on l'a pas rêvé. C'est pas possible, je comprends plus rien.
—Je veux plus sortir de la maison, Lucas. Le monsieur horrible, il veut me prendre.
Lucas chercha longuement et en vain des arguments pour rassurer sa sœur.

—Tu peux dormir, Bouillab. Je veillerai sur toi. Et personne viendra, promis.

Il ne fallut guère de temps à Emmy pour se rendormir, rassérénée par le contact étroit avec Lucas.

« C'est peut-être juste qu'on a besoin de repos. Ouais, c'est forcément ça. »

31

Tout le monde dormait encore, seuls les chiens à l'attache devant les portes de chaque caravane veillaient en silence.
Ils dressèrent les oreilles et suivirent des yeux sans manifester la moindre agressivité une silhouette familière qui traversa le campement en direction des bois proches.
C'était pour Joseph une première, lui qui d'ordinaire traînait plutôt au lit s'amusa ce matin d'être debout avant les autres, Fraco y compris.
Il s'étonna de l'ambiance feutrée qui régnait, du silence quasi total, comme si les animaux nocturnes étaient déjà partis se coucher et les diurnes toujours endormis.
Les couleurs, les odeurs, tout lui parut différent, plus accueillant, plus agréable, et il se prit à regretter de n'avoir jamais auparavant songé à découvrir la beauté du jour naissant.
Après cette marche vivifiante, il retrouva le grand arbre couché, sous lequel il avait caché le journal de Joachim Fernet.
À quatre pattes, il fouilla l'importante épaisseur de feuilles mortes dans laquelle il avait dissimulé le fruit de son larcin.
Chaque seconde passée sans le trouver vit son angoisse croître, pour finir par se muer en panique totale.
—Putain, il est passé où ?
Il retourna littéralement l'amas de feuilles et de branchettes, sans succès, avant de se calmer pour réfléchir posément.
La luminosité en constante élévation lui permit de repérer une traînée fraîche laissée dans la couche humifère, accompagnée de traces de pattes parfaitement moulées dans cette terre meuble et légèrement humide de rosée.

Tant bien que mal, il suivit cette piste, à défaut d'entrevoir une quelconque explication à cette disparition.
Les empreintes le menèrent à une vieille et imposante souche, sous laquelle s'ouvrait un trou béant.
En sortit un animal trapu, râblé, d'allure puissante et féroce.
Le blaireau huma l'air, détecta la présence de Joseph, et s'éloigna sans précipitation.
—C'est pas possible, c'est quand même pas toi, espèce d'empoilé, qui m'a chouravé le carnet ? Si on m'dit que tu lis mieux que moi, j'vais m'vexer.
Joseph patienta, le temps que l'animal se fût suffisamment éloigné.
Lorsqu'il fut certain qu'il ne se trouvait plus dans les environs, il s'avança jusqu'à l'entrée du terrier, d'un diamètre suffisant pour laisser passer un chien de belle taille... ou bien un jeune gitan pas très costaud encore.
—J'peux pas croire à c'que j'suis en train de faire, moi. C'est vraiment n'importe quoi.
Il regretta de n'avoir pas prêté plus d'attention aux leçons de Fraco, peut-être en saurait-il davantage sur les mœurs de cette foutue bestiole. Un blaireau, cela vivait-il seul, ou bien en couple, ou pire en colonie ?
Il prêta une oreille attentive à l'intérieur de la demeure de monsieur ou madame blaireau, sans percevoir de signe de vie.
De sa poche, il tira sa minuscule torche à led, « empruntée » à ce commerçant qui un jour l'avait traité de nuisible.
Le puissant halo concentré de lumière blanche transperça la noirceur de ce profond trou.
Avec une certaine appréhension, Joseph y glissa la tête.
L'odeur musquée, rebutante, le fit reculer.
Puis, décidé à vérifier si son voleur était bien ce plantigrade court sur pattes, il tenta de s'enfoncer plus avant dans la gueule terreuse à l'haleine fétide. En dépit de son allure chétive, ses épaules étaient encore trop larges pour qu'il pût se faufiler avec l'aisance du blaireau, et ses membres trop longs.
Le terrier formait un coude, au bout duquel s'étendait une chambre plus large et vaste que ce couloir réduit et étouffant.
À sa grande surprise, au fond, il vit un rai de lumière, qui l'incita à chercher une autre entrée possible.
Il se redressa, et gravit le monticule formé lors de l'arrachement des racines après la chute de l'arbre.

Au sommet, la terre, retournée et meuble, s'éboulait sous ses pas. Sans pelle, mais armé de détermination, il entreprit d'ouvrir une brèche jusqu'au centre du terrier.
La tâche ne fut pas des plus ardues, et le trou ainsi créé lui permit d'avoir une vue directe sur le logement du blaireau.
Avec un sourire triomphant, il éclaira l'intérieur, et vit de suite ce qu'il cherchait.
—On rêve tous de faire l'école buissonnière, et toi, mon vieux blaireau, tu chouraves des bouquins. Tu t'fais une biblio, ou quoi ?
Bras tendu, il attrapa le journal, soulagé.
—Et ça, c'est quoi, sa race ?

32

Marc ouvrit les yeux sur le néant, le noir absolu.
La douleur lancinante, les odeurs suffocantes, la nausée oppressante.
Mais plus encore que tous ces maux et tourments, une image le poursuivait et prenait le pas sur le reste.
Ces yeux, cette humanité. Cette lueur qu'il n'oublierait jamais.
Au centre de ce visage en partie décharné, il avait vu un homme, un esprit torturé, une âme fracturée, et c'était là, peut-être, le plus effrayant.
Qu'était donc cette créature, ce cauchemar réalité, ou qu'avait-elle été ?
De faibles gémissements le ramenèrent à la réalité.
—Aurélie ? T'es là ? Ça va ?
D'une reptation facilitée par la fange, il se glissa jusqu'à elle. L'enfant, désorientée, poussa un cri de terreur à son contact.
—Aurélie, c'est moi, Marc. C'est moi, n'ai pas peur.
—J'ai pas pu, Marc, j'ai pas réussi.
De ces mots pleurés, Marc comprit la détresse, bouleversé par les excuses à peine masquées.
—C'est pas ta faute, Aurélie, non, je te jure, t'as été une vraie championne. T'as été super forte, moi j'aurais jamais pu en faire autant. C'est lui, il est là, il surveille. Il nous laissera pas partir, pas aussi facilement. Mais tu sais quoi ? On l'aura. Je te promets qu'on l'aura. T'es pas blessée, toi ?
—Je crois pas. Je l'ai vu, Marc. Il m'a attrapée. Y avait un cheval, aussi, dehors. Quand j'étais en haut, c'était comme si j'étais pas vraiment en haut.
—Comment ça ? Je comprends pas.

—J'étais sur le toit, mais le méchant et le cheval, ils étaient pareil que moi.
—Je vois toujours pas, Aurélie. Tu veux dire que le cheval était aussi sur le toit ?
—Non, il était par terre, lui... mais pas en bas. On était pareil.
Marc songea à la porte et à la fenêtre bloquées.
—Le toit était au même niveau que le sol, c'est ça ?
—Oui, c'est comme si j'étais pas en haut.
« Enterrés ! On est enterrés ! »

33

Joseph avait trouvé un très joli emplacement au bord d'un ruisseau, avec une large pierre plate, parfaite assise pour poursuivre sa lecture.
Il prit le temps d'admirer les plantes aquatiques aux ondoiements hypnotiques, petits serpents végétaux animés d'une vie hydraulique.
—Qu'est-ce qui m'arrive ? J'vais virer tantouze, moi, à force. Allez, à nous, Joachim, Diego, Pablo et les autres.
Posé sur ce rocher, pieds au-dessus de l'onde, il s'imprégna de l'atmosphère paisible, des chants enjoués d'oiseaux matinaux au bruit de l'eau pressée de rejoindre le fleuve, guidée par ce lit accueillant de sable doux et doré.
Journal posé sur les genoux, il l'ouvrit, et se replongea dans l'histoire contée en quelques mots à peine.

Décembre 1876

Diego marche avec moi, et je marche avec lui.
Notre errance dure depuis maintenant deux ans, deux très longues années, riches de découvertes, peuplées d'angoisses et d'incertitudes, de rejets successifs.
Mais notre amour est là, intact, plus fort encore.

J'aime Diego à effacer le moi et le je, qui ne comptent plus guère. Je leur préfère nous, et ne conjugue plus aucune activité à la première personne.
Nous faisons tout ensemble, subissons les avanies à deux, les partageons et les rendons plus légères.
Nous avons appris à nous faire discrets, à ne plus manifester notre amour en public, mais il est bien trop fort pour être dissimulé.
Les gens, pourtant plus portés sur la haine, le reconnaissent vite, l'identifient et le jugent.
Nous travaillons pour eux, faisons ce qu'ils ne veulent pas faire, ramassons leurs légumes, leurs fruits, nettoyons leurs écuries et leurs lieux d'aisance.
À tout cela, nous sommes bons.
Nous nous contentons de peu, mangeons les chiches restes de nos employeurs, dormons dans le foin des étables. Le peu que nous gagnons, nous le conservons.
Mais en dépit de notre discrétion, le rejet ne tarde jamais à montrer son visage.
Alors nous marchons, marchons, marchons. Nulle part nous ne nous fixons plus de deux semaines, c'est semble-t-il le temps qu'il faut à la haine de la différence pour se nourrir d'elle même, croître et devenir dangereuse.
Deux ans que nous faisons cela, que nous n'avons d'autre attache que celle qui nous lie, lui et moi.
Et en dépit de notre jeune âge, nous sommes fatigués.
Las, physiquement, moralement.
J'ai décidé d'utiliser nos économies pour acheter un cheval et une roulotte.
Diego pense que nous ne sommes pas assez riches pour cela, et que, de toute façon, personne ne voudra traiter avec nous, les tantes vagabondes, les pédés errants, toutes ces appellations méprisantes et insultantes pour lesquelles les gens manifestent une belle imagination qu'ils n'ont pas lorsqu'il s'agit de concevoir l'amour, le vrai, autrement que selon ce modèle qu'on leur a présenté comme l'unique.

Aujourd'hui, 13 décembre, je suis entré seul dans la ville de Bordeaux.
Diego m'attend sur les rives de la Garonne, où nous avons établi un bivouac à 5 kilomètres de l'entrée de la ville.

Il s'est moqué de moi, persuadé que je reviendrais bredouille, ou au mieux avec un poney à trois pattes et une brouette à bras.
En ville, tout paraît différent, les gens sont plus pressés, et ne semblent pas se préoccuper les uns des autres.
Je regrette que Diego ne soit pas venu pour voir cela, car je mettrais ma main à couper que personne n'aurait ici remarqué notre coupable différence.
Le marché des halles est impressionnant, jamais de ma vie je n'avais vu tant de marchandises et d'objets divers exposés.
Et dans cette abondance, dans ces étals bondés, je me plais à penser qu'une part des victuailles proposées à la vente est passée entre nos mains de cueilleurs experts.
Je suis émerveillé, les allées fourmillent d'activité, et personne ne fait attention à moi.
Ce qui pourrait être vexant est pour moi un soulagement.
Des dames en toilettes raffinées circulent avec classe et distance.
Il y a même, événement incroyable, ce qu'ils nomment une automobile, nom bien trouvé, espèce de véhicule routier qui se meut sans traction animale, seule la force de la vapeur l'aide à se déplacer.
Ils ont appelé cette charrette sans chevaux « l'obéissante ».
L'effervescence et les découvertes successives me grisent, et j'avance ivre d'enthousiasme.
Beaucoup de bêtes sont à vendre, bien trop cher en effet pour nos modestes moyens.
Diego se moquerait de moi, s'il voyait mes yeux s'écarquiller devant les prix affichés.
Les calèches sont tout autant hors budget, et pas une roulotte à l'horizon.
Une vieille charrette à foin attire toutefois mon attention. L'essieu et la plate-forme me paraissent sains et solides, les roues en bon état.
J'imagine déjà avec envie la construction sur cette base d'un habitacle, conçu selon nos besoins et nos goûts. Notre « chez nous ».
Diego a toujours été manuel, et s'y entend à merveille dans le travail du bois, bois que nous récupérerons au fur et à mesure de nos pérégrinations.
Sans bête de trait, cependant, elle ne nous servira pas davantage qu'un verre d'eau à un ivrogne.

Un peu plus loin, ânes, bœufs et chevaux se partagent un grand stand.
Tous magnifiques, parfaits... et hors de prix.
En arrière, se tient pourtant un cheval, légèrement à l'écart.
Cet animal, imposant, énorme, est différent des autres, et de cette différence naît aussi le rejet. Oui, chez eux aussi.
Je ne sais ce qui lui est arrivé, mais il est comme défiguré, si le terme était adapté à un animal.
Ses chairs meurtries et cicatrisées l'ont marqué de l'empreinte de son histoire.
Son oreille droite est manquante à l'appel, et son flanc est strié de gigantesques cicatrices.
J'ai l'impression de le connaître, d'avoir vécu sa peine.
Chez nous, êtres humains, le corps, le visage et les traits sont la carte qui indique d'où nous venons et par où nous sommes passés pour arriver là où nous nous trouvons.
Notre esprit, notre cœur constituent quant à eux la carte qui nous montre vers où nous nous dirigeons.
Je sais d'où vient ce cheval, je sais ce qu'il a vécu. Et son regard me dit où il compte aller.
Il va venir avec nous, nous étions destinés à nous rencontrer.
Pour une bouchée de pain, j'obtiens l'autorisation de l'emmener.
Le vendeur me raconte qu'il s'agissait d'un cheval forestier, écrasé un jour sous un chêne au tronc colossal et meurtrier. Un homme aurait perdu la vie le jour de ce terrible accident.
Il paraît aussi surpris que satisfait de vendre, même à vil prix, ce qui pour lui n'est manifestement qu'un bout de viande sur pattes, et me regarde avec condescendance, moi le pigeon qu'il vient d'arnaquer.
Si seulement il savait ce que je viens d'acquérir pour quelques pièces. Amour, confiance et fidélité... mais que peut-il y connaître, ce pauvre bougre ?
Heureux, me voilà heureux comme j'avais presque oublié de l'être.
Heureux car je sais que Diego et moi vivrons avec moins d'appréhension la venue de l'hiver dès que notre roulotte sera prête.
J'emmène mon nouvel ami avec fierté et reconnaissance envers les services qu'il nous rendra, envers ces moments que nous partagerons.

Il ne me faut guère plus de cinq minutes pour marchander la charrette avec le harnais d'attelage, dont le propriétaire n'avait plus l'utilité.
Propriétaires. Nous sommes propriétaires.
C'est bien peu de choses, certes, mais c'est bien plus que ce à quoi nous aurions pu prétendre, quelques semaines auparavant.
Je ne peux attendre avant d'aller rejoindre Diego, rongé par l'impatience de lui montrer ce qui nous appartient désormais.
Je sais qu'il sera tout comme moi empli d'allégresse, et je veux voir ses yeux d'enfant briller au plus vite.

34

Joseph redressa la tête, referma le journal, pensif.
Étonné de ressentir tant d'empathie pour ce garçon, à peine plus vieux que lui-même à cette époque, et dont les penchants sexuels le rebutaient. Le fait d'entrer dans sa tête, dans son intimité, d'apprendre à le connaître changeait peu à peu sa vision des choses. Se mettre à sa place... jamais il n'aurait seulement imaginé pouvoir le faire, à son sens, seules les tarlouzes pouvaient comprendre les tarlouzes. Jusqu'à cette lecture.
D'ordinaire, ces homosexuels qu'il méprisait n'avaient pas de réelle identité, ils n'étaient que des pédés. Ces homos pointés du doigt et de l'insulte, marqués de ce mépris craché. Rien de plus, et il n'avait jamais voulu en savoir davantage.
Dans ces quelques lignes lues, en si peu de temps, il venait de comprendre bien plus sur ce sujet qu'en quelques années. Car il ignorait tout de l'amour réel que se portaient ces hommes et ces femmes, et de cette ignorance était née le rejet.
Combien de fois avait-il été con et stupide, bouffi d'a priori ?
Ce mec, ce Joachim, était si proche de ce qu'il était, lui, voyait la vie d'une manière si simple et vraie... le rejet, lui, petit gitan, toujours affublé de noms insultants et de sobriquets méprisants, toujours considéré comme un nuisible, il savait pourtant bien de quoi il s'agissait.
Il reproduisait en fait sur une autre minorité ce que lui même subissait, et ça, il n'en prenait conscience que maintenant, à travers ces quelques lignes.
Le sentiment d'une présence proche malmena ses réflexions, le sortit de son repli intérieur. Lorsqu'il tourna la tête, il faillit projeter le journal dans l'eau sous l'effet de surprise à la vue de

cette personne qui se tenait debout juste derrière lui.
—Putain de merde, tu veux m'faire calancher, gavali ? Comment t'as fait pour t'approcher autant sans bruit ? Tu flottes, ou quoi ?
Devant l'air absent de la jeune fille, Joseph resta perplexe et méfiant.
—Oh, t'es sourde ? Ou t'aimes pas les manouches, c'est ça ? T'as bien une tête à être raciste, on peut pas être aussi blanc sans l'être. Tu fais flipper, meuf, on dirait que t'es pas trop vivante. D'où tu sors, merde ?
Sans répondre, elle monta sur la plateforme rocheuse, et prit place à l'endroit où elle s'asseyait toujours.
—Putain, c'est pas des râteaux, que tu mets, toi, c'est une moissonneuse-batteuse que j'ai pris dans la gueule. T'es sourde, aveugle, et muette, c'est ça ?
—Je m'appelle Charline, et toi ?
—Euh... moi c'est Joseph. C'est quoi, ton problème ? Chais pas... t'es zarb.
—Je n'ai aucun problème. J'aime venir ici. C'est toujours aussi beau, ça ne change pas. Jamais.
—L'autre, genre t'as quoi ? 13 ou 14 piges, non ? Comme si ça faisait des siècles que tu venais ici. Eh sinon, ça te fait pas trop chier de me chouraver ma place, non ? J'étais en train de faire un truc plus important que ta life, meuf.
—Je ne comprends pas tout ce que tu dis, mais non, ça ne me dérange pas. Tu peux même rester, si tu veux, je te ferai une place.
—Mais elle se fout grave de ma gueule, sa race.

35

Emmy, toujours endormie, frappée d'un profond sommeil sans rêve, ne bougea pas un cil lorsque Lucas se leva.
Sam prenait déjà son petit déjeuner dans la cuisine, surprise totale pour Lucas.
—T'es tombé du lit, mec ?
—Pas bien dormi. Ça a tourné sévère dans mon ptit crâne, cette nuit. J'ai pas arrêté de repenser à tout ça. Je sais pas ce qu'il faut faire. Si on en parle, tu peux être sûr que tout le monde se foutra de notre gueule. Si on n'en parle pas, est-ce qu'on se rendra pas complices des prochains enlèvements, si y en a ? Parce que, t'es d'accord avec moi, ce qu'on a vu est forcément lié aux disparitions, hein ?
—Ce qu'on a vu... c'était quoi, Sam ? Je sais même pas comment appeler ça. Rien que d'en parler, j'ai la patate qui s'affole. Mais ouais, je pense comme toi. T'as vu ce qu'a raconté Emmy... la chose voulait l'embarquer. Ce monstre est revenu la chercher le soir. Imagine s'il l'avait attrapée... j'en chialerais rien que d'y penser.
—Faut qu'on fasse quelque chose, Lulu. On peut pas laisser notre sœurette courir un danger. On doit dire à la mère de pas la laisser sortir, aujourd'hui.
—T'inquiète pour ça, Emmy est terrorisée, elle veut plus aller dehors.
—Tous les deux, les deux frangins, main dans la main, on va bien trouver une solution. Tu sais, je pensais à un truc. Aujourd'hui, je vois pas Léa, elle a trop flippé, elle va rester sagement enfermée dans sa chambre, sous la couette. Donc moi, je suis libre. La meuf que t'as rencontrée à la rivière, elle doit en savoir plus sur ce merdier, vu ce qu'elle t'a dit. On va aller lui faire cracher le

morceau.
—Vache, la manière dont tu dis ça, on dirait que tu vas la matraquer pour la faire parler.
—Seulement si elle cause pas assez vite. Mais non, duhon, c'est juste une manière de parler. Mais à part elle, je vois pas d'autre piste. Enfin, à moins d'essayer de repérer le gus de l'enfer avec son bourrin démoniaque et de les suivre, mais ça, j'ai pas super envie, tu vois.
—Pour ça, tu serais tout seul, Sam. Mais aller voir Charline, je valide. J'y serais allé de toute façon.
—Elle t'a jeté un sort, cette poulette, mioche.
—Tu comprendras quand tu la verras. Si t'as assez bouffé, on a qu'à partir de suite.
—GO ! On va faire une sacrée équipe, mioche, la région pourra nous remercier d'avoir élucidé le mystère.
—Vends pas la peau de... enfin de ce truc avant de l'avoir trouvé. Et si jamais on le croise... on fait quoi ?
—Là, mon pote, le plan est simple : on court.
Lucas empoigna machinalement son canif, et déglutit avec difficulté.
Il s'apprêta à vivre une journée placée sous le signe de l'angoisse permanente.

36

Marc avait beau tourner et retourner le problème dans sa tête, il n'entrevoyait aucune solution.
Si cette roulotte était enterrée, comme le laissait supposer le témoignage d'Aurélie, toit affleurant la surface, la seule issue était bien celle qu'ils avaient tenté d'emprunter.
Mais si l'autre enflure montait la garde, ils n'avaient aucun espoir de s'en tirer un jour.
L'état de son bras le préoccupait, et des images d'amputation vinrent s'imposer à son esprit.
Mais de toute façon, s'ils n'obtenaient pas rapidement de l'eau, leur sort serait réglé bien avant que l'infection ne le gagne.
Leur geôlier allait-il les laisser crever de soif et de faim, ou viendrait-il les assassiner au moment où il déciderait qu'ils avaient assez stressé ?
Depuis cette tentative ratée de fuite, Aurélie restait muette, murée dans sa terreur.
—Aurélie, tu m'entends ?
—Oui.
—Tu vas toujours bien, t'es sûre que tu t'es pas blessée ?
—Non, ça va.
—Va falloir qu'on essaie encore, tu sais. L'autre salaud, il peut pas être tout le temps là-haut, faut bien qu'il bouge, des fois. Enfin, chais pas, je crois.
—J'irai plus jamais. Plus jamais. Il m'a attrapée, Marc. Il a serré fort ses mains sur mon cou. Si je recommence, il va me faire du mal, je le sais. Je peux pas recommencer.

—Alors j'essaierai, moi. Avec mon bras cassé, je sais que j'ai presque aucune chance d'y arriver, mais je m'en fous ! J'essaierai. Parce que c'est notre seule chance. Parce que si on tente rien, de toute façon, on est morts. On va crever comme des rats, sans eau, sans rien à bouffer, enterrés dans cette merde ! Moi, j'ai plus rien à perdre. C'est comme si j'étais déjà mort. Alors ouais, j'essaierai.

Les derniers mots tout juste prononcés, il explosa en sanglots profonds, désespérés.

Aurélie vint se plaquer à lui, le serra aussi étroitement que possible, et mêla ses pleurs aux siens.

Ils restèrent ainsi le temps de quelques minutes, ou quelques heures peut-être, quelle importance ?

—D'accord, Marc. J'irai.

Marc resserra son étreinte et embrassa le front de la fillette.

Du côté de la roulotte opposé à celui où ils étaient allongés, leur parvint une voix, lointaine et sans chaleur.

—Faut pas avoir peeuuur !

Marc sut que, quoi que la suite leur réservât, jamais sa raison ne quitterait cet endroit.

37

En chemin, les deux frères prêtèrent une attention redoublée à tous les sons de la nature environnante, les découvrirent sous un autre jour, plus inquiétant.
Chaque croassement, glapissement ou bruissement les mettait en alerte.
Sam avait définitivement abandonné son attitude de grand frère invincible, chevalier bavard sans peur et sans pétoche.
Lucas pouvait ressentir la peur de son frère, similaire à la sienne, et de manière surprenante, cela le rassurait presque de savoir qu'il n'était pas le seul à se liquéfier de l'intérieur.
À leur entrée dans le sentier bordé d'acacias, ce couloir végétal si dense, ils eurent l'impression de se jeter eux-mêmes dans la gueule du loup.
Sensation suffocante, claustrophobie naissante, jamais ils n'auraient pu continuer l'un sans l'autre.
Aucun événement ou son suspect ne vint cependant les convaincre de faire demi-tour.
Lorsqu'ils débouchèrent dans la clairière baignée d'une très belle lueur, ce fut comme s'ils venaient de faire surface après une interminable apnée.
Avec une telle luminosité, dans un lieu d'une telle beauté, rien de mal ne pouvait se passer, ainsi tentèrent-ils de se rassurer.
La fille était bien présente, toujours assise au même endroit, mais elle était accompagnée, cette fois.
Un garçon, qu'ils ne connaissaient guère que de vue, et avec lequel ils n'avaient jamais vraiment discuté, alors que lui et Lucas avaient été dans la même classe, cette année.

Lucas savait de lui qu'il était l'un de ces gitans, ces manouches, ces voleurs de poules comme les nommaient ses camarades de classe, mais il avait été si souvent absent qu'il n'avait jamais eu le temps de nouer des liens, l'eut-il désiré.
Joseph se redressa à leur approche, méfiant, toujours sur ses gardes face aux gadjos dont les réactions à l'égard des gitans pouvaient être agressives.
Sam se trouvait à peu près dans les mêmes dispositions, n'accordant pas une confiance aveugle à ces gens du voyage.
Seul Lucas parut plutôt à son aise, réconforté par cette présence supplémentaire dont il savait ne rien avoir à craindre.
—Salut, Joseph. Je sais pas si tu te souviens de moi, on était en cours ensemble.
—Eh, t'as cru que j'avais pas d'cerveau, gadjo ? Bien sûr que j'me souviens. T'étais le seul de la classe que j'avais pas envie de marave. C'est qui, lui ?
Lucas intervint avant que Sam, renfrogné, ne répondît sur le ton du courroux.
—C'est mon frangin. Il est cool, tu verras. Tu connais déjà Charline ?
—Première fois que j'la vois. Elle est pas toute nette, la gavali. Chais pas ce qu'elle a.
—Bonjour Charline.
L'interpellée détailla Lucas de la tête aux pieds, et ce dernier comprit bien vite que, de nouveau, elle n'avait aucun souvenir de lui.
—Bonjour. Vous aimez cet endroit, vous aussi ? Moi, je l'adore. Je viens ici tous les jours. J'ai l'impression de le faire depuis toujours. C'est beau, non ? Et tellement apaisant. Mes amis venaient ici, parfois, eux aussi. Mais ils n'aiment plus, ou n'ont plus le temps pour ça.
Sam tira Lucas légèrement à l'écart.
—T'avais pas dit que tu la connaissais ? Tu te serais pas un peu avancé ?
—J'te jure que c'est vrai, c'est la troisième fois que je la rencontre. Mais elle se rappelle jamais, d'un jour à l'autre. Hier déjà, elle m'a fait le coup. Je sais pas ce qu'elle a, comment on appelle ça, mais elle doit faire une forme d'amnésie, une connerie de ce genre, tu vois.

—Vous complotez quoi, tous les deux ? Vous causez d'ma gueule ?
—Si je voulais parler de toi, je te dirais tout en face, tu crois quoi, morveux ?
—Oh les gars, on est pas là pour se rentrer dedans. On se demandait juste d'où pouvait venir Charline, Joseph. Moi je viens ici depuis des années, avec mon poto Ali, et je l'avais jamais vue avant l'autre jour.
—Mais elle, elle vient d'un autre monde, c'est clair. Même nos vieilles qui croient à tout un tas de conneries sont pas aussi touchées. Juste un truc, avant qu'vous pointiez vos faces de rat ici, j'lui disais qu'elle devrait pas traîner son cul ici. Y a le mal qui trace sa route, quelque part par là. Ça vaut pour vous aussi, les « Blanche-Neige ». Si vous voulez rester, faudra pas chialer si l'autre vous tombe sur le paletot.
—L'autre ? C'est qui, l'autre ? En fait, tu sais quoi sur ce « mal qui trace sa route » ? Nous on l'a vu. On l'a croisé, il est même venu jusqu'à chez nous, et on sait exactement la gueule qu'il a. On est là pour en savoir plus sur lui, on veut lui faire regretter d'être venu sur notre territoire.
Joseph sourit, moqueur, devant l'attitude de Sam, poitrine gonflée et parler arrogant.
—Sam dit vrai, Joseph. On l'a vraiment vu, même qu'il a failli choper notre petite sœur. On veut l'arrêter. On sait que les disparitions, c'est à cause de lui. Si tu sais des trucs sur cette chose, ce serait cool si tu voulais partager.
Joseph les jaugea avec intérêt, parut se livrer un combat intérieur.
—J'vais vous mettre au jus. Toi, j'ai confiance, pas trop en l'autre, là, mais bon.
Lucas empêcha Sam de rétorquer.
—J'ai un journal, là, qui doit nous donner des infos sur c'qui s'passe aujourd'hui. Enfin, c'est c'que m'a raconté notr' radoteur de patriarche. J'ai commencé à le lire, ça parle de deux tarlouzes.
Les frères se regardèrent, interloqués, haussèrent les épaules et décidèrent de laisser parler Joseph sans intervenir.
—Enfin, faut pas que j'dise ça. En fait, c'était deux ados, un peu comme nous, ils sont tombés amoureux l'un de l'autre. Y en avait un, c'était un gitan, lui aussi, et l'autre, un gadjo comme vous, mais recueilli par le clan de Pablo. Fraco, il dit que le clan de Pablo, c'est notre famille. Enfin, celle d'avant là, comment on dit ?

—Tes ancêtres ?
—Ouais, voilà. En fait, ça m'arrange d'avoir des gars à côté de moi quand je lis, parce que chaque fois, j'ai l'impression de plonger, c'est flippant. Comme si j'me retrouvais avec eux, y a presque 150 ans. Je pars grave, tu vois, comme si j'étais plus là. Du coup, j'entends plus trop c'qui s'passe autour. L'autre chtarbé, là, elle est arrivée « taleur », j'm'en suis aperçu que quand elle était collée à mon dos. Fraco, il a dit que le machin dégueu, il s'en prendrait pas à un membre du clan, mais on sait jamais. Vous, vous surveillerez mes arrières pendant que j'lirai cette merde. Et elle, on en fait...
Joseph ne termina pas sa phrase. Ses yeux se posèrent sur le vide, là où quelques secondes auparavant se trouvait encore Charline.
—Non, mais sérieux ? Elle est passée où, elle ?
—Tu l'as vue partir, Sam ? Je l'ai même pas vue bouger le petit doigt, moi.
Les garçons tournèrent sur eux-mêmes pendant quelques minutes pour tenter de situer Charline.
Elle sortit alors du couvert d'un épais buisson, réajustant sans pudeur sa robe blanche.
Sans se soucier de leurs regards insistants, elle revint s'asseoir, à cette place qui semblait lui être allouée.
—Vache, j'ai vraiment cru qu'elle s'était volatilisée. Charline, tu peux nous parler de ces choses qui hantent les bois ? Tu sais, hier tu me disais de m'en méfier...
Elle le regarda, étonnée, sourcils froncés.
—Je n'ai pas pu te dire pareille chose. Je ne te connais pas.
Lucas leva les yeux au ciel, peiné, vexé, et inquiet pour cette fille décidément fort étrange.
—Laisse tomber, j'te dis qu'elle est ravagée, la gavali. On va lire ce merdier, on en saura plus après. Mais venez, on s'installe sur cette souche, là, j'veux plus m'asseoir à côté d'elle, elle me fout des frissons dans l'dos.
Ils s'installèrent donc sur ce vieux bout de bois, vestige d'une vie multicentenaire réduite à nourrir champignons xylophages et mousses opportunistes, et accessoirement, à accueillir trois jeunes culs insolents.
—Ce bouquin, comme j'ai dit, c'était le journal d'un mec qu'est né en 1858. C'est même pas vieux, c'est préhistorique, le truc. Il lisait vach'ment, il adorait les bouquins. Déjà, ça partait mal pour lui, il était pas tout à fait normal. Après, quand il a eu 16 ans, il s'est

maqué avec un gitan. Là, il a enfoncé le clou, il était encore moins normal, tu vois. Le gitan, il était du clan de ceux qui l'avaient recueilli. Ah ouais, parce que son vieux, il avait calanché. Vous suivez ? Et du coup, ils se sont fait matraquer la gueule par tout le clan, ils étaient traités comme des clébards. Et ils se sont barrés, ils ont décidé de vivre leur vie tout seuls. Pigé ?
—Bah ouais, tu nous prends pour des demeurés ? On est pas comme vous, vu comment tu parles des homos, espèce d'arriéré.
—Comment tu causes, toi ? T'insultes les gens du voyage ? Tu veux..
—Hé, les gars, sans déc, on a mieux à faire que se foutre dessus entre nous. On doit savoir ce qui se passe, non ? C'est pas ça le plus urgent ? Vous parlerez après de vos idées homophobes, racistes, xénophobes, ou je sais pas trop quoi.
—Sa race, les mots qu'il dit, lui. T'es comme le mec du livre, toi. Dire qu'on a été dans la même classe, pouah. T'as raison, t'façon, Fraco m'a demandé de faire un truc important, pour une fois, j'le ferai, même s'il faut que j'me traîne ton boulet de frangin.
Sam serra les poings, mais ne dit mot, décidé à ne plus rien faire pour entraver la bonne marche de la tâche entreprise.
Joseph ouvrit le journal sur ses genoux, et se mit à lire à voix haute.

38

13 décembre 1876

Jamais je n'avais vu regard plus beau que celui de Diego à l'instant où il m'a vu revenir en compagnie de Différence.
Tel est le nom que j'ai choisi de donner à notre cheval, ou plutôt celui qui s'est imposé.
Différence, cet animal incarnerait à lui seul ce que nous avons vécu dès notre prime enfance.
La symbolique de ce nom a bien sûr plu à Diego.
L'idée de chevaucher Différence comme notre différence nous a guidés jusque là nous ravissait.
Je ne m'attendais pas à ce qu'il soit aussi enthousiaste quant à la charrette que j'ai acquise au marché. C'est beaucoup de travail en perspective avant d'en faire une roulotte habitable, mais cela ne l'a pas dérangé.
Il a tout de suite établi mentalement les plans de ce qu'il aura à accomplir, fait la liste du matériel qui lui sera nécessaire.
J'aime Diego pour ce qu'il est, profondément.

Février 1879

Je retrouve mon journal, après un très long arrêt.
Diego et moi avons tant souffert et galéré que retranscrire nos souffrances le soir venu à l'encre de mes pensées aurait été en quelque sorte les vivre une seconde fois.

Mais nous avons su surmonter toutes les difficultés.
Cet hiver rude a mis plus ou moins fin à nos activités jusqu'au printemps, aussi retrouvé-je le temps et l'envie d'écrire.
Le froid s'est installé, intensifié, et a laissé le pays entier sous la glace.
Les rivières et les fleuves se sont figés, les activités humaines ralenties.
Notre roulotte, s'il y manque encore quelques éléments de confort à notre goût, est très fonctionnelle et bien isolée, et nous met à l'abri. Diego a fait un travail fantastique, impossible de savoir sur quelle base notre logement a été construit.
Même les membres de notre ancien clan n'en avaient pas d'aussi belle.
Tout le monde n'a pas notre chance. J'ai vu des hommes, des femmes et des enfants transis de froid, conscient que nombre d'entre eux, les plus démunis, ne résisteront pas à cet hiver.
Nous voudrions les accueillir chez nous, sans bien sûr le pouvoir matériellement.
Nous nous sentons coupables.
Non que ces personnes n'aient jamais montré la moindre sympathie ou compassion à notre égard, ni n'aient jamais pensé à faire un geste pour nous.
Mais notre humanité ne s'arrête pas à ces considérations. Voir des êtres humains souffrir nous fait souffrir par ricochet.
Après avoir fait le tour complet de la France agricole, nous sommes revenus dans le Sud Ouest, où Différence a vu le jour.
Le hasard plus qu'une quelconque volonté nous a guidés vers le Médoc, cette région enclavée, juste au-dessus de Bordeaux.
Sauvage, reculée.
Différente.
Quelque chose nous a poussés à nous engouffrer dans ce couloir de terre, entre fleuve et océan.
Quelque chose nous a laissés penser que nous y serions à notre aise et que notre escale y serait bien plus longue qu'à l'accoutumée.
En cette saison, et surtout par ce froid, nous ne pouvons espérer y trouver du travail, mais nos économies nous permettront d'attendre le redoux.
Juste nous poser, pour une fois, ne pas jouer les larbins.

J'estime que nous le méritons, après tous ces moments difficiles vécus sur la route.

Aujourd'hui, le 25 février, Différence nous a menés jusqu'à un joli petit village où notre instinct nous a dicté de faire halte.
Cissac, ce nom me plaît.
1200 âmes recensées, environ, des gens en apparence repliés sur eux-mêmes, peu enclins à lier de nouvelles amitiés, méfiants, mais quelque chose me dit que nous saurons briser la glace, petite plaisanterie de circonstance.
Nous avons trouvé, à l'écart du village, une carrière dont seule une partie est en activité.
Isolés, nous ne dérangerons personne, et prendrons le temps nécessaire à apprivoiser les « autochtones ».
À notre arrivée, Différence a failli nous mener droit dans une fosse assez grande pour contenir tout l'attelage, mais tout juste visible dans la brume qui flotte au ras du sol.
L'endroit est on ne peut plus calme, désert, idéal pour nous.
Notre plus grosse préoccupation reste de trouver rapidement un point d'eau pour nous ravitailler.
Plus dur encore, d'en trouver un qui n'aura pas gelé.
Lorsque nous avons traversé le village, j'ai vu sur la place une fontaine, mais aucune chance qu'elle soit fonctionnelle avec ce froid de glacier.
Différence a de gros besoins en eau pure, et ne doit jamais en manquer.

26 février

Hier, Diego a trouvé une source d'eau claire et filante, à l'abri du gel dans l'une des galeries abandonnées.
Différence pourra passer ses nuits dans cette grotte forée où les températures restent bien plus clémentes.

Tout semble vouloir se mettre en place, comme si nous étions destinés à nous installer ici.
À l'aide de sa fronde, Diego est devenu un habile chasseur, et le froid qui anesthésie le petit gibier se fait allié de poids.
Il serait capable, les yeux bandés, de tuer ainsi un lapin sélénite tapi dans son cratère.
Nous trouverons au village ce qui nous manque, je l'espère.
Je me sens déjà chez moi, ici, comme si ces terres étaient les nôtres.
Comme si elles nous attendaient.

27 février

Nous avons fait un saut au village.
L'accueil a été plus froid que l'hiver lui-même, mais je n'ai senti aucune agressivité.
Nous nous fondrons à la population, ce n'est que question de patience.
Nous avons pu faire quelques achats qui nous permettront de manger à notre faim, sans excès ni fantaisie, toutefois.
Riz, pommes de terre, farine, une tranche de lard pour notre soupe.
Nous avons même un peu de beurre. Diego n'en croyait pas ses yeux lorsque je suis ressorti de la petite échoppe.
Ce sera la première fois depuis la mort de mon père que j'en mangerai. Pour Diego, ce sera probablement la première fois tout court.
C'est peut-être déraisonnable, mais ce genre de petit plaisir, considéré comme un luxe, aide à voir les difficultés sous un autre angle, à mieux les supporter.
Oui, nous souffrons parfois de cette mise à l'écart et de nos précaires conditions de vie.
Mais s'offrir un peu de beurre à table est pour nous, en quelque sorte, rentrer dans le moule, sans mauvais jeu de mot.
Nous ne sommes plus des nomades, plus des homos qui se cachent, nous sommes deux amoureux qui partagent un instant de bonheur le temps d'une tartine.
Juste des gens normaux, avec des envies et des plaisirs normaux.
Ce beurre, c'est notre baume à l'âme.

3 mars

Un éleveur bovin local a accepté de nous céder du lait frais, qui nous laisse le matin de belles moustaches blanches.
J'aime autant cette image que le breuvage onctueux, et chaque fois je me projette vers un avenir radieux, un avenir à deux.
Je nous y vois « flambant vieux », blanchis et défraîchis, mais verts de sentiments bourgeonnants.
Nous réglons la facture en travaillant pour cet homme, Diego et moi avons tous deux appris à traire les vaches avec amusement.
Chaque jour, nous nous levons très tôt et nous rendons aux étables.
Nous avons aussi obtenu un peu de fromage, et le plus important, du fourrage de qualité pour notre Différence.
Ce brave canasson aux airs de vieux soldat, coupé et balafré, si marqué par l'expérience, se contente comme nous de ce que lui offre la vie.
J'aime cet animal comme s'il était un membre de ma famille. Ce qu'il est, je crois.
Je ne pourrais me passer de sa présence, de son aura bienveillante. De sa différence.

22 mars

Diego a été très malade pendant presque deux semaines, aussi n'ai-je plus pris la plume.
Ses poumons pris et sa fièvre, je ne pouvais les décrire de peur que ces quelques confidences gribouillées ne se muent en chronique nécrologique.
Il ne s'est pas passé grand-chose de notable, il faut dire, en dehors de cette maladie qui, Dieu soit loué, n'a pas eu raison de mon solide compagnon.
Juste une longue nuit glaciale sans grande activité, rendue plus sombre et froide par l'angoisse qui me tenaillait.

Raymond, notre employeur, nous a été d'un grand secours, jamais je ne pourrais assez l'en remercier.
Moi-même étant incapable de chasser, chaque jour il m'a donné un cochon d'Inde de son petit élevage de bouche. La viande de ces roumious, comme ils les nomment dans la région, grasse et nutritive, a permis à Diego de recouvrer ses forces bien plus rapidement.
Raymond est un brave homme, chaleureux et serviable au-delà de ses apparences d'homme bourru et un peu bas du front.
Le manque de luminosité et le froid commencent enfin à reculer au profit de journées qui s'allongent.
Et ce soleil, merveilleux soleil qui, de retour, vient chauffer les parois de notre roulotte.
Tout reprend vie peu à peu, le dégel libère la nature de son corset de glace.
Différence a bien supporté l'hiver rigoureux grâce au foin que nous lui avons donné en abondance, et au couvert de ces grottes artificielles tempérées.
Ce matin, en partant à la chasse contre toutes mes protestations, Diego le têtu, remis sur pieds, a vu deux hommes qui observaient notre campement avec insistance.
Il craint que tout ne recommence, et que la trêve hivernale ne prenne fin avec l'échauffement des températures et des esprits.
Selon lui, il va nous falloir songer à quitter ces lieux avant que la haine ne nous rattrape.
De mon côté, je ne le crois pas.
Je reste optimiste et enthousiaste à l'idée de nous installer sur ces terres définitivement.
Nous avons réussi ici ce que nous n'avions jamais eu l'occasion de connaître jusque là, nous faire accepter.
Je ne suis pas naïf au point de croire que tout ira toujours bien, qu'aucun heurt ne viendra entacher le tableau idyllique que je me fais de l'avenir, mais il me semble que nous pouvons enfin envisager de nous poser avec sérénité.
Oui, nous croiserons quelques esprits chagrins, mais je sais que nous serons acceptés par le plus grand nombre.
Je le sens.

15 avril

La nature bourgeonne d'une vie en effervescence.
Tout se couvre et se pare d'un manteau vert tendre, fleuri de primevères et des premières pâquerettes.
Différence, libre de ses mouvements, paraît revivre, retrouver l'allant de ce poulain qu'il a été.
Déjà il renâcle devant son fourrage et lui préfère ce bel herbage odorant et juteux.
Mon beau cheval tatoué à la souffrance, mon bel ami marqué à la différence.
Le voir ainsi, juste le regarder, me rend heureux.

16 avril

Ce matin, nous avons eu la visite de deux hommes, armés de fusils de chasse.
Rien d'une visite de courtoisie, leur motivation m'est encore inconnue. Ils nous ont observés à distance, sans bruit ni parole, sans faire le moindre geste de salut comme s'ils avaient sous les yeux deux animaux sauvages, ou bien deux monstres de foire.
J'avoue avoir éprouvé une certaine crainte, non devant leurs canons, non à cause de leurs balles, mais bien pour leur silence.
Ce silence méprisant, ce manque de considération dans l'absence de paroles, j'en ai la phobie, car je sais à quoi cela mène.
Il m'a fallu retenir Diego, plus vif et sanguin que moi.
Nos visiteurs sont repartis sans mot dire. Et moi je crains d'avoir bientôt à les maudire.

25 avril

Le printemps est bien installé.
C'est un ravissement d'assister à cette éclosion de vie.
Les bourgeons qui éclatent, les premiers œufs qui éclosent, les chants et les piaillements qui enchantent.
Diego et moi avons marché dans les bois, enivrés à ces senteurs florales.
Dans une jolie clairière, nous nous sommes arrêtés pour admirer la course d'une rivière aux courbes douces.
Elle serpente avec lenteur entre chênes et noyers, châtaigniers et mûriers, et dans son onde claire, ondoient des myriophylles, chevelure végétale tentaculaire.
Une grande pierre plate nous a servi d'assise, pieds au-dessus de l'eau, et nous sommes restés, l'un à côté de l'autre, observateurs émerveillés, ravis de pouvoir partager ce moment suspendu.

39

Joseph referma le journal d'un claquement giflé.
—Merde, z'avez pas l'impression qu'il parle de cette clairière et de cette pierre plate ? Ils étaient ici, le cul posé à la place de l'autre poisson rouge, là. Chais pas vous, mais moi, ça m'file la chair de poule.
—Ouais, obligé, c'était ici. Pourquoi t'appelles Charline « poisson rouge » ?
—Tu vois bien qu'elle a une mémoire de merlu bouilli. Et quand j'la regarde, c'est comme si elle tournait en rond.
—En boucle, ouais, pour une fois, il a raison, Lucas. Elle est... coincée, elle a l'air de pas pouvoir sortir d'une histoire qu'elle revit tout le temps. Ça me fait penser à un reportage que j'avais vu sur des cintrés, ils paraissaient bien normaux, mais ils avaient des moments où ils perdaient les pédales. Le pire, c'est que pour la plupart, ils se rendaient compte de tout. Elle au moins, je crois qu'elle a conscience de que dalle. Le poisson rouge, oh le con.
Sam s'esclaffa et donna une bourrade dans l'épaule de Joseph, qui faillit basculer en avant.
—Eh, Sam, le cheval de ce Joachim, Différence... tu penses comme moi ?
—Pas qu'un peu, mioche. C'est sûr que c'est ce machin pourrissant que j'ai croisé dans les bois.
—Vous causez de quoi, là ? De fantômes, revenants, ou chais pas trop comment on appelle ça ? Les espèces de cris bizarres qu'on entend depuis un moment, c'est un cheval, vous croyez ?
—On croit pas, on est sûrs. Le canasson m'a même frôlé. J'ai échappé de peu à un sale sort, j'en suis sûr. Ces machins marchent, voient, mais ils sont pas vivants, ça je te le garantis. Ils sont sortis

de leur trou, je sais pas comment ni pourquoi. J'ai vu la terre encore collée à la peau du cheval, sa chair en putréfaction, senti son odeur de mort. Lucas m'a décrit l'homme qui l'accompagne, c'est le même topo, pour lui. La peau terreuse, en lambeaux. Admettons, même si c'est quand même un truc de dingue et que j'ai du mal à croire que je sois en train de dire tout ça, que ce soient ce Joachim et son bourrin balafré... comment ? Pourquoi ? Et l'autre, son... son chéri, là, il serait où ? T'es sûr qu'on aura des réponses dans ce bouquin ? Parce que là, j'ai le sentiment qu'on est juste en train de perdre notre temps.
—C'est Fraco, notr' chef, notr' patriarche, qui m'a dit que j'comprendrai en le lisant. On peut lui faire confiance, respecte un peu, toi. Bon, OK, il dit pas que des trucs intelligents, des fois il débloque un peu, mais là, j'sais qu'on va trouver ce qu'on cherche. C'est quand même un truc de malade, j'ai pas de pot, j'aurais pu courir, me battre avec des super vilains, chercher un château mystérieux... enfin, tu vois, toutes les conneries des contes et des films. Ben non, moi, faut que j'lise. J'ai jamais aimé ça, merde.
—Passe-moi le journal, je prends le relais, t'auras qu'à ouvrir tes cages à miel.
—OK, ça m'va. Comme quand j'étais gamin et que la vieille mamzel Melass nous lisait les histoires, en CP. J'aimais bien, même si j'encaissais pas sa voix, à cette vieille pie.
—On continuera cet aprèm, plutôt, Mioche. À midi, on passe en coup de vent à la baraque. On n'a pas vu les parents, ce matin, ils vont retourner le pays s'ils savent pas où on est jusqu'à ce soir.
—Et moi je veux voir Bouillab. Elle était bien traumatisée, hier soir. J'espère qu'elle va bien. Eh, Joseph, tu veux venir avec nous ?
—Vous m'invitez à craillav ?
—Non, on t'invite à manger chez nous, duhon.
—Ben c'est qu'est-ce que j'dis, gadjo, t'as été démoulé trop tôt, toi, ma parole.
—Putain, il va me fatiguer, ton pote, Mioche. Allez, on s'arrache. Dites au revoir à poiscail.
Sam se mit en marche, riant, moqueur, suivi par Joseph, tout aussi hilare.
—Hé, y a quoi à bouffer, alors ?
—Des trucs qui datent de l'époque du mec qu'a écrit ce bouquin.
Lucas resta planté sur place, agacé par le comportement de Sam et Joseph envers Charline.

—J'aime pas quand vous parlez comme ça d'elle. Ça se fait pas de dire des trucs comme ça d'une personne qui peut même pas se défendre.
—Tu peux pas tomber amoureux d'une fille normale, Mioche, sans déc ?
—Ferme ta gueule, Sam !
Lucas s'approcha doucement de Charline, toujours penchée au-dessus de l'eau, regard aspiré dans le courant et ses légers tourbillons.
—Eh, Charline. Tu m'entends ?
Elle releva le visage et se tourna vers lui, et Lucas remarqua alors ce chagrin intense qui roulait sur ses jolies joues un peu trop blanches.
Il regarda son frère et Joseph avec colère, puis tenta de la réconforter, avec toute la maladresse de son inexpérience.
—Charline, euh... tu sais, ils pensaient pas du tout ce qu'ils disaient. Ils sont tout le temps comme ça, tu vois. Moi pareil, ils me donnent de drôles de surnoms, ils se moquent de moi, mais c'est pas méchant, tu comprends ? C'est juste pour chambrer, comme on fait entre potes, entre frères, et tout ça, quoi. Moi, j'ai jamais dit des trucs pareils, je veux être ton ami, si tu veux bien, bien sûr. D'ailleurs, si tu veux venir manger avec nous, ce serait sympa. Oh, t'attends pas à manger des trucs cool, pas de pizza surgelée, pas de coca, pas de soda du tout, d'ailleurs... enfin bref, que des trucs sains et bons pour nous. Bon, ça, c'est mes vieux qui le disent. Sam, lui il dit que ça doit en effet être bourré d'oligo-excréments parce que ça a un goût de chiotte. Il exagère, tu vois, il est tout le temps comme ça, faut pas se vexer. Moi je...
—Je regrette tellement. Je ne pensais pas que ça tournerait ainsi.
Lucas se figea, esprit occupé à tenter de saisir le sens de ces quelques mots.
—J'aurais dû savoir que ça créerait des problèmes, mais j'ignorais que ça irait jusque là. Il ne faut pas m'en vouloir, je m'en veux bien assez. Je demande le pardon, car moi, je ne me pardonnerai jamais.
Avant que Lucas ne pût analyser ce qui venait d'être ajouté, Charline se dressa avec précipitation, brutalité, presque, et s'enfuit, une fois de plus.
Déconcerté, Lucas ne put la suivre que des yeux, et la vit disparaître sans tenter de la rattraper.

—Allez, Mioche, on a assez perdu de temps avec cette demeurée, ramène ton cul.
Lucas s'avança vers Sam, poings fermés et mâchoires serrées.
—Je t'ai déjà dit d'arrêter de parler d'elle comme ça !
Au ton de sa voix, et au noir de ses yeux, aux veines qui battaient à ses tempes et à la dureté de ses traits, Sam comprit de manière instinctive que son frère était plus sérieux et en colère que jamais.
—OK, ça va, Lucas, j'ai pigé. Je pensais pas que c'était si important pour toi. Respect, mec. Chuis désolé, vrai de vrai.
Lucas ne rajouta pas un mot, et se mit en marche vers la maison.
—Comment il t'a mouché ! J'aurais tellement la haine que mon P'TIT frère me boxe aussi fort sans me toucher. Eh mec, il t'a mis minable, il t'a traîné dans la boue, là. Humilié pour toujours !
—Eh, Joseph, moukave, pelo.
Surpris d'entendre un gadjo le prendre à parti en employant ces termes issus de sa communauté, Joseph parti d'un rire tonitruant qui ne le quitta pas de tout le trajet.

40

Cette voix.
Quelqu'un se trouvait ici, avec eux. Depuis le début, peut-être.
Aurélie s'était retranchée du réel, plongée dans un profond état de paralysie physique et mentale.
Ne plus voir, ni entendre, ne plus assister à leur propre exécution lente et sadique.
La douleur intense qui irradiait du poignet de Marc était devenue presque anecdotique, passée au second plan.
Il perçut un glissement sur le plancher, entrecoupé de silences déstabilisants.
Par moment, le plancher vibrait légèrement sous ses fesses, puis retrouvait sa nature inerte.
Quelque chose, ou quelqu'un, rampait doucement dans leur direction.
Il vécut les instants d'absence totale de bruit comme une insupportable agression, sans moyen de vérifier où en était de sa progression le troisième hôte de cette roulotte.
De longues minutes s'écoulèrent, peuplées d'incertitude, de terreur, et de colère aussi. De révolte.
—T'es où ? T'es qui ? Viens, ramène-toi, putain. Arrête de te cacher comme une larve ! Viens !
Foudroyé par la peur, il sentit alors un souffle neutre, sans chaleur ni odeur, dans sa nuque.
Bien qu'il ne vît rien, il ferma les yeux avec force, menton sur la poitrine, tous les muscles bandés, crispés par une overdose de stress, et il attendit la fin.
Et chaque seconde s'éternisa, chaque souffle devint exploit physique.

De nouveau, la voix, dans le creux de l'oreille, et même à l'intérieur de son crâne.
—Il n'est pas mauvais. Non, il n'est pas mauvais. Ce n'est pas de sa faute. Tout ça, tout ça, tout ça... tout ça n'est pas de sa faute. C'est ce qu'ils nous ont fait, c'est à cause d'eux. Vous devez accepter. Juste accepter. Vous laisser aller, et rejoindre les autres. Venez avec moi. On est bien, là-bas.

41

À quelques kilomètres de la clairière, un homme marchait sans but précis dans la forêt, main sur l'encolure d'un très solide cheval. Tous deux portaient les stigmates d'une mort déjà ancienne, et cette vie qui persistait à les animer et les autorisait à se mouvoir à la surface était une offense suprême aux lois édictées par la nature. Vision de cauchemar pour qui les aurait croisés, ils allaient côte à côte en souvenir d'un passé enterré.

—Nous serons réunis, un jour, mon amour. Différence marche déjà à mes côtés, je te retrouverai aussi.
Nous n'étions pas mauvais, tu sais, nous étions jeunes et influençables, nous nous laissions mener par nos sentiments et nos pulsions amoureuses.
Nous faisions juste face à ces démons cachés, venus droit du passé pour marcher dans nos pas et les guider, envahir nos ombres et nous en déposséder.
Leur haleine fétide et leurs pensées sordides nous ont contaminés, toi et moi, ils ont mis une cible sur nos fronts, un « à abattre » sur nos poitrines en émoi.
Ces injonctions morbides qui fragmentent les cœurs et fissurent les âmes, ils les leur ont criées... ils les ont poussés à nous détruire... parce que nous n'étions pas comme eux, mon amour, juste parce qu'ils nous pensaient différents d'eux.
Nous devions nous défendre, mon amour, nous n'avions pas le choix. Nous ne ferons jamais que cela, défendre le souvenir de ce que nous avons été. Toi et moi. Toi avec moi.

Personne n'a voulu nous écouter ni nous accorder la moindre compassion, aucun crédit n'a été donné à nos paroles. Condamnés avant d'être jugés. Oui, condamnés... et damnés.
Ce village où toi et moi nous étions établis et faisions notre vie, dans lequel nous jouissions d'une jolie notoriété, surtout auprès de la gent féminine, et où nous nous étions intégrés jusqu'à séduire mères et filles, jusqu'à nous faufiler dans leurs pensées intimes, dans chaque pore de leur peau, dans la moelle de leurs os... jusqu'à nous immiscer dans leurs plaisirs fantasmés.
Dans leurs petites culottes, dans leur humidité, d'un doigt rêveur et excité, c'est nous qu'elles introduisaient, c'est avec nos membres durcis, comme un majeur dressé jeté à la face de leurs concubins ivrognes et mous, incapables de les satisfaire, qu'elles se fouillaient.
Dans leur cyprine coulaient nos noms et notre odeur, nos torses musclés et nos verges dressées, nos yeux rieurs et nos sourires ravageurs.
Et c'est bien là le pire des péchés qui nous était reproché, tu peux me croire. Leurs femmes, leurs filles et même leurs garçons nous désiraient plus qu'aucun autre membre de cette communauté.
Ces salauds, vexés dans leur orgueil de mâles dominants, portaient le deuil de leur virilité en bandoulière... ne jamais blesser un mâle sur le déclin, non, jamais ! Toujours veiller à l'achever ! Il leur faudra payer.
Je m'assurerai qu'ils règlent leur note avec les intérêts, mon amour.
Nous serons bientôt réunis, je le sais, et notre amour renaîtra nourri à coups de sacrifices, enfanté dans la douleur et les pleurs. Les leurs.
Je te retrouverai, c'est une promesse que je fais.

42

Viv et Annick, occupés dans le jardin, virent arriver le trio avec intérêt et méfiance, comme toujours lorsqu'un invité qu'ils ne connaissaient pas venait à la maison. Ils avaient horreur de certains des amis de leurs fils, toujours munis de smartphones et autres consoles portables qui détournaient, selon eux, leurs possesseurs des valeurs essentielles.
Lorsqu'ils virent ce livre d'allure ancienne glissé dans la ceinture de Joseph, ils accordèrent à ce dernier une attention particulière, et au grand étonnement de Sam et de Lucas, lui firent un accueil digne d'un VIP.
Les garçons se regardèrent, haussèrent les épaules, puis invitèrent Joseph à entrer à leur suite.
À l'inverse de ses habitudes, lors de belles journées, Emmy était restée à l'intérieur pour jouer à la poupée dans la chambre de Lucas.
Ce dernier resta sur le pas de la porte, et observa sa sœur en silence.
Installée sur son lit, elle rejouait un scénario vécu, transcrivait dans les réactions de sa poupée, en proie à un monstre caché, la terreur éprouvée la veille.
Il s'approcha en douceur, se posa à côté d'elle.
Ce qu'inconsciemment il attendait d'elle, petite sœur gaie et joyeuse, il ne l'obtint pas.
Quelque chose s'était brisé en eux, l'insouciance, l'innocence.
Ce qui terrifiait Lucas au-delà de la peur suffocante qu'il éprouvait à l'idée de croiser un jour encore ces êtres sortis des entrailles de la terre, était ce constat brut et simple : leur enfance avait pris fin la veille.

En tout cas avait-elle subi les assauts ravageurs de la confrontation avec l'horreur.
« Les monstres existent vraiment, et ils veulent tuer les enfants en nous. » pensa-t-il, pris d'une émotion renversante.
Âme en lamelles et tête hachée, menu du jour pour un cœur lourd et un espoir anorexique.
« Si c'est comme ça qu'on devient adulte, je comprends mieux Peter Pan. Nous, on a vu captain Crochet, hier, il s'était barré de Neverland. ».
Emmy le fixait avec attention lorsqu'il revint à la réalité.
Il la soupçonna d'avoir lu en lui aussi bien qu'ils l'avaient fait dans le journal de Joachim, et elle lui exprima son soutien à sa manière. La plus jolie des manières.
Deux fossettes profondes creusèrent ses joues rebondies des rondeurs de l'enfance, et tout devint plus lumineux et clair, tout se fit plus joyeux.
Il lui rendit son sourire contagieux, et cette épidémie si douce se répandit en eux.
—T'as bien dormi, finalement, Bouillab ?
—Oui, très très bien. J'ai même pas rêvé. Dis, tu crois que t'auras encore besoin de moi, cette nuit ?
—C'est une manière bien particulière de présenter la chose, rit-il. OK, mais faudra pas trop en prendre l'habitude. Sinon après, je pourrai plus jamais dormir seul.
—C'est pas grave, je serai toujours là, moi.
Il rit de nouveau, haut et fort cette fois, sans retenue d'aucune nature, puis la serra contre lui.
—On sera toujours là l'un pour l'autre. Toujours.
Ils rejoignirent le reste de la famille et Joseph à la cuisine.
Annick n'en finissait plus de questionner Joseph sur son mode de vie, de manière si naturelle et détendue que ce dernier n'en conçut pas ombrage, mais au contraire, se piqua au jeu d'enseigner à une famille de gadjos ce qu'était la vie des gens du voyage, non celle fantasmée par les médias.
Sam, retranché dans son monde, mangeait sans écouter un mot de ce qui se disait.
Lucas l'observa avec une certaine tendresse, conscient de tout ce qui se jouait en ce moment même dans la tête de son grand frère.
Il les regarda tous, tour à tour, Sam, Bouillab, maman, papa, et son cœur se gonfla à en devenir douloureux.

Comme il les aimait, à quel point il aurait voulu ne jamais les perdre !
Il se rendit compte qu'il n'avait jusque là, avant ces rencontres terrifiantes, pas conscience de les aimer « grand comme ça », aurait dit Emmy en écartant les bras.
Ils étaient juste là, aucun effort à faire pour les avoir près de lui, et au moment où il aurait pu les perdre, l'envie de leur hurler qu'il les aimait par-dessus tout se fit quasi irrépressible.
Son amour gueula, gesticula, explosa, et lui rendit inconfortables la position assise et la retenue de mise.
Chants du merle, bruissement du feuillage s'infiltrèrent par la fenêtre, tous ces bruits venus de l'extérieur si normaux, apaisants.
Comme si rien ne rôdait alentour, ni aucune menace ne pesait sur eux... comme si tout cela n'était que pur délire.
Et il ne pouvait en être autrement, un mauvais plaisantin, peut-être, habillé d'un costume, réaliste, certes, mais un simple costume. Une mise en scène macabre, pour effrayer la population, détourner l'attention, faire peser les soupçons sur des phénomènes inexplicables pour laisser libre champ au véritable coupable de ces enlèvements.
—Mais c'est sûr que c'est ça !
Cette phrase, il l'avait laissée fuser, presque criée.
Les regards étonnés se portèrent sur lui, investigateurs ou accusateurs.
Dans celui de sa mère, il lut la promesse qu'elle le contraindrait à lui expliquer, alors que chez son père, il ne vit qu'une résignation au fait que son garçon fût désormais ado et de ce fait même un peu bizarre parfois.
Il l'entendit presque murmurer « c'est les hormones, ça ».
Dans les yeux de Sam, il saisit un espoir d'explication rationnelle, et traduisit dans ceux de Joseph un « tous tarés ces gadjos ».
Et enfin, le plus important peut-être pour lui, il lut sous la jolie tignasse de sa sœur, dans ses yeux pétillants autant que dans ses fossettes, une confiance totale, un amour aussi grand que celui qu'il nourrissait pour elle. Quoi qu'il eût pu lui dire à ce moment, elle aurait bu ses paroles, les aurait faites siennes.
Il lui adressa un clin d'œil, parcelle éphémère d'une complicité éternelle.

Le repas, assez léger, mais largement arrosé des paroles de Joseph en réponse à la curiosité d'Annick, se termina sous les barrissements d'un troupeau de pieds de chaises sur le plancher.
—Les garçons, vous restez ici, cet après-midi ? Je pense qu'Emmy aimerait avoir de la compagnie.
Joseph, pris de court, ferma son insondable clapet pour laisser aux autres le soin de répondre.
Lucas se porta volontaire.
—On a des trucs à faire, on étudie le journal d'un habitant du village en 1875 à peu près, c'est pour un compte rendu à la rentrée, on s'était portés volontaires, Joseph et moi. Joseph et les siens sont des descendants du clan de cet homme. Sam nous aide à comprendre certains passages qu'on a du mal à saisir. On a besoin de calme, m'man, mais on peut faire ça dans le jardin sans problème, à condition que p'pa en profite pas pour nous faire ranger du bois ou nous trouver d'autres corvées.
Le visage d'Annick s'illumina, ravie de constater que ses garçons n'avaient décidément toujours pas basculé du côté obscur de l'adolescence, un peu honteuse aussi de leur avoir prêté en pensée des intentions douteuses, manigances et secrets.
—Eh bien, franchement, je vous félicite, les garçons. Je suis fière de vous. Votre père aussi est très fier de ses garçons. N'est-ce pas, Viv ?
Déjà installé au soleil sur sa chaise longue, chemise ouverte sur proéminence stomacale, Viv grommela un « ouéouésésa » pour ronfler la seconde suivante.
—Vous voyez, qu'est-ce que je disais ? Bon, je vous laisse travailler, alors.
Lorsqu'elle eut disparu à l'intérieur, le petit groupe s'installa sur le banc en bambou installé à l'ombre des arbres de la forêt.
—Hé, les gavalos, il est allergique, votre daron, il fait une réaction analphabétique.
—C'est qui, l'analphabète, du coup, duhon ? Anaphylactique, corniaud. Pourquoi tu dis ça ?
—La dernière fois qu'j'ai vu un truc aussi gonflé que son ventre, c'était un mec allergique aux cacahuètes qu'avait enflé comme une baudruche.
—T'as été éduqué où, toi, sans déc ? Dans les chiottes d'une caravane, non ? Un jour on t'invitera à bouffer quand c'est lui qui cuisine, là, tu sauras ce que c'est d'être allergique.

Lucas explosa d'un rire chantant auquel répondirent les geais et les pies.
—Vous êtes pas possibles, tous les deux. Pour vous calmer, parlons de notre histoire. J'ai pensé à tout ce qu'on a vu, Sam. Pas moyen de dire qu'on a rêvé, on est quatre à l'avoir vu, avec Léa. Ça existe pas, des hallucinations collectives. Enfin, je crois pas. Moi, je pense qu'y a un monstre qui tourne dans le coin, mais pas ce genre de monstre.
—Qu'est-ce que tu barjaques, Mioche ?
—Je dis qu'y a un type qui enlève des enfants, ça c'est sûr. Mais que c'est pas un revenant, tu vois ? Comment on a pu croire que c'était vrai, ça ? On a jamais cru en Dieu, dans les extraterrestres, les fantômes et toutes ces conneries là. Je suis sûr que c'est quelqu'un qui se déguise. Soit c'est le kidnappeur pour brouiller les pistes, soit ça n'a carrément rien à voir, juste un débile qui veut faire peur aux gens. En plus, pour le moment, rien ne dit que les enfants aient été enlevés. Peut-être des fugues, des accidents, chais pas, moi. Vous comprenez ? D'ailleurs, rappelle-toi, Sam, ils sont passés juste à côté de toi, avec le cheval, et ils t'ont rien fait. Ils auraient pu te choper.
—Ouais, pas con. Sauf que ce que j'ai ressenti quand ils étaient tout près de moi, y a rien qui peut l'expliquer. Ce putain de froid, cette odeur pire que la gueule de ma prof de math...
—Eh, les gadjos, z'avez rien compris, vous. Fraco me raconte pas de conneries. Enfin, pas là. Il a déjà combattu ces merdes avec mon daron, y a dix ans. Faut le connaître un peu, mon daron, il est capable de se brûler avec un truc qui sort du frigo, tellement il est pas doué. C'est un peu pour ça que j'ai accepté de m'en occuper, si lui y est arrivé, ces machins qui traînent dans les bois doivent être aussi durs à foutre en l'air qu'une portée de chatons mort-nés. Venez pas me dire qu'ils existent pas, vous déconnez.
—Ben si c'était vraiment les mêmes, y a dix ans, ils t'ont dit comment les niquer, alors ?
Joseph resta coi de longues secondes durant.
—Ben... non. Mais attends, Fraco, il m'a dit de lire ça jusqu'au bout pour bien tout comprendre. Et après, j'dois retourner le voir. C'est là qu'il me dira. Enfin, j'espère.
—OK, vas-y, ouvre ce putain de bouquin qu'on en finisse. On va pas crever d'avoir à lire.
—C'est lui qui lit, moi j'en ai plein les douilles.

Sans chercher à protester, Lucas s'empara du journal, l'ouvrit à la page marquée, et d'une voix monocorde, entreprit d'en faire la lecture.
—Emmy, je sais pas trop ce qui va arriver, dans cette histoire, tu devrais peut-être pas trop écouter. Si ça devient trop pour toi, je te dirai de te boucher les oreilles, OK ?
La fillette acquiesça sans réelle conviction, puis, assise à côté de Lucas, l'enlaça étroitement, tête plaquée à sa poitrine.

43

27 avril

Aujourd'hui, nous sommes retournés à la rivière.
Cette clairière est si calme, ce cours d'eau si paisible et si beau.
Il y avait une jeune fille, assise au bord de l'eau.
Vêtue d'une jolie robe blanche, elle était ravissante.
Si je n'avais été amoureux de Diego, j'aurais pu succomber d'un coup d'œil à ce si charmant ange.
Cette impression de douceur qui se dégage de ce visage... j'espère déjà la revoir.
J'ai pu remarquer que Diego n'était pas indifférent non plus à la délicatesse de cet être de lumière.
Nous avons fait connaissance, et sa voix, et ses manières, et son élocution ont confirmé tout le bien que nous pensions, a priori, d'elle.
Cette rencontre nous a redonné confiance et envie de rester bien plus longtemps dans les parages.

3 mai

C'est avec plaisir que Diego et moi continuons à travailler pour Raymond contre avantages en nature.
Nous mangeons à notre faim, des produits frais et sains.
Notre roulotte, peu à peu, gagne en confort.
Je suis heureux.

Je n'échangerais pour rien au monde ma vie contre celle d'un autre.
Amoureux, comblé, je ne vois pas ce que je pourrais demander de plus.
Diego paraît épanoui, lui aussi, et chaque regard que je lui porte déclenche en moi une tempête sentimentale.
Même Différence est dans son élément, ici, le voir trotter comme un poulain et se gaver d'herbe riche me remplit d'enthousiasme.
Oui, je suis heureux.

5 mai

Raymond nous a donné un chiot, né trois mois plus tôt des amours illégitimes de sa chienne avec on ne sait trop quel corniaud.
Ses trois frères et sœurs ont été placés chez des chasseurs. Mais lui était différent.
Raymond voulait l'euthanasier à la naissance, mais je l'ai supplié de n'en rien faire.
Dès que je l'ai vu, j'ai su qu'il était fait pour nous.
Ce brave Raymond a accepté de le laisser grandir.
Cyclope a rejoint notre campement, notre cour des miracles. Le miracle de l'amour.

6 mai

De son œil unique, Cyclope semble parfaitement s'accommoder.
Il semblerait, fait assez logique, qu'il estime mal les distances, mais il n'est pas pour autant trop handicapé.
Nous sommes retournés à la rivière avec lui.
Notre princesse était présente.
À la vue de Cyclope, son visage s'est fait œuvre d'art.
Jamais je n'oublierai cette expression, naïve et amoureuse, cette pureté dans les sentiments.
Mon cœur a cogné pour elle, et je l'aime pour ça.

Diego et moi nous sentons de mieux en mieux, ici.

10 mai

Les fortes chaleurs arrivent.
Aujourd'hui, Différence est resté à l'abri de sa « caverne » où il fait toujours bon.
Accablé par cette hausse soudaine des températures, Cyclope a joué les boudins de porte toute la journée, affalé, avachi, fondu comme un caramel mou sous la langue.
Durant l'après-midi, nous avons aidé Raymond à nettoyer les étables.
C'est torses nus, sales de débris de paille collés à notre peau moite que nous sommes rentrés, en traversant le village.
Diego était d'une beauté renversante dans cette semi-nudité.
Les regards féminins nous ont suivis avec insistance, jusqu'à nous faire éprouver de la gêne.
Les yeux masculins se sont faits aussi noirs et sombres qu'un ciel qui se prépare à l'orage.
Nous avons convenu de ne plus jamais nous promener avec le torse à l'air, pour n'attiser ni convoitise ni haine.
Je n'aurais jamais cru pouvoir être le fantasme de la gent féminine.
Je ne veux être que celui de Diego.
Il a fait chaud aujourd'hui. Dans les esprits aussi.

11 mai

La chaleur persistante nous a poussés à aller à la rivière. Il faut dire que nous n'avons pas besoin d'être poussés bien fort pour saisir chaque occasion de revoir notre petite fée d'eau.
Notre déception de constater son absence a été de courte durée.
Pour la première fois, nous avons pu nous baigner entièrement nus. Libres, sans peur des regards et du jugement.

Différence aime tant s'abreuver dans ce cours d'eau que j'ai parfois peur qu'il l'assèche.

12 mai

Il s'est passé quelque chose qui m'a mis très mal à l'aise et dont je redoute les conséquences.
Nous sommes retournés nous baigner.
Diego et moi sommes de nouveau entrés dans l'eau sans aucun vêtement, avec l'excitation de ces expériences que l'on a tant aimées lorsqu'on s'apprête à les revivre.
Un trio de jeunes femmes, sorties de nulle part, nous a rejoints. Elles étaient aussi nues que nous.
Je soupçonne qu'elles nous observaient chaque fois que nous venions ici.
Diego n'a pas vu de mal à cette situation et a de suite accepté les jeux d'eau.
À ma tentative de sortie de la rivière, l'une des naïades m'a retenu par la verge.
Elle est la seule femme à l'avoir jamais touchée.
Surpris, troublé, je n'ai su comment réagir au lent va-et-vient qu'elle a imprimé à sa main.
Je ne connaissais même pas son prénom, ne l'avais jamais seulement croisée avant.
Ses yeux plongés dans mon âme m'ont agressé sexuellement plus encore que sa main.
L'érection qu'elle m'a arrachée m'a mis hors de moi, car je m'en voulais de bander aussi fort, tendu de désir pour une personne qui n'était pas Diego.
Diego aussi, avait l'air d'être entre de bonnes mains.
Un regard a suffi à le convaincre de s'arracher à cette douce étreinte.
Nous sommes rentrés sans attendre, gênés, honteux, avec cette impression d'avoir été souillés, violés dans notre intimité.
Mais surtout, je crains ce que cela pourrait engendrer.
Oui, ce soir, je vais me coucher avec la peur au ventre.

Je ne veux pas quitter notre paradis, mais peut-être y serons-nous contraints.

13 mai

La nuit a été calme, et a heureusement fait mentir mes peurs.
J'ai prié pour que les jeunes filles n'aillent jamais parler de nos jeux aquatiques et érotiques.
En évoquant cette anecdote, j'ai été surpris de constater mon émotion physique bien vivace dans mon pantalon.
J'ai bandé plus dur, été plus tendu de désir que jamais.
C'est incompréhensible pour moi qui n'ai jamais éprouvé la moindre attirance pour la gent féminine, d'aussi loin que je m'en souvienne.
Après le boulot, nous avons fait un saut jusqu'au bourg.
Les regards ne sont pas plus agressifs qu'à l'ordinaire. Mais pas moins.
En dehors de Raymond, nous n'avons encore lié aucune amitié.
Je ne crois pas que les gens sachent, pour nous deux, et cela me dérange. Je redoute le jour où ils l'apprendront tous, mais je ferai moi-même en sorte de les mettre au courant, avant que l'information ne leur parvienne par une autre voie.
Je devrai le faire rapidement, car je sais combien il est difficile de briser un silence, d'autant plus qu'il aura duré longtemps.

44

Méline, les mains plaquées sur la fermeture de son pantalon, s'agitait dans son rehausseur.

D'un coup d'œil dans le rétroviseur, Sandrine, sa mère, s'enquit de la situation.

—Ne me dis pas que tu as encore envie de faire pipi, Méline. Je t'avais dit de ne pas boire autant avant de partir. Tu vois ce que ça donne quand tu n'écoutes pas maman ?

—J'ai trop envie, maman. S'il te plaît.

Pour la quatrième fois depuis le début de leur voyage, agacée, Sandrine gara le véhicule sur le bas côté, en bordure de forêt.

—Cette fois, tu descends toute seule, comme une grande. Tu es assez grande pour n'en faire qu'à ta tête et me désobéir, tu peux bien faire pipi sans mon aide. Mets-toi derrière ce buisson, et dépêche toi, on a encore beaucoup de route.

—Elle me fait peur, cette forêt, maman. Tu peux venir avec moi, siteplé ?

—Non, Méline. J'en ai assez, ça t'apprendra à m'écouter. Tu as 7 ans, tu es une grande fille. Allez, vite !

La fillette détacha sa ceinture, et en dépit de son incoercible et douloureuse envie d'uriner, examina les alentours avant de descendre.

Elle sauta à terre, au bord de ce fossé enherbé, et glissa jusqu'au fond, heureusement à sec. Son cri aigu déchira le silence des bois, où il se répercuta à l'infini contre l'armée de troncs.

—Méline, ça va ?

—Oui oui. C'est mes chaussures, elles accrochent pas, maman. Je crois qu'il va falloir que tu m'en achètes d'autres.

—Ben voyons, bien sûr, je me disais aussi. Maintenant que tu es au fond, fais pipi. Allez !
—Ah non, si je fais ici, je vais tremper dans mon pipi.
Sa mère leva les yeux au ciel, exaspérée, et la regarda remonter de l'autre côté.
Méline se faufila derrière le buisson et disparut à la vue de Sandrine.
D'un regard circulaire, elle embrassa tout le bois, et en l'absence de toute menace, baissa pantalon et culotte.
Le soulagement fut immédiat, et elle s'abandonna à ce plaisir naturel.
Derrière elle, un bruissement en approche cassa ce moment de bonheur ultime.
La peur, ennemie sournoise autant que familière, s'invita en maître pour lui ordonner de ne plus bouger. Cœur aux tempes, elle se retint de respirer.
Seul le jet d'urine sur les feuilles mortes continuait de chanter, et sonnait aux oreilles de Méline comme un cri assourdissant et traître, dénonciateur de sa position.
L'ébrouement d'un cheval, ce souffle caractéristique modulé par les naseaux et les lèvres de la bête, résonna quelques mètres derrière elle, lui redonnant le sourire.
Son poney, Fendlabise, faisait toujours ce bruit là lorsqu'il la voyait arriver. Elle ne put se tourner pour voir l'animal qu'elle aimait plus que tout autre, de peur de se tacher d'urine.
—Qu'est-ce que tu fais là, cheval ? Comment tu t'appelles ?
Les pas, bien qu'amortis par ce sol fait de mousses et de feuilles, sonnèrent lourdement, en approche vers elle.
Et l'ombre au-dessus d'elle se fit plus dense et sombre, le souffle sur sa tête donna vie à ses beaux cheveux roux.
Le cheval émit un appel sourd, cette vibration de fond de gorge venue droit des entrailles pour signifier la satisfaction, souhaiter la bienvenue.
Ces sons si familiers, si apaisant d'ordinaire à ses oreilles accoutumées, la firent pourtant frissonner.
L'odeur insoutenable se saisit de tous ses sens, incapable fut elle de percevoir ou sentir autre chose.

Puis le froid, ce froid sans vie et si envahissant, qu'aucun thermomètre n'aurait pu mesurer, dont aucune température n'aurait pu rendre compte, ce froid de glace venu de l'intérieur, esprit et corps paralysés par cet hiver intime et meurtrier.
Loin, si loin, lui parvint l'appel de sa mère, les cris d'alerte de geais en panique, et la colère de la nature insultée. Quelques pas décidés, une présence autre. L'air lui-même devenu anxiogène, Méline éprouvait du mal à respirer, comme privée d'oxygène.
Une main sans douceur se saisit de son épaule, la tira vers le haut, la souleva sans peine.
Elle ne sentit pas l'urine maculer ses jambes, ses chaussures, ses vêtements, son corps se résumant à ce point de contact entre elle et cette chose qui la saisissait.
Seule la main qui s'avança vers sa bouche lui arracha un hurlement désespéré.
Une main en partie décharnée, sale de terre et de crimes passés, où grouillaient d'infects essaims de larves, insectes et asticots.
L'homme droit sorti d'une tombe glissa la fillette sous son bras comme un paquet sans poids et sans importance, et s'éloigna sans se presser, d'un pas sûr, sans crainte d'être rattrapé.
Affolée, Sandrine sauta le fossé d'un bond de cervidé en alerte, et courut dans la forêt après son pire cauchemar, quelle que pût être sa figure : l'enlèvement de sa fille.
Sans réfléchir, sans penser à sa sécurité, elle rattrapa l'ombre, le souvenir d'être humain qui de l'humanité n'avait plus que la forme physique.
Ce visage aux mille souffrances ancrées, aux vies multiples gravées, se tourna vers elle pour l'arrêter dans sa course avec autant d'efficacité qu'un épais mur de verre.
Elle échangea avec lui un regard, elle put y voir son âme, composée de tortures, de haine et de colère silencieuse... mais aussi d'un amour infini.
En état de choc, elle s'écroula, inconsciente.

45

L'être de douleur, celui qui plus jamais n'aurait dû arpenter la surface, avançait dans ces bois avec un but, un seul. Le retrouver enfin, lui.

Il le ramènerait, quel que pût en être le prix.

Cette fillette sous son bras lui offrirait une parcelle de la vie nécessaire à le réveiller.

Je les aurai tous, mon amour. Pour toi, je sacrifierais le monde et ses habitants, tous ceux qui nous crachaient leur haine.

Différents, selon les normes. Cette différence qui nous a menés à une mort violente.

Les deux tarlouzes, les fiottes, les chevaliers de la rosette, tous ces surnoms dont ils nous affublaient pour masquer leur aigreur et leur jalousie de nous savoir invités toutes les nuits dans leurs couches, dans les draps chauds et humides de leurs femmes qu'ils ne touchaient plus et de leurs filles qu'ils rêvaient secrètement de trousser.

Elles se faisaient du bien en pensant à nous, et surtout en oubliant leurs maris et pères, ces porcs qui ne disaient jamais leur nom véritable.

Deux hommes qui s'aimaient sans honte, sans se cacher, ils ne pouvaient l'accepter, mon amour.

Homosexuels, comme si les liens qui nous unissaient ne pouvaient se résumer qu'à ce terme, qu'au sexe, à cette vision réductrice et charnelle de l'amour. Mais ce qui nous unissait allait bien au-delà. Oui, bien au-delà.

Nous étions homoamoureux, peut-être. Mais pourquoi nous amalgamer ainsi ? Toi et moi ne nous ressemblions pas davantage qu'une femme et un homme.

Nous étions comme tous ceux qui nous crachaient dessus, nous voulions être « un plus un qui font mieux », si différents l'un de l'autre, et si complémentaires pourtant.
Cela n'a jamais été une question de genre ou de sexe, mais bien de personne et de personnalité.
Nous étions tous hétérosentimentaux, en quoi était-ce là un péché mortel pour nous ?
Pour notre communauté, celle dont je n'étais pas issu, mais qui m'avait accueilli comme un de ses enfants lorsque mon père mourut, nous n'étions pas dignes de rester, considérés comme des étrangers à notre propre clan, car, disaient-ils, nous étions une insulte à la fierté masculine des nôtres. J'avais dévoyé l'un de leurs enfants, toi, je t'avais selon eux détourné de la voie que tu étais destiné à suivre. Épouser l'une des filles choisies pour toi, avoir des enfants.
Aimer, oui, mais pas comme nous aimions nous.
Et pour les autres, les gadjos, les indignes de confiance, pour qui les gens du voyage n'étaient que des nuisibles, nous étions encore moins que des gitans, des manouches, ou plutôt nous en étions, mais de la pire espèce.
De tous les côtés, les plus insultants quolibets venaient nous qualifier, et les menaces les suivaient de près. Tous ces mots qui crachaient, persiflages venimeux, de ceux qui vous déglinguent et effacent la personne pour la redessiner à l'aune du mépris sur ce tableau noir de haine, ces paroles qui justifient et préparent les actes à venir. Car des paroles aux actes, il n'y a jamais eu qu'un pas, un tout petit pas, d'autant plus aisé à franchir que l'on déshumanise les sujets visés pour justifier des comportements d'ordinaire réprimandés.
Lorsque l'incompréhension et l'ignorance alimentent le rejet et le mépris, se crée un puissant terreau sur lequel naît et grandit la haine.
Et ils avaient le pouce vert, mon amour, de superbes jardiniers.
Cette plante amère et vénéneuse, qu'ils s'appliquaient à faire pousser avec une constance coupable, nous a blessés de ses épines acérées.
Que pouvions-nous faire ? Nous séparer, comme ils ne cessaient de nous l'ordonner à travers leur vindicte ? J'étais prêt à affronter la torture et la mort, plutôt que d'y penser, car une seconde sans toi aurait été pire qu'une éternité au purgatoire.

Qu'aurions-nous fait, l'un sans l'autre, que serions-nous devenus ?
Prendre la route, ensemble, était notre seule issue.
Notre cheval, attelé à notre roulotte, nous mena à travers le pays, de ville en ville, d'un village à l'autre.
Jusqu'à ce que nous trouvions notre place, enfin.
Ce petit village calme, à l'écart de l'agitation et de la haine qui nous poursuivait.
En tout cas l'avons-nous pensé.
Cissac. Environ mille habitants à l'époque.
Te souviens-tu de ce jour où les sabots de notre cheval heurtèrent le roc de cette ancienne carrière ?
L'écho ainsi généré nous souhaita la bienvenue, oui, nous étions destinés à nous installer à cet endroit même, assez loin du bourg, pour ne pas attiser les colères, assez proche pour nous intégrer.
Ce premier jour où nous faillîmes chavirer dans ce trou béant, qui aurait pu engloutir tout l'attelage et nous avec.
Tu m'avais mis en garde, mon amour, qu'il s'agissait peut-être là d'un signe à prendre en compte, un premier avertissement.
Mais je ne t'ai pas écouté. Je ne t'ai jamais écouté avec l'attention que méritait ta sagesse.
J'étais si excité à l'idée d'occuper ces lieux discrets et reculés, parfaits pour nous deux.
Tout ceci est ma faute.
Ils nous ont séparés, mais rien ne saurait empêcher nos retrouvailles.
Je marche déjà aux côtés de Différence. Tu nous rejoindras bientôt. Quoi qu'il en coûte.

46

Lucas cessa sa lecture, alerté par un lointain cri, un hurlement peut-être, difficile à identifier dans ce faux silence de campagne peuplé et riche de sons divers.
—Vous avez entendu ?
—Non, quoi ?
—Moi, j'ai entendu. Nous, les gitans, on vit en osmose avec le monde, on a l'oreille fine.
—Sans déconner, t'as bouffé un dico, d'un coup ? Tu sais même pas ce que ça veut dire, osmose. Vous avez l'ouïe fine comme le renard qui entre dans le poulailler... question de survie.
—Hé, tu veux dire quoi, là ? Tu nous traites de voleurs de poules, c'est ça ? Mange tes morts, raclo !
—Fermez-la ! Sans déconner, j'ai cru entendre le cri d'une fille... j'en suis sûr, même.
—C'était peut-être un oiseau de proie, tu sais, c'est super aigu.
—Ferme bien les yeux, Sam, rien à foutre, moi je vais voir. Joseph, tu me suis ?
—J'suis gitan, un homme, un vrai. Moi, j'te suis. On va l'trouver, ce zombie à la con, on va lui faire manger ses chicots terreux. Pas besoin d'un lâche qui met un bandeau sur ses yeux et plaque ses mains sur ses oreilles.
—Ta gueule, le manouche. Tu crois que j'ai besoin de toi pour aider mon frangin ? Dégage de ma route, ça va gicler. Marre de nous laisser terroriser par ces tas de viande avariée.
—Je fais quoi, moi, Lucas ? J'ai entendu, aussi.
—Tu restes ici, Bouillab, c'est trop dangereux pour toi. Faudra peut-être qu'on coure super vite, tu pourrais pas nous suivre, dans les bois. Rentre à la maison, et attends-nous. On reviendra, promis. Pas vrai, les gars ?

Les deux autres validèrent les propos de Lucas d'un mouvement de tête, tentant d'y mettre l'assurance que, peut-être, ils n'avaient pas vraiment.
Sans envie, Emmy se résolut à écouter son frère.
Lucas regarda sa sœur retourner vers la maison, tête et épaules basses.
Et son cœur se serra.

Les garçons se mirent à courir en direction de ce cri entendu quelques minutes plus tôt.
Une course sans enthousiasme, contrainte, comme des soldats courant au sacrifice certain.
Lucas ne pouvait se sortir de la tête l'image de sa sœur, si petite et malheureuse, et ne s'expliquait pas cette pointe douloureuse qu'il éprouvait dans le cœur.
Quelle sensation abominable que celle qui le tenaillait, cette impression inavouable de l'avoir abandonnée.
Il s'efforça de ne plus y penser, préférait encore imaginer l'horreur en marche dans ces bois.
Concentrés sur leur effort pour tenir ce rythme sur une longue distance, aucun des trois ne parla, ni ne chercha à réfléchir à ce qu'ils feraient si vraiment ils tombaient nez à nez avec le mort vivant, ou l'homme déguisé, si Lucas voyait juste.
Huit cents mètres à travers bois, en direction de la départementale qui traversait la région et desservait tous les axes routiers, à se battre contre les ronces et leurs épines acérées, à écarter et fouler les fougères épaisses.
Lorsqu'ils débouchèrent sur la route, lessivés, essoufflés, muscles brûlants d'acide lactique, ils s'arrêtèrent net, mains sur les genoux.
Cent mètres plus loin, sur le bas côté, une voiture était stationnée.
—Venez, on va voir. Peut-être quelqu'un qui a besoin d'aide.
De manière inconsciente, le petit groupe resserra ses rangs au fil de son approche.
Incertitude, peur, angoisse, mais aussi volonté d'avancer ensemble et de s'entraider si besoin était.
Le véhicule, moteur tournant, était vide, aucun conducteur ou passager visible.
Joseph, bras écartés, contraignit ses camarades à s'arrêter.

Penché en avant pour percer de son regard les buissons de bordure, il pointa de l'index un endroit précis.

—Là, y a quelqu'un, par terre.

Ils sautèrent le fossé, écartèrent le rideau végétal, et virent une femme, allongée à même le sol.

—Vous croyez qu'elle est...

—Je sais pas, Lucas, j'en sais foutre rien. J'ai jamais vu de cadavre.

—On fait quoi ? On y va ?

—Si t'as une amulette ou des sorts à jeter pour nous protéger, manouche, c'est le moment.

—Ta race, t'es vraiment trop con, toi.

Pour mettre un terme à ces tergiversations et ces disputes, Lucas fit quelques pas, aussitôt suivi de son frère, puis de Joseph.

Les garçons s'attroupèrent autour de l'inconnue, sans trop savoir que faire.

—C'est comment qu'on vérifie que quelqu'un est mort ? Toi, le grand con, vas-y, fais quelque chose, chais pas moi.

—Tu veux que je fasse quoi ? Je suis pas médecin, moi !

Lucas s'agenouilla, posa ses doigts sur la gorge de la femme, chercha sans assurance à capter un pouls.

Son visage s'illumina lorsque les pulsations de cette jugulaire lui envoyèrent ce merveilleux message : elle est en vie !

Plus paniqué encore, il ne sut que faire pour donner suite à cette information capitale.

—Elle est vivante, les gars. Punaise, si nos parents étaient pas si arriérés, on aurait eu des téléphones pour appeler les secours. Joseph, t'en as pas un toi ?

—Non, mais l'autre. Tu crois que tu vis 50 ans en arrière ? Ben moi, je vis au moyen âge. Eh, j'habite dans une caravane les gars. Pas les moyens d'avoir un mobile. On en a que trois ou quatre pour tout le campement. Mais fouille-la, elle doit en avoir un, elle. Je vais voir dans sa caisse.

—Pour fouiner, ça il sait y faire. Déformation professionnelle.

—Ferme ta gueule, toi, espèce de raciste de merde.

—Vous faites chier, les gars. C'est bon, elle a son phone sur elle. On fait quel numéro, pour les secours, ou les flics ?

Sandrine se redressa de manière si subite en hurlant, que les garçons en tombèrent à la renverse.

—Ma fille ! Ma fille, il l'a prise ! Il est parti par là, aidez-moi à la retrouver, je vous en supplie ! Aidez-moi !
D'une main incroyablement puissante, elle venait de se saisir du col de tee-shirt de Lucas et le secouait avec hystérie.
Sam la ceintura, tenta de la ramener à la raison.
—Calmez-vous, madame, on est là pour vous aider. Qui a emmené votre fille ? Montrez-nous exactement la direction où ils sont partis. Lucas, rends-lui son tél, elle va appeler les secours, elle sait, elle.
Sandrine, secouée de spasmes, indiqua d'un bras tremblant une direction approximative.
—Vous avez compris, madame, appelez la police. Nous on va essayer de rattraper le salaud qui a pris votre fille. Allez, les gars, on se sort les doigts du fion, on va le choper, cet enfoiré.
Nouveau sprint à travers bois, éprouvant, épuisant.
Tous trois couraient comme s'ils fuyaient un péril immédiat, tout en ayant conscience d'au contraire chercher à s'en rapprocher.
Quinze minutes durant, ils coururent aussi vite qu'ils le purent, sans écouter leur peau giflée et griffée par la végétation dense, sans entendre leur cœur « tachycarde » et leurs poumons incendiés.

Sur le point de renoncer, battus avant d'avoir combattu, leur parvint un son dont ils connaissaient et redoutaient l'origine.
Ce hennissement lugubre, perçant âmes et corps, qui aurait pu refroidir le plus fiévreux des hommes.
Ils le reçurent comme un avertissement lancé à leur adresse, coup de poing à couper le souffle avant le coup de grâce.
—Ils sont pas loin. Regardez, on voit le cheval, là-bas. Putain, on fait quoi ? On sait même pas comment combattre ce... machin.
—T'es vraiment une lavette, toi, gavalo. On fonce, qu'est-ce que tu veux qu'on fasse ?
Instinctivement, la main de Lucas se referma sur son canif, qu'il brandit avec la même fierté s'il venait d'extraire Excalibur de sa roche.
—Joseph a raison, on fonce.
Les deux amis s'élancèrent sous le regard surpris de Sam.
Vexé, atteint dans son orgueil de mâle dominant du groupe, il ne pouvait laisser faire les plus jeunes.

—Eh merde, on s'est foutus dans une putain de galère. Mais je vais pas me laisser mettre à l'amende par un manouche.
Il empoigna une solide branche, la mania à l'image d'une batte. Satisfait, il se lança à la suite de son frère et de son ami.
Bientôt, ils eurent en point de mire celui que désormais ils savaient se nommer Joachim, accompagné de son destrier démoniaque.
Les membres pendants comme si elle n'avait été qu'une poupée de chiffon, la fillette enlevée n'opposait aucune résistance au bras qui la transportait sans peine.
En pleine course, Joseph saisit une pigne de pin et la lança en direction de Joachim, avec tant de force et de précision qu'il l'atteignit dans le dos.
Joachim se retourna vers ses poursuivants, et les stoppa d'un regard.
Ils restèrent ainsi très longtemps, à trente mètres de distance.
Les yeux vides et morts les scrutèrent et les déshabillèrent, mirent à nu leurs peurs les plus profondes.
—Et maintenant ? T'as une idée, le manouche ? Après tout, si j'ai bien compris, c'est ton grand papi.
—Toi je crois que t'as pas bien compris ce que ça veut dire, homo. Niveau enfants, ça doit être calme, gadjo.
—Je sais pas vous, les gars, mais moi, je me chie dessus. Lui j'ai comme l'impression qu'il peut rester comme ça pour l'éternité. Moi, non. Lâche-la, salaud, et on te fera pas de mal, gronda Lucas en brandissant son couteau.
Cette saillie valut à Lucas les regards de ses comparses, à la fois admiratifs et moqueurs.
—Merde ! Fallait oser la sortir, celle-là. Chuis sûr qu'il va tomber en poussière, ce sac de farines animales. T'as entendu c'qu'il a dit, mon pote. On va te niquer ta race, sac à fions ! T'es un putain de gadjo, cherche pas à nous la raconter, t'es pas un vrai tzigane. Moi, y a que les gitans qui peuvent me faire peur, t'entends ?
Joachim, tête penchée sur le côté, fixait Joseph sans le quitter des yeux une seconde.
—Bon, les gars, j'ai dit des conneries, il me fait méga flipper, ce con. Sam, c'est à toi, là, nous on a donné. Improvise, merde !
—Euh... toi là... t'as compris, j'espère ?
—T'es sérieux ? C'est tout ? Merde, tu foutrais pas les miquettes à ma grand-mère, gadjo.

—Ouais ben t'es marrant, toi. On fait pas ça tous les jours, non plus. Faut qu'on l'oblige à lâcher la fille.
Dans un regain de fierté, pour faire taire les moqueries de leur jeune ami et sans avertir, Sam courut vers le cadavre marcheur, en hurlant pour se donner du courage, matraque haut brandie.
Il en asséna un terrible coup sur le flanc du monstre, qui, à sa stupéfaction, ne réagit pas, conserva immobilité et mutisme, regard toujours tourné vers Joseph.
Sam frappa et refrappa le bras enserrant la fillette, mit dans ses coups toute la peur et l'horreur que lui inspirait cet être contre nature.
Galvanisé par le courage de son grand frère, Lucas le rejoignit et piqua de sa lame à plusieurs reprises la main de Joachim.
Ce dernier ne manifesta aucune douleur, aucune réaction, comme s'il était ailleurs, statue de cire dans un musée d'horreur.
Lucas, tirant sur jambes et bras, finit par libérer la prisonnière de cette étreinte, et il tomba sous elle, emporté par son poids.
Sam se chargea de la soulever et de la porter, pendant que son frère se remettait sur pied. Tout se passa si vite, de manière si incroyablement inattendue, qu'aucun d'eux n'avait pris le temps de la moindre réflexion, réflexion qui eut tué toute action et initiative.
Joseph, estomaqué par ce à quoi il venait d'assister, les encouragea à le rejoindre.
—On a réussi, putain, on a réussi, Mioche.
Proches de l'hystérie, les deux frères riaient autant qu'ils pleuraient, étonnés au possible de ce qu'ils avaient été capables d'accomplir.
Ils mirent le plus de distance possible entre eux et Joachim avant de songer à se reposer.
Assurés que ni Joachim ni son cheval ne les suivaient, ils s'arrêtèrent et s'enquirent de la santé de la gamine. L'absence de stigmates extérieurs, sa respiration régulière et ses gémissements légers leur donnèrent à penser qu'elle allait plutôt bien, aussi bien que possible en pareilles circonstances.
—Les gars, vous m'avez scié. Vous méritez presque d'être des Tziganes.

—Heureusement qu'on en est pas, si on avait attendu de l'aide de ta part, manouche, on aurait pu crever. La vache, j'aurais jamais cru que ce serait si facile. Il bouge pas, en fait, cette merde. Il a aucune réaction. Prochaine fois qu'on le croise, on lui met la misère.
—C'est bizarre, c'était trop facile. T'as vu comment il est resté fixé sur Joseph ? C'est quand il l'a vu qu'il a arrêté de bouger.
—Il a reconnu un mec de sa sale tribu de sauvages.
—Te plains pas, sale raciste, c'est grâce au p'tit sauvage que t'es en vie, et ton frère aussi, et pareil pour elle. Si j'avais pas été là, il t'aurait mis à sécher dans son grenier, comme un jambon à l'os. Je sais pas trop pourquoi, mais j'lui ai fait de l'effet, à grand tonton Joachim. Je suis la clé pour le marav', cherche pas, votre salut passera par moi, les gadjos. Pas pour rien que Fraco m'a envoyé au casse pipe, il savait, ce vieux babouin édenté.
—Dès qu'on aura rendu la petite à sa mère, on rentre les gars, assez d'émotions pour aujourd'hui. On va finir notre lecture, si le chef de ton clan te l'a demandé, c'est que ça doit avoir son importance, non ?
—T'as raison, mec. C'est un truc de malade, quand même. Comment dans une même famille, il peut y avoir un gavalo à peu près valable et pas trop débile, et un autre con à bouffer du foin ?
—Je crois pas que ta mère s'attendait à accoucher d'un miasme comme toi. Tu vois, la famille, ça veut pas dire grand-chose.
Au loin, de nouveau, le hennissement à nul autre pareil fissura l'air ambiant.
—Vous vous ferez une battle plus tard, on se casse.

Lorsqu'ils parvinrent à l'orée du bois, deux fourgons de la gendarmerie venaient d'arriver sur place.
La mère de la petite leur expliquait à grands gestes ce qu'il s'était passé.
Tous les regards se portèrent sur eux... et les soupçons aussi.
Sandrine se jeta sur Méline qui s'éveillait à peine, comme sortie d'une anesthésie générale, rescapée d'une horreur que le monde peinerait à imaginer.
D'un concert de baisers, d'un océan de larmes, mère et fille s'unirent, communion du meilleur après un court voyage sur les terres du pire.

Les gendarmes posèrent mille questions aux garçons, les accusèrent à demi-mot, surtout lorsqu'ils apprirent le nom et l'origine de Joseph.
Tout le monde parlait encore de ces tragiques événements survenus 10 ans plus tôt, où déjà, selon les gendarmes, le père de Joseph et Fraco avaient été impliqués. La plupart avaient oublié ou n'avaient jamais entendu parler des drames précédents, 20 ans, 30, 40, 50 et plus loin encore dans le temps.
À défaut de preuves, la justice n'avait pas donné suite, mais la rumeur tenace n'a jamais craint le temps, elle vieillit si bien que les ans la renforcent.
Que répondre aux questions posées ? Décrire cet épisode mouvementé tel qu'ils l'avaient réellement vécu, au risque d'être pris pour des affabulateurs, et faire peser sur eux plus de soupçons encore ?
Ou mentir en toute conscience, et donc lancer sciemment les forces de l'ordre sur une fausse piste, pour être tranquilles ?
Ils tentèrent de parler de Joachim, et leurs propos furent appuyés par Sandrine.
Pour autant, ils ne furent pas pris au sérieux, et les gendarmes leur promirent d'autres entrevues à venir.
Ils embarquèrent dans l'un des véhicules, et furent ramenés chez eux, Sam et Lucas d'abord.
Joseph n'en menait pas large lorsque ses deux amis furent déposés.
Un gendarme expliqua à Annick et Viv de quoi il retournait, puis prit congé.
Lucas ressentit un pincement en voyant le visage émacié de Joseph collé à la vitre, très inquiet quant au sort qui allait lui être réservé. L'impression d'abandonner un compagnon après une épreuve difficile leur colla aux tripes.
Sam lui-même, s'il ne le reconnaîtrait jamais, éprouva de la gêne et un sentiment de compassion pour Joseph.
Plaindre Joseph était sans compter sur leur mère.
Elle écourta ce moment d'apitoiement qu'ils allaient bientôt pouvoir retourner sur eux-mêmes.
Qui allait maintenant les plaindre, eux ?
—Vous allez nous expliquer, les garçons ! Est-ce que vous vous rendez compte de ce que vous avez fait ? On vous croyait dans le jardin. Et s'il vous était arrivé quelque chose ? Et si ces gendarmes étaient venus pour nous annoncer une terrible nouvelle ? Et s'ils ne

nous avaient ramené que vos dépouilles ?
—Et si on regardait la vérité en face ? On va bien ! Une petite fille a retrouvé sa mère saine et sauve. Et si on avait suivi ton raisonnement, ce soir une mère pleurerait son enfant disparue. Et si pour une fois tu nous foutais la paix !
Sam contourna ses parents et entra dans la maison, pour s'enfermer dans sa chambre.
Jamais il n'avait parlé à sa mère sur ce ton, quelques disputes certes, quelques protestations contre leurs décisions jugées parfois trop restrictives pour l'ado grandissant qu'il était, mais jamais il n'avait été si ferme.
Estomaqués, et en même temps impressionnés par la force et la volonté dont venait de faire preuve leur fils, Annick et Viv restèrent bras ballants, dansant d'un pied sur l'autre sans trouver leur contenance.
Lucas embrassa sa mère, puis son père, leur offrit un radieux sourire, puis prit sa sœur par la main pour se diriger vers la maison et rejoindre Sam.
Les époux restèrent cois durant une éternité, puis, d'un regard échangé, explosèrent de rire.
Lucas rit avec eux, et, sans comprendre pourquoi, Emmy les imita.
—T'étais où, Lulu ?
—On est partis sauver une petite princesse, comme toi. Le vilain sorcier l'avait capturée.
—Pour de vrai ?
—Croix de bois, croix de fer, si je mens je vais en enfer.
—Et... il était fort comment, alors ?
—Oulala, super méga fort. Mais tu sais quoi ? Avec nous, on avait un prince gitan. Joseph le grand, tu l'as vu tout à l'heure, il paye pas de mine, mais il est re-dou-ta-ble ! Et lui, il a le pouvoir de figer les méchants.
—Figé ? C'est quoi ?
—C'est comme quand tu vas piquer de la confiture dans les placards et que maman arrive derrière toi, comment tu fais ?
—Je bouge plus, rit-elle d'un air faussement gêné.
—Ben voilà, lui il fait ça. Quand les super méchants le voient arriver, ils bougent plus. Et nous, avec Sam, on lui a foutu une grosse rouste, si t'avais pu voir ça !
—Le grand monsieur horrible ? Vous l'avez fracassé ?

Le rire de Lucas les précéda dans le couloir, et les bisous claqués et sonores prirent le relais.
Ils entrèrent dans la chambre de Sam, qui déjà se délassait au son de Stupeflip, écouteurs sur les oreilles.
Lucas referma la porte derrière eux, et porta sur son frère un regard plein d'admiration. Il articula sans mot dire, pour demander à Sam de l'écouter.
Ce dernier s'exécuta, appuya sur le bouton pause du lecteur mp3.
—Vous dites rien aux vieux, ils seraient capables de me le confisquer. C'est à Léa, elle me l'a prêté.
—On s'en fout de ça, pas vrai, Bouillab ?
—Moi je voudrais bien écouter.
Sam aida sa sœur à mettre correctement les oreillettes, puis lança la musique. Emmy, yeux écarquillés de bonheur, se trémoussa sur place.
—Punaise, mon vieux, aujourd'hui, tu m'as impressionné, j'te jure.
—T'as vu comme moi, l'autre charogne a pas bougé, sinon... m'man a raison, on a déconné.
—Ah, mais moi, je parlais pas du zombie, je parlais de la manière dont t'as parlé à maman !
—T'es con, Mioche.
Les frangins échangèrent un rire complice, et Sam fut très heureux de retrouver la considération dans les yeux de Lucas.
—Faut qu'on trouve sa planque, Mioche. Il doit bien avoir un endroit où il enferme ses victimes. Rien qu'à penser à ce qu'il aurait pu faire de cette petite fille, j'en frissonne.
Sam porta son regard sur Emmy, et ne put retenir cet élan d'affection qui la surprit au plus haut point tant c'était là rareté.
—Me regarde pas comme ça, Bouillab, tu sais bien que j'te déteste pas, quand même.
—Prochaine étape, pour Sam, la plus difficile à franchir : apprendre à exprimer ses sentiments. Tu peux lui dire que tu l'aimes, elle va pas fondre comme un sucre, et toi tu vas pas crever dans d'atroces souffrances.
Emmy s'amusa de voir son frère aîné sous un jour nouveau, et parut apprécier la différence.
—J'ai jamais dit que je l'aimais pas, tu dis quoi, Mioche ?
—Je dis que t'as jamais dit que tu l'aimais.

—Mais... bien sûr que si. Et c'est bien pour ça qu'il faut qu'on le suive et qu'on le fasse disparaître avant qu'il s'en prenne à d'autres mômes. Faut pas trop attendre d'aide des flics, ils nous croiront jamais. Mais avec ton pote Joseph, on a une bonne chance de lui mettre une branlée, non ? Vas-y, sors le bouquin, doit y avoir des indices pour savoir où il créchait... quand il était vivant, quoi.
—Merde, on l'a laissé dehors. Je vais le chercher, on va percer le mystère du revenant, toi et moi !
Lucas quitta la chambre au pas de course, et faillit entrer en collision avec ses parents, oreilles collées à la porte.
Tous deux ne surent où se mettre, honteux, penauds.
—Regardez nos espions, mister Bean et Mata Hari.
Les enfants s'esclaffèrent, y compris Emmy, quand bien même ne savait-elle rien de cette Mata Hari.
—Les garçons, votre père et moi voulions... nous excuser.
—Et vous féliciter. Notre peur et notre colère nous ont aveuglés. On en a presque oublié que vous aviez sauvé une fillette. Et ça... qu'est-ce qu'il y a de plus beau que ça. Vous êtes des héros, aujourd'hui, et vous avez toujours été ceux de notre quotidien. On vous aime, plus que tout. Et... je vous laisse, je vais écrire.
Viv se retira pour masquer les larmes de fierté qui gonflaient son cœur tendre.
Annick le suivit à retardement, après avoir adressé à ses enfants des baisers soufflés.
Lucas prit plaisir à les voir gagner le salon, main dans la main.
Il sortit enfin en trombes, et courut jusqu'au banc où ils avaient abandonné le journal de Joachim.
À la limite de son champ visuel, il saisit un mouvement furtif dans les bois, une fuite précipitée.
Sans chercher à en savoir davantage, il s'empara du livre et déguerpit, la frousse en bandoulière, détala avec la célérité du lièvre.
Il franchit la porte avec un soupir de soulagement, stress à son paroxysme.
Comment finirait cette histoire, il l'ignorait, mais il était sûr d'une chose : il désirait en finir au plus vite, ou cette peur au ventre, cette terreur viscérale, finirait par tuer au bas mot sa raison.
La traversée du couloir lui parut interminable, et 10 fois au moins il se retourna pour s'assurer qu'il n'avait pas été suivi.

Sam saisit son trouble d'un simple regard, en soupçonna l'origine sans y mettre de mots audibles pour ne pas effrayer Emmy.
—C'est bon, je l'ai. On va en savoir plus sur ce qui s'est passé, j'espère.
Sam veilla à monter le volume sonore de la musique dans les oreilles d'Emmy avant de poser à Lucas la question qui le taraudait.
—Tu l'as vu ? Il était dehors ?
—Peut-être, je sais pas trop. J'ai vu quelque chose, mais pas sûr du tout que ce soit lui. J'ai pas eu cette sensation de froid qu'on a quand on est près de lui. Bref, oublie, on lit, on repère sa cachette, et on lui marave sa race, comme dirait Joseph.
—J'espère que les keufs lui auront pas trop cherché des noises. À mon avis, ça va chier au campement.

47

Fraco aperçut le clignotement bleu depuis l'intérieur de sa caravane, et sut avant même de sortir de quoi il retournait.
Le fourgon se gara au centre du campement, et déjà quelques femmes et hommes l'entouraient et le maudissaient.
Le gendarme Duffau ouvrit la porte latérale pour laisser descendre Joseph. Il avait toujours eu un bon contact avec cette communauté, et prenait en priorité la parole lorsqu'il était question de s'adresser à eux. Les choses se passaient souvent avec moins de sérénité lorsqu'un autre gendarme de la brigade tentait de les approcher.
Il salua Fraco qui marchait vers lui, prêt à argumenter sans se dérober.
—Bonjour, monsieur Balatta. Je vous ramène Joseph, on commence à en avoir l'habitude, n'est-ce pas ?
—Si vous tenez tant que ça à nous conduire, j'ai quelques courses à faire demain. Je serais ravi de faire route avec vous.
Le représentant de l'ordre ne put contenir un sourire.
—Pour une fois, nous n'avons rien à lui reprocher. Jusqu'à nouvel ordre, en tout cas. Nous devrions même le féliciter, si j'en crois ce que lui et ses camarades nous ont raconté. Ils ont sauvé une petite fille, enlevée quelques minutes auparavant. S'ils n'étaient pas passés par là, Dieu sait ce qui serait arrivé. Par contre, monsieur Balatta, nous avons un problème avec la description faite de l'individu en cause. Je vais finir par croire que c'est dans votre communauté une habitude de nous prendre pour des lapereaux. Pourquoi cette volonté de brouiller les pistes ? Qui protégez-vous ? J'ai parfaitement souvenir d'une affaire similaire, il y a dix ans. J'ai consulté les archives, les mêmes crimes se perpétuent à intervalles réguliers. Vous aviez témoigné, à l'époque, vous et le père de Joseph. Aujourd'hui, je ne peux que féliciter Joseph. Mais

un jour, j'identifierai le coupable. Et je mettrais ma main au feu qu'il se trouve dans l'une de ces caravanes.
—En attendant, rends-nous notre garçon. Et réfléchis encore. Tu es loin du compte. Vous vous refusez à prendre en compte notre parole. Notre parole qui ne vaut rien pour vous. C'est bien votre problème, et c'est pourquoi vous ne viendrez jamais à bout de cette enquête. Certaines vérités sont tellement dures à accepter qu'on en vient à nier l'évidence. Fouille tes archives, recoupe les infos. Et si un jour tu veux vraiment la vérité, viens nous la demander. Cet enfant aura de toute façon réglé le problème avant que tu te décides.
—Vous savez qu'on a déjà deux disparitions à déplorer. Une troisième avait été signalée, mais c'était une simple fugue, et il est tout à fait possible que l'une des deux autres en soit aussi une. Mais ce qu'il s'est passé dans les bois tout à l'heure avec Joseph est trop grave pour que nous l'ignorions. Un criminel rôde dans les forêts de ce village, et nous n'avons pas les moyens matériels de quadriller toute la région. Je compte sur vous qui vivez en lien étroit avec ces forêts pour me signaler le moindre individu suspect. Les chasseurs sont mis à contribution aussi, ce sont des yeux vigilants. Une battue va être organisée pour retrouver la fillette disparue, mais j'ai peu d'espoir. Nous attendons la collaboration de tous.
—Je peux te faire le portrait-robot du coupable, mais tu voudras pas l'imprimer. Tu te souviens, y a dix ans ? Si je savais où le trouver à cet instant, je serais déjà à le traquer. Mais sa nature fait qu'il est difficile à trouver. Il n'apparaît que là où il sait qu'il trouvera ce qu'il veut. Et ce qu'il veut, ce sont des enfants ! Les seuls complices que je vois ici, ils portent des uniformes bleus.
—Attention à ce que vous dites, monsieur Balatta. Faites bien attention !
—Nier la réalité, c'est le laisser faire.
Le gendarme tourna les talons et remonta dans le véhicule qui quitta le campement.
Fraco prit le coude de Joseph et le tira jusqu'à sa caravane, dont il referma la porte derrière eux.
—Alors, ça y est, déjà ! Tu es entré en contact avec lui ?
—Ben ouais. Même qu'on lui a mis sa race, avec mes potes gadjos. Il est pas si terrible que ça, on lui a repris cette fille sans souci, Fraco. Il a pas moufté. Demain, j'retourne les voir, à tous les

trois, on va le sortir de son terrier comme un blaireau.
—Méfie-toi, ne pèche pas par excès de confiance, Joseph. Il n'est pas la faible créature que tu sembles penser. Il sait être redoutable, tu peux me croire. Qu'avez-vous fait, pour qu'il vous laisse reprendre sa proie ?
—Ben, ça, c'est un peu le problème... j'sais pas. On a rien fait de particulier, en fait. Juste, on était face à lui, on lui a dit qu'on allait lui faire manger ses morts. Chais pas, il a dû remplir son calebut.
—C'est quand il t'a vu toi, qu'il s'est arrêté, non ? Viens, je vais te montrer une vieille photo. Elle date de 1879, et a été prise lors de la fin des vendanges. On y voit très clairement Joachim et Diego. Je te laisse découvrir.
Joseph s'empara de cette vieille image figée du passé.
Un groupe de vendangeurs, mêlant hommes et femmes, souriait et riait.
L'ambiance festive transparaissait, bien que le noir et blanc et la mauvaise qualité de la photo ne pussent la retranscrire totalement.
Joseph détailla les visages, s'amusa à leur trouver des ressemblances avec des personnes connues.
Puis il vit deux hommes, légèrement à l'écart. Pas assez pour signifier une mise au ban claire et précise, suffisamment pourtant pour déceler un rejet. Une différence.
Oui, c'était forcément eux.
Il ouvrit des yeux immenses, resta bouche bée.
—Je savais bien. Nous aussi, ça nous a fait cet effet.

48

Ali se remettait de sa chiasse carabinée, comme il l'avait lui-même identifiée.

Il sortit, sans même avertir ses parents, habitude détestable qui lui valait souvent réprimande.

Dans l'idée de croiser Lucas, il se rendit à leur point de ralliement coutumier, s'installa sur le tronc moussu qui lui servait toujours d'assise, et sortit son téléphone pour patienter.

—Si seulement il en avait un, ce plouc, ce serait plus facile.

Il sortit de sa poche ses écouteurs intra auriculaires, et se plongea dans son univers musical, volume à fond.

« Il finira bien par passer par là, c'est le seul chemin depuis leur baraque perdue pour aller n'importe où » pensa-t-il avec espoir.

Il adorait ce mec, même si, bien sûr, jamais il ne le dirait ainsi.

Un peu plus loin, il aperçut la fille que Lucas et lui avaient croisée à la rivière. Elle s'y rendait sans doute possible.

Cette cintrée du bulbe... très jolie, certes, mais trop à l'ouest pour qu'il s'y intéressât et songeât à la suivre.

Sur son petit écran se jouait le clip du dernier morceau de son rappeur préféré au rythme duquel il balançait la tête avec entrain.

Un courant d'air glacial vint envelopper sa peau et le poussa à resserrer ses jambes et ses bras en position fœtale. D'intenses frissons se propagèrent dans tout son être, l'enveloppèrent et l'envahirent en profondeur, et cette sensation désagréable de tomber si soudainement en hypothermie lui donna à penser qu'il n'était peut-être pas encore dans la meilleure des formes.

Si Lucas ne pointait pas son cul fissa, il rentrerait pour se remettre au lit. Un comble pour une journée d'été.

Il n'entendit pas venir la fureur en marche, ne vit pas s'étendre l'ombre d'où toute vie était exclue.
Ce cheval énorme autant qu'effrayant, vomi par les entrailles de la terre, se rua sur lui, et d'un coup de sabot dans le dos, l'envoya rouler de l'autre côté du chemin.
Souffle coupé, submergé par la violence du choc et la douleur irradiante, il ne put se soustraire à ce démon qui se pencha sur lui, le saisit par la gorge et le souleva sans peine, jusqu'à placer son visage face à celui du mal lui-même.
Au-delà de ces pestilences mortifères, propres à soulever les cœurs et à tacher les âmes de leur indélébile trace, sales à rebuter le diable, dans ces yeux roulants d'une haine ancienne, profonde, il lut aussi l'amour, pur, indestructible, éternel.
Sous le poids de cette charge émotionnelle, il s'évanouit.

49

—T'es qui ? T'es avec lui ? T'es où, là ?

Toujours ce silence pour seule réponse, comme un déni de son existence, un oubli de sa présence.

« On est déjà morts. Morts et enterrés ! »

Aurélie donna enfin signe de vie, gémit et remua au contact de sa main, petit regain d'espoir, puits de lumière dans le noir.

Plus aucun signe de la voix, de ce souffle, de ce... quoi ?

Peut-être n'était-ce que son imagination, d'ailleurs, une forme de délire dû au stress physique et mental. Soif, faim, douleur, angoisse, terreur, cette combinaison destructrice, qui les minait molécule après molécule, avait de quoi saper leur raison aussi.

Faible, si faible.

S'il n'était déjà mort, cela ne tarderait plus. Comment pourrait-il en être autrement ?

Son poignet, si enflé, douloureux, enflammé... l'idée de mourir ainsi, pourrissant, gangrené, le révulsait. Dans cet univers de crasse, ses plaies ne manqueraient pas de s'infecter, et il serait emporté par une septicémie foudroyante.

Il aurait voulu pouvoir, à cet instant précis, se tenir face à ce monstre et l'affronter, être tué en luttant plutôt qu'en se décomposant, à l'image des cadavres qui peuplaient cette roulotte.

La trappe s'ouvrit à la volée, comme pour répondre à ses prières, exaucer ses dernières volontés.

La lumière aveuglante le frappa comme le soleil agresse les animaux nocturnes, lumière brûlante, lumière hurlante.

Nocturne, voilà ce en quoi peu à peu il se muait, une créature de l'ombre, un ver rampant sous terre.

Un corps chuta lourdement, à faire vibrer tout le plancher.

Dressée au sommet de ce tunnel lumineux, la silhouette de l'ange du mal le toisait.
Marc eut l'espoir qu'enfin il descendrait pour en finir. Il aurait voulu pouvoir lui cracher à la gueule, le frapper jusqu'à son dernier souffle.
Mais la trappe claqua, et la lumière se tut.
Marc hurla, insulta, appela. En vain.
Ali s'éveilla, sans comprendre où il se trouvait. Puis, au souvenir de ce visage qu'il avait tutoyé, de ce froid qui l'avait glacé, et de l'effroi qui l'avait terrassé, il se mit à pleurer ce mot que de tout temps et en toutes circonstances, des couches de bébé à celles de vieillard, les hommes avaient toujours prononcé : maman.
—Eh, comment tu t'appelles ?
—On est où, putain, c'est quoi ce merdier ? Je veux rentrer chez moi.
Marc identifia dans ces pleurs l'envie qui l'animait encore la veille : celle de vivre.
—On est enfermés dans une roulotte. Moi c'est Marc, et quelque part par là, y a Aurélie. Aurélie, si tu nous entends, parle, s'il te plaît. Puis je crois qu'y a quelqu'un d'autre, mais je sais pas qui c'est. Je sais même plus ce qui est vrai, dans tout ça.
Le silence total d'Aurélie inquiéta Marc, et lui confirma que la fin était proche pour eux.
—Tu m'as pas répondu. C'est quoi, ton blase ?
—Ali. Ali Abad. T'es de Cissac, toi aussi ?
—Ouais, je te connais, on est au collège ensemble. Je suis Marc Tallent, tu sais j'habite la ferme après la fontaine aux chevaux.
—Oui, oui, je vois qui t'es. Tu sais où on est ? Il nous veut quoi ?
—Où exactement, je sais pas, non. Ce que je peux te dire, c'est qu'on est sous terre. Dans une vieille roulotte. Ce qu'il veut ? Nous laisser crever ici, je crois. Dans la merde, la charogne. Dis, est-ce qu'ils parlent de nous, dans les journaux ? Les flics nous cherchent ?
—Oui, les gens en parlent au village. Les flics, je crois qu'ils cherchent, oui. Oui, c'est même sûr. On a une chance de s'en sortir, pas vrai ?
Marc voulut cracher un non ferme et définitif, mais à l'encontre de ses convictions profondes, répondit par l'affirmative.

—Oui, ils devraient plus trop tarder à nous trouver. T'étais conscient, avant qu'il te jette là ? T'as vu comment c'est foutu là haut, reconnu un endroit ?
—Non, j'étais dans le coaltar. Putain, pourquoi j'ai désobéi à ma mère, moi, pourquoi ? Je devrais être dans mon lit, là.
—Arrête de chialer ! On a pas besoin d'entendre ça ! T'arrives juste, et tu baisses déjà les bras. Écoute-moi bien, j'ai un poignet pété, je peux plus tenter de me barrer. Toi, tu peux. Tu vois les petites taches de lumière, là-haut ? C'est la trappe. On a failli arriver à échapper à cette enflure, avec Aurélie. Elle avait réussi à ouvrir, elle était là-haut. Mais il l'a chopée et balancée en bas. Toi, tu peux monter sur cette pile, là. Autant ne pas savoir de quoi elle est faite. Je t'aiderai à tenir en équilibre. Si tu ouvres, tu pourras t'accrocher au bord et te casser. Mais faudra tirer Aurélie, aussi. Faut pas la laisser là, ses parents doivent crever d'inquiétude, tu vois. Elle a 7 ou 8 ans, merde, on peut pas mourir à cet âge, et on vit pas dans le noir. Lève-toi, et fais gaffe, ça glisse un max. Laisse-toi guider par ma voix, écoute pas la tienne. Je sais ce qu'elle te dit, la mienne me racontait la même chose. Mais tu vas t'en tirer, et tu vas emmener Aurélie.
—Mais il doit être dehors, il va m'attendre. Je peux pas, je te jure, je...
—Ta gueule ! Ferme-la ou je te finis à coup de talons ! Je te ferai bouffer tes dents et je te tuerai moi-même si tu l'ouvres encore pour pleurnicher. Aurélie l'a fait, à toi, maintenant !
Les sanglots et les reniflements contenus à grand-peine donnèrent à Marc la réponse qu'il attendait.
Ali ferait ce qu'il lui demandait.

50

Lucas et Sam s'installèrent sur le lit, journal ouvert en grand.
—Sam, avant de commencer, j'ai un truc à te dire. Si jamais on devait... enfin, tu sais...
—Oh putain, arrête tes conneries, Mioche, tu me fous les boules. On va pas y rester, au contraire. Toi et moi, comme de vrais frangins, et l'autre con de manouche que j'aime bien, finalement, on va botter le cul de Squelettor et on se fera une bonne bouffe bio et bien saine, sans colorants, sans sel, sans conservateurs pour pas calancher connement juste après d'un gros diabète ou d'une crise cardiaque. Un truc de fou, tu vois.
—T'es con. Non, faut vraiment que je te le dise, je me sentirai mieux après. Tu sais, l'odeur, dans ta chambre...
—Ouais, rien à faire, ça veut pas passer... quoi, l'odeur dans ma chambre ? T'es en train de dire que c'est... toi ?
—T'énerve pas. C'était pour rigoler.
—Comment t'as fait pour créer une odeur pareille ? Même l'autre mort vivant sent pas aussi mauvais, merde !
—Chaque jour, en rentrant de notre baignade, avec les pieds trempés, après une bonne marche sous la chaleur, je mettais mes chaussettes mouillées dans un sac plastique bien fermé. J'en ai mis un paquet, pour ça que maman gueulait de pas retrouver mes chaussettes. J'ai rajouté des boules puantes que m'avait données Ali. Ça nous faisait marrer d'imaginer ta tête.
—Enfoiré ! Et tu les as planquées où, tes vieilles chaussettes pourries ?
—Derrière ton lit, y a une plinthe qui s'enlève. C'est derrière.

La colère attendue par Lucas se traduisit en fait par un monumental fou rire, qu'ils partagèrent à deux, puis à trois lorsque Bouillab se joignit à eux.
—Petit salaud. Je dégage ton paquet putoisé, et on se plonge dans ce foutu journal.
Sans attendre, Sam se débarrassa du cadeau empoisonné en le lançant par la fenêtre comme il l'aurait fait d'une grenade dégoupillée.
Calme olfactif de retour, ils s'attelèrent à leur lecture.

25 juin 1879

Diego et moi ne sommes pas retournés à la rivière depuis cet épisode étrange et choquant.
Nous évitons toute relation avec la population depuis plus d'un mois, et je pense que cette tactique a été la bonne.
Mes pires craintes s'éloignent de jour en jour, et peu à peu, nous pourrons reprendre nos activités normales.
Notre seul véritable contact reste Raymond.
Je crois pouvoir dire qu'il trouve en nous les fils qu'il n'a jamais eus, aussi nous a-t-il pris en affection, bien plus que de simples employés.
Il a déjà prévu pour nous un emploi dans les vignes de son cousin, pour la prochaine récolte.
J'aime cet homme comme j'ai aimé mon père.
Cyclope grandit à une vitesse phénoménale.
Son handicap n'en est même pas un, il s'accommode parfaitement de sa vision monoculaire.
Il est notre enthousiasme à quatre pattes, notre joie de vivre du matin au soir.
Cette boule d'entrain et d'innocence n'a jamais de cesse, c'est un amour inconditionnel qui ne connaît pas le repos.
J'aime aussi ce chien, notre chien, dans notre caravane, dans notre terrain, dans notre village.

5 juillet

La chaleur est infernale et ne cesse de grimper.
Nous avons tenté un passage éclair à la rivière, tôt ce matin.
Nous y étions seuls.
Cyclope s'est baigné avec nous. Ce pitre nous a offert un spectacle digne des meilleurs clowns de cirque.
Différence lui même est entré dans l'eau.
J'ai goûté ces instants en famille.
Notre famille, celle des rejetés.
Diego voulait rester toute la journée, il m'a fallu le convaincre qu'il serait plus prudent de laisser la place aux jeunes gens pour l'après-midi.
Il m'a suivi à contrecœur.

10 juillet

La fournaise ambiante nous a fait oublier toute prudence.
Nous nous sommes à nouveau retrouvés en compagnie de ces jeunes filles.
Notre princesse était présente aussi.
J'avais fini par croire qu'elle avait quitté le village.
Quel plaisir de la revoir enfin !
Aucun incident à noter, nous avons su conserver vêtements et distances.
J'ai pourtant bien noté l'érection de Diego lorsque nous sommes sortis de l'eau.
Charline m'a semblé être très choquée.
J'aurais voulu qu'elle ne voie pas ça. Pas elle.
Elle est différente des autres dévergondées qui ne voient que nos torses sculptés par le dur labeur et nos sexes si prompts à se dresser.
Non, Charline a su voir en moi ce que j'ai vu en elle. Une personne douce et aimante, que le mal rebute.
J'aurais voulu qu'elle soit ma sœur, ou peut-être ma fille.

Sam fit claquer le journal en le refermant.
—Charline ? T'as dit qu'elle s'appelait comment, ta copine de la rivière ?
—Ben... Charline. Tu crois que..
—On n'en est plus à un truc chelou près. L'autre qui se relève de sa tombe tous les dix ans... avoue que ça expliquerait son comportement zarbi. Puis sans déc, t'as vu comment elle est fringuée ? Il est périmé, son style, non ? Il a au moins... un siècle et demi, non ? Et elle disparaît comme elle apparaît. Et ce qu'elle t'a dit, ses excuses pour ce qu'elle avait fait... vas-y, continue à lire, on va bien savoir ce qu'elle a fait.

5 août

Le mois de juillet est passé si vite.
Tous les jours après le boulot, nous avons vu Charline, seule ou avec ses amies.
Elle est même venue nous rendre visite dans notre campement, plusieurs fois.
Je crois qu'elle est la seule personne que je suis heureux d'y voir.
Elle est ce maillon qui manque à notre famille. Ma Charline.
Diego a recroisé la route des deux chasseurs.
Ils l'ont menacé de tuer Cyclope s'il traînait sur leur terrain de chasse.
J'ai peur de devoir l'attacher ou l'enfermer pour lui éviter le pire.
Comme Diego et moi sommes enchaînés au devoir de rester à l'écart... pour les mêmes raisons.
Pour notre sécurité.

2 septembre

Les vendanges seront précoces.
J'espère que tout se passera bien.
Raymond n'est pas conscient des problèmes que pourraient causer notre présence.
L'été s'achève bientôt, et s'est déroulé sans plus de heurts notoires.

Mais des bruits courent déjà à notre sujet, sur les relations ambiguës que nous entretenons avec les filles.
Au village, cela glousse à notre passage, et cela parle beaucoup lorsque nous tournons le dos.
Le regard des hommes s'est durci. Ils ne nous ont jamais beaucoup appréciés, mais conservaient jusque là une distance neutre. J'ai la sensation que cela est en train de tourner.
Se sont-elles vantées d'avoir su séduire les étrangers, ceux que désirent en secret les mères de famille à la vie rangée ?
J'ai demandé à Charline de se montrer discrète lorsqu'elle nous rend visite.

15 septembre

Nous nous sommes évanouis durant ces deux semaines.
Charline s'est chargée de faire nos courses au village.
Chaque jour, elle nous rapporte les nouvelles, les informations sur la vie de la communauté, et surtout les conversations dont nous sommes le sujet.
Il semblerait que notre retraite temporaire ait atteint son but.
Plus personne ne parle de nous.
Demain, les vendanges débutent.
Diego est impatient.
De mon côté, j'aborde cela avec la boule au ventre.
Tout va bien se passer.
Tout va bien se passer.

16 septembre

Premier jour de récolte.
Comme je le redoutais, les remarques désobligeantes au sujet de notre mode de vie nous ont accueillis.
Les doutes sur notre sexualité ont été évoqués à demi-mot.
J'ai reconnu les deux chasseurs.
Sournoisement, ils ont été à l'origine de toutes les questions posées sous couvert d'intérêt.

Je n'aime pas ces hommes, ils me font peur.
Diego paraît ne plus s'en méfier, les penser trop bêtes pour nous nuire.
Je crois qu'il a tort.
C'est leur bêtise extrême qu'il nous faut craindre.

17 septembre

Cette seconde journée de récolte a été éprouvante pour moi.
Diego et moi avons été séparés, pour travailler chacun sur une parcelle différente.
Les remarques incessantes de Jean et Firmin, nos deux chasseurs, m'ont mis mal à l'aise, et leurs insinuations au sujet de nos relations avec certaines très jeunes filles du village m'ont attiré les regards noirs de toute l'équipe.
Le sourire narquois de ces deux faux culs me dégoûte tout autant qu'il m'inquiète.
La journée de Diego a manifestement été meilleure que la mienne.
Ce soir, les vendangeurs dînaient tous ensemble.
Pour la première fois, Diego et moi nous sommes disputés.
Il est resté participer aux agapes contre mon avis et je suis rentré sans lui.
Je me sens de plus en plus mal, peut-être sans raison.
J'ai peur de perdre Diego.
J'ai peur, simplement.

18 septembre

Diego est rentré tard dans la nuit.
Ivre.
Je l'ai entendu vomir tripes et boyaux.
Ce matin, il a refusé de se lever.
À ma demande, Germain, le cousin de Raymond, propriétaire de ces vignes, m'a changé d'équipe.
Je n'ai pas eu à subir les sarcasmes des deux idiots du village.

Après avoir décliné l'invitation de Germain de me joindre à eux pour le repas du soir, je suis rentré au plus vite.
Diego dormait d'un sommeil très agité, tourmenté.
Je suis inquiet.

19 septembre

Une puissante clameur, faite de hurlements agressifs, m'a réveillé.
Dehors, une foule s'est massée, à la lueur de torches menaçantes.
Il fait nuit, ils sont là. Mes pires craintes se réalisent.
J'aurais dû écouter ma méfiance.
Ce seront peut-être mes derniers mots sur ce journal.
Diego s'agite.
Je dois embrasser mon amour.
Lui dire adieu.

—Qu'est-ce qu'ils vont leur faire, à Joachim et Diego ? Et Cyclope ? Et Différence ?
D'un regard, Sam confia à Lucas la tâche de répondre à Emmy.
Lucas hésita, à la recherche de la réponse la moins traumatisante à faire à une jeune enfant déjà marquée par les récents événements.
—Je crois qu'ils vont les chasser du village. Tu sais, ils faisaient souvent ça, avec les gens du voyage, personne n'en voulait. On continue, d'ailleurs.
—Mais pourquoi il vivait avec un garçon, Joachim ?
—Ben, euh... ça arrive, c'est comme ça. C'est comme quand t'aimes un fruit plus qu'un autre, tu sais pas pourquoi, mais tu le préfères, il te correspond mieux, quoi.
—Tu sais ce que m'a dit un professeur de Français, un jour, Emmy ? Il m'a dit que nos âmes étaient comme des serrures. Chaque serrure a sa clé, tu vois. Si tu veux prendre les clés de la voiture pour ouvrir la porte d'entrée, ça marchera pas, tu resteras dehors. Mais si t'as la bonne clé, alors ça t'ouvre l'accès à l'intérieur. Nos esprits, nos âmes, ou chais pas quoi, ben ils s'ouvrent que pour quelques personnes qui ont la clé. Léa a trouvé ma clé, par exemple, et moi j'ai la sienne. Papa et maman, ils ont tout un trousseau, c'est pour ça qu'ils sont ensemble depuis si

longtemps. Dès qu'une porte se ferme quand ils se disputent, ben ils trouvent le moyen d'entrer par une autre. Et Diego et Joachim, c'était pareil. C'est comme ça, on choisit pas, on est tous des personnes, qu'on soit garçon ou fille, et certaines personnes sont faites pour d'autres.
—Ouais, ils étaient des amoureux, quoi.
—Ben... ouais, c'est plus vite dit comme ça.
—Emmy, Sam et moi, on va continuer à lire. Tu veux bien aller avec maman ? Je crois qu'y a des mots que t'as pas le droit d'entendre, après.
La fillette le fixa, et dans ses yeux il lit bien plus que n'auraient pu en dire de simples mots.
Sa sœur n'était pas crédule, elle tenait à le lui dire à sa manière, mais elle acceptait de s'effacer, car elle avait compris. Compris que ce qui allait suivre, au-delà des simples gros mots dénoncés par Lucas, serait inaudible pour elle.
Elle quitta la chambre sans protester, après que Lucas l'eût gratifiée d'un baiser sur la joue.
Lucas se tourna vers Sam, tout sourire.
—T'as bien assuré, pour l'explication des histoires d'amour entre garçons. C'est cool, pour une fois, t'as pas cherché à la mettre en boîte. Elle était toute surprise, mais contente, je te jure, je l'ai vu sur son visage. Tu lui as fait vachement plaisir en lui parlant comme à une grande, pour une fois, sans te foutre d'elle.
—Pour une fois ? C'est bon quoi, genre je suis le pire emmerdeur.
—Avoue que t'aimes bien la faire râler, quand même. Allez, on continue, reprends la lecture, Sam le sage.
—Petit con !
Ils rirent ensemble, puis se penchèrent de nouveau sur le journal de Joachim.
Sam tourna la page, geste pourtant anodin d'où naquit sur leurs traits le masque de la stupeur.
Figés et bouche bée, ils examinèrent avec minutie les écrits de Joachim... très différents de ce qu'ils avaient lu jusque là.
Les pages qui suivaient étaient toutes maculées d'une écriture grossière, réalisée sans plume, sans nul doute.
—C'est... c'est quoi, Sam ? C'est pas la même encre, non ?
—Je crois même que c'est pas du tout de l'encre, Mioche. On dirait... du sang ? Et de la...
—De la merde ! Je suis sûr que ça en est.

—Oh la vache, ta bombe putoisée aux chaussettes périmées, maintenant, un livre avec... avec...
Sam eut un puissant haut-le-cœur qui le poussa à se redresser.
—Fous-le par terre, on va continuer sur le plancher, je veux plus de ça sur mon plumard.
Bien qu'écœuré, choqué aussi pour ce qu'il imaginait déjà qui avait pu arriver à Joachim et Diego, Lucas gloussa à la réaction de son frère.
Ils s'allongèrent au sol, posés sur leurs coudes, menton dans la paume, et retrouvèrent le passé avec une intense anxiété.

51

Je me nomme Joachim Fernet et je suis mort le 19 septembre 1879.
Mort intérieurement.
J'ignore depuis combien de temps je suis enfermé, dans le noir, l'obscurité à peine contrariée par la lumière qui filtre par le trou qu'ils ont fait dans le toit de la roulotte, au travers de la grille qu'ils ont posée pour m'empêcher de m'évader.
J'ai faim, soif, je vis sur mes excréments et mon urine. Peut-être n'en ai-je plus pour longtemps.
Je l'espère.
Ils nous ont sortis du sommeil, ce 19 septembre, dernier repère temporel fiable pour moi.
La foule en colère grondait et roulait comme le tonnerre, et menaçait de nous brûler vifs si nous ne sortions pas.
Accueillis par une pluie de pierres et de crachats, une avalanche de coups de bâton, et par une rage et une haine inédites.
J'ai vu Diego tomber, inconscient, le crâne et le visage rouges de sang. Méconnaissable.
Je me suis écroulé à ses côtés, ai tenté de capter son regard une dernière fois.
Juste le temps de prendre sa main dans la mienne. La serrer.
Et le choc m'a emporté.
À mon réveil, j'étais ficelé, pleurant des larmes de sang et hoquetant de terreur.
Diego n'était pas là, mais je pouvais l'entendre, gémir et pleurer, lui aussi, de l'autre côté d'une palissade de planche.
J'ai vu Raymond approcher, et mon cœur s'est emballé, alimenté à l'espoir.

Mais son visage n'était plus celui de l'homme affable que je connaissais, non, le visage de l'adorable Raymond n'était plus. J'y ai lu une haine sans fond, alimentée par un sentiment de trahison.
Raymond ne savait pas que Diego et moi nous aimions comme un homme et une femme.
J'ai toujours cru qu'il l'avait compris, et que cela ne lui posait pas de problème.
Il était chargé de nous expliquer ce qui nous était reproché, avant que justice ne soit faite.
Justice. Quel mot aurait pu avoir moins de sens que celui-ci en pareilles circonstances ? Celui qui allait suivre et que Raymond accompagna de gifles brutales et cinglantes et de crachats en pleine gueule : Viol !
Charline nous avait accusés de viol.
Il m'a fallu entendre cette phrase quatre fois avant de la comprendre, et Raymond l'a martelée avec hargne.
Charline. Ma Charline. Pourquoi ?
Les seules personnes auxquelles je faisais entièrement confiance, que j'aimais comme un père et une sœur... ceux-là nous ont trahis, et ont ajouté à notre terreur cette douleur supplémentaire.
Conscient que nous n'aurions pas de procès, qu'on ne nous accorderait aucune grâce ni faveur, j'ai prié, dernier recours lorsque tout espoir est perdu.
Lorsque Jean et Firmin sont arrivés, nos deux chasseurs-espions, meneurs de cette battue humaine, j'ai su que tout était fini.
Et je les ai entendus, de l'autre côté de cette mince barrière.
Ces bruits que plus jamais je n'oublierai, qui me hanteront pour l'éternité.
Tout est aussi clair et vif que si cela se passait à l'instant, comme si cela se déroulait encore et encore chaque seconde de mon existence.
Lourde barre de fer, qui s'élève au-dessus de la palissade et frappe, son des chairs qui éclatent et des os qui se brisent.
Et les pleurs et les cris de cet enfant qu'est encore mon Diego, qui trouvent dans les miens écho et douleur similaire, puis leur absence totale, le silence de l'amour de ma vie. Le silence à tout jamais.
Et les coups qui ne s'arrêtent pas, et le sang, qui coule sous ces putains de planches.

J'ai vu passer sa main, dans ce petit interstice entre barrière et sol, et je m'en suis saisi, je peux sentir sa vie fuir la violence et la haine. Et c'est ma vie qu'on arrache aux forceps.
Ils ne pourront me tuer car je suis déjà mort, ils ne pourront me faire mal car je ne suis que souffrance. J'ai assisté à la suite détaché de mon corps, au-delà de la vie, au-delà de la mort.
J'ai entendu les insultes, les insanités proférées à l'égard de mon amour qui n'était plus que dépouille, entendu ces mots sacrilèges, ces derniers outrages, ce fer qui fouillait les chairs, et ces rires qui souillaient son âme et la mienne.
Mon seul réconfort désormais est de penser qu'il m'a senti près de lui.
Je les ai vus réduire Cyclope à l'état de bouillie à quelques mètres de moi.
Quels êtres humains peuvent se comporter ainsi, au nom de quelle hérésie peut-on justifier ces atrocités ?
La foule ivre de vengeance et de sang, repue, s'était déjà retirée lorsque Jean et Firmin, les bouchers zélés, s'en sont pris à moi.
Ils m'ont brisé les jambes, les côtes une à une.
Mais ils ne m'ont pas tué, pas achevé.
À moi, ils réservaient un sort tout autre, bien pire que la mort.
Comme s'ils avaient su que je n'étais déjà plus vraiment en vie.
Ils ont attelé Différence à la roulotte, l'ont mené jusqu'à la grande fosse et l'ont forcé à s'y jeter.
Le fracas de la roulotte, les hennissements de Différence, sa peur et son incompréhension.
Puis ils s'en sont pris à lui avec un acharnement et une violence inouïs. Mon cheval, mon ami.
Il s'est éteint seul, abandonné. Je ne pardonnerai rien, jamais.
D'autres hommes ont alors pris des pelles, et ont remblayé autour de la roulotte, jusqu'à la faire disparaître. L'un d'entre eux s'est occupé de scier une ouverture dans le toit.
Ils m'ont soulevé sans se soucier de mes douleurs, de mes jambes cassées et inutiles, molles comme des manches vides, et m'ont jeté dans une sorte de tombe où reposait déjà mon amour.
Ce qu'il restait de lui, son visage démoli, son corps matraqué et pulvérisé.
J'ai à nouveau pu me saisir de sa main, froide, sans cette chaleur qui caractérisait nos relations.

Jean nous a pissé dessus, et plus que de la pisse, c'est cette volonté de pousser l'humiliation et l'outrage jusqu'à son paroxysme que j'ai ressentie, comme s'il voulait que nous partions dans l'autre monde marqués du sceau de l'infamie et soyons rejetés, là-bas aussi.
Encore leurs rires lorsqu'ils m'ont recouvert le visage de pelletées de terre, et leurs fous rires à me voir étouffer.
Le calvaire a duré le temps que ces monstres se lassent.
Jean et Firmin m'ont alors sorti du trou, traîné puis balancé à l'intérieur de la roulotte par le biais de la trappe fraîchement ouverte.
Et dans leurs insultes, j'ai compris que ce qu'ils nous reprochaient, vraiment, était nos amours homosexuelles, et non ce viol inventé.
Ainsi m'ont-ils laissé, brisé corps et âme, souillé à tout jamais.
La terre est froide, mon amour, dénuée de cette chaleur qu'avaient tes rires et tes sourires.
Mais elle ne le sera jamais assez pour geler mon cœur et l'empêcher de battre pour toi.
J'attendrai le temps qu'il faudra. Je te retrouverai, et nous marcherons ensemble, mon amour.
Je continuerai à écrire jusqu'à mon dernier souffle, sous ce puits de lumière qui résume mon ciel.
Mon précieux flacon d'encre s'est brisé lorsque la roulotte a été propulsée dans le trou, et ma plume s'est écrasée.
Je me sers de mon sang, pour écrire ces lignes, et m'en servirai tant qu'il irriguera mes plaies.
Et si plus une goutte ne coule dans mes veines, j'écrirai à la merde, mais j'écrirai toujours.
Oui j'écrirai toujours.

52

Lucas se redressa, bouleversé, le visage sillonné des canaux empruntés par ses nombreuses larmes.
Sam revint lui aussi à la réalité, et tenta avec maladresse de masquer son vif émoi en se servant se son bras pour en effacer les preuves liquides.
Sans réfléchir, Lucas ouvrit grand ses bras et ceintura son frère.
Pour la première fois de son existence, Sam accepta ce contact sans rechigner ni renâcler, et mieux, le rechercha même. Il serra Lucas, avec la force des sentiments qui se bousculaient en lui, avec l'amour qu'il éprouvait pour son frère depuis toujours sans l'exprimer.
Ils pleurèrent ainsi cinq minutes. Cinq longues et intenses minutes.
Lorsqu'ils se séparèrent, un peu gênés, animés par cette étrange pudeur qui nous autorise à partager les joies, mais beaucoup moins le chagrin, ils rirent tous deux pour se donner une contenance, pour oublier les pleurs.
—J'avais jamais rien lu de pire. Même dans les films, c'est pas aussi horrible. Comment on peut être aussi sauvage ? Pour rien, en plus.
À la seule évocation du supplice subi plus d'un siècle auparavant par deux jeunes hommes dont le seul crime semblait de s'être aimés, Lucas laissa échapper quelques larmes supplémentaires, quelques pensées adressées à ces amants du passé.
—Je pensais pas que c'était possible d'être aussi dégueulasse, de faire des trucs aussi graves juste... comme ça, quoi. Et l'autre, là, la Charline, pourquoi elle a été dire ça, cette salope. Faut qu'on la chope, demain, Lucas, je sais pas d'où elle vient, comment elle sort de son néant pour réapparaître, mais putain, elle va nous dire où elle est enterrée, cette roulotte. Les mômes enlevés sont

forcément là-bas. J'en suis sûr. Il leur fait ce qu'on lui a fait. Putain, maintenant que je sais, je dis pas que je vais lui faire des câlins, et si on a l'occase, faudra l'atomiser, mais... c'est plus pareil. T'imagines, ce qu'il peut ressentir ? S'il a toujours une mémoire, des sentiments... pffff.
—Les flics nous croiront jamais, même si on leur file ce journal. Ils verront qu'un vieux bout de papier qui raconte ce qu'il s'est passé y a longtemps, pas une preuve que c'est celui qui l'a écrit qui est revenu. Comment, pourquoi, pas de réponse à ça, on le saura jamais. J'ai presque peur de continuer à lire.
—Moi aussi, j'ai une boule dans la gorge, c'est horrible. Déjà, ce qu'on sait, c'est qu'ils ont pas été enterrés ensemble. Peut-être que c'est pour ça qu'y en a qu'un. D'ailleurs, qui nous dit que c'est pas Diego, plutôt que Joachim ? Ils ont autant de raisons de revenir l'un que l'autre... je crois pas ce que je viens de dire, on parle de ça comme si c'était un truc normal de revenir des limbes, putain.
—On peut même pas parler de tout ça aux vieux, ils nous feraient interner de suite.
—Déjà que maman pense que je prends de la came, alors si on lui dit ça... On va devoir se démerder tous les deux, Mioche. Enfin, tous les trois, avec Joseph, j'espère que les flics l'ont pas bouclé. J'ai l'impression que sans lui, le zombie de la mort qui tue fera qu'une bouchée de nous.
—Ouais, je crois aussi. On va lui niquer sa race, comme dirait Joseph. Moi, j'aimerais bien qu'il puisse retourner avec celui qu'il aime depuis tout ce temps. C'est forcément ça, qu'il cherche, tu crois pas ? Faut qu'on l'aide.

53

Marc sentait la fièvre le gagner, et avec elle, la colère monter.
Les pleurs d'Ali le rendaient fou, et s'ils ne trouvaient pas un moyen rapide de sortir d'ici, la mort serait préférable à ce qu'il lui ferait subir.
Aurélie, quant à elle, n'avait plus donné signe de vie depuis que la voix sortie du néant s'était adressée à eux. Fille, garçon, il n'avait su le déterminer, mais ce n'était pas vivant, certainement mort depuis longtemps, au fond de lui, il en était convaincu.
À tâtons, il chercha Aurélie.
Lorsqu'il sentit sous ses doigts la chair souple de son mollet, palpitant de cette vie qui le fuyait lui, peu à peu, il poussa un interminable soupir de soulagement.
Sans la brusquer, il la secoua, à plusieurs reprises.
—Aurélie. Aurélie, réveille-toi. Tu vas aller retrouver maman, c'est l'heure.
La réaction attendue vint d'Ali.
—Moi aussi, je veux me casser. Comment on fait ? C'est bon, t'avais raison, je veux tenter ma chance. Même s'il me chope en haut, on verra.
—Si je t'aide, tu dois promettre d'aider Aurélie à monter à ton tour. Je crois qu'elle est en état de choc, elle pourra pas monter toute seule. Faudra que tu la tires depuis là-haut, OK ?
—Pas de souci, mec, tout ce que tu voudras, pourvu que je m'arrache d'ici.
—J'ai bien écouté, depuis tout à l'heure, j'ai pas entendu son canasson. Il fait pas mal de bruit, quand il est là. C'est le moment d'essayer, ils doivent pas être dans les parages. Lève-toi, et fais gaffe de pas glisser.

—C'est quoi, tout ce qu'on sent, partout, c'est visqueux, ça pue... c'est comme de la merde.
—Je voudrais bien que ce soit que ça. Mais laisse tomber, t'occupe pas. Accroche-toi à mon épaule pour conserver ton équilibre. Et monte sur ce tas de... merde.
—C'est... c'est quoi ? Je sens comme...
—Ferme ta gueule ! Cherche pas à savoir, et monte.
L'autorité qui filtrait de la voix de Marc poussa Ali à s'exécuter sans poser davantage de questions.
Sur le tas de cadavres, ce monticule à la stabilité incertaine, il monta pas à pas, les mains posées sur les épaules de Marc pour conserver son équilibre.
Les craquements secs et les enfoncements spongieux, semblables à ceux que faisaient ces œufs de poule presque arrivés au terme de leur incubation que son cousin avait écrasés de son pied sous ses yeux, lui donnèrent une idée assez précise de la nature de ces marches improvisées, information qu'il refoula aussitôt.
Marc le ceintura de son bras valide pour lui permettre de lever les siens au plafond.
Ali étudia le toit de quelques tâtonnements rapides, puis, paumes plaquées à la trappe, poussa de toutes ses forces.
Ils se sentit s'enfoncer dans son socle mou et instable, et en dépit de la révulsion éprouvée, il poursuivit son effort, s'aidant d'un cri libérateur.
La trappe résista, ne s'entrouvrit que sur quelques centimètres.
—C'est super lourd, y a quelque chose dessus.
—Continue, Aurélie l'a fait, elle !
—Ouais, mais j'te dis qu'y a un truc lourd, dessus. Si ça se trouve c'est lui. Putain, c'est ça, à tous les coups !
—Continue !
Toujours ce ton péremptoire, cette autorité indiscutable.
Comme sous le coup d'une menace de mort, dans la ligne de mire de fusils chargés prêts à le cribler de balles, Ali se remit à la tâche.
Par à coups, il fit claquer la trappe à maintes reprises, et chaque tentative en voyait le débattement augmenter.
Peu à peu, la charge posée dessus glissait, se déplaçait et se faisait moins lourde.
Dans un ultime cri, enfin la trappe s'effaça pour claquer en position ouverte.
Privé soudainement de ses appuis hauts, Ali bascula sur Marc.

Ce dernier, dans une tentative forcenée de retenir son camarade, en oublia sa fracture, et s'aida de son bras cassé pour l'empêcher de chuter.
Il serra des dents sur ces longues ondes de souffrance qui se répandaient dans tout son corps, mâchoires crispées sur sa peur de voir Ali se blesser et compromettre leur seule chance.
À la limite de l'évanouissement, il parvint à ses fins, et Ali put se raccrocher aux bords de la trappe.
—C'est bon, putain, c'est bon. T'as assuré, Marc, t'as assuré.
Sur le point de tourner de l'œil, Marc trouva la force de soulever Ali de quelques centimètres de plus.
Ali les mit à profit pour passer les coudes à l'extérieur, la tête, le buste.
Il était dehors !
Pris d'abominables vertiges, Marc s'imposa de résister encore, quelques secondes, prêt à s'infliger quelques ultimes souffrances pour Aurélie.
Tenir ! Sortir la petite de là !
—Laisse-moi juste une seconde, et je te fais passer Aurélie. Tu la soulèves, tu la sors de là, et vous vous cassez. OK ?
Le piétinement précipité qu'il entendit et sentit vibrer dans tout l'habitacle fut le coup le plus dur qu'il eût reçu depuis son enlèvement.
—Hé ! Reviens, enculé, reviens !
Ali, lancé dans un sprint à la vie, se trouvait déjà loin. Pas assez cependant pour ne pas percevoir les appels déchirants et accusateurs de Marc.
Mais il n'y retournerait pas. Il ne le pouvait pas.
L'espoir venait de rendre son dernier souffle. Marc s'effondra.
À deux cents mètres de là, Ali perçut un cri perçant, aigu, désespéré. Celui d'une fillette abandonnée.

54

Secoué de sanglots douloureux et coupables, le visage ravagé de larmes, Ali ne put pourtant se résigner à faire demi-tour.
Car la peur, telle qu'il ne l'avait jamais expérimentée auparavant, faisait en lui son œuvre.
Plus rien ne comptait que fuir, courir, s'extraire de cet enfer... et survivre.
Lui qui n'était pas sportif le moins du monde trouva en lui des réserves d'énergie insoupçonnées, courut plus vite, plus loin qu'il n'aurait pu l'imaginer.
Il dut s'arrêter après 30 minutes environ pour tenter de s'orienter.
Il lui semblait avoir tourné en rond, s'être rapproché de cette tombe qu'il fuyait.
Où se trouvait-il au juste ? Il ne connaissait pas ce bois duquel il cherchait à sortir. Ou peut-être que si, probablement, même, mais pour lui, tous les bois se ressemblaient, des arbres, des buissons, de quoi se paumer chaque fois.
Si Lucas était là, lui saurait trouver son chemin. Il fut pris alors, non pas de remords, mais de regrets, de n'avoir pas pris le temps d'emmener la fillette. Peut-être connaissait-elle ces lieux ?
Une brise d'air froid, chevauché par des fragrances pestilentielles, lui retourna l'estomac, et raviva cette panique qui lui avait accordé une courte trêve, ennemi sournois sûr de sa force qui l'avait laissé reprendre un peu des siennes avant de donner l'assaut.
Où aller, où se cacher ?
« Il arrive ! »
Le souffle court et haleté, les pensées mortes, phagocytées, il perdit quelques secondes.
Quelques secondes à peine, si peu dans une vie de 13 années, si importantes à l'approche de la mort.

Un cheval colossal, pachyderme de charbon, d'un noir poussiéreux et sale, le chargea dans un galop impérieux auquel aucun être n'aurait pu résister.
Ali se remit à courir, zigzagua entre les arbres pour semer son poursuivant bien plus rapide qu'il ne l'était, mais, osa-t-il l'espérer, moins agile.
Derrière lui, il entendit les jeunes arbres péter, fracas de bois éclaté, sans ralentir le mastodonte.
—Maman ! Au secours, aidez-moi ! Mamaaan !
L'épaule du canasson du diable le percuta de plein fouet, avec une violence qui l'envoya voler plusieurs mètres en avant.
Sonné, Ali tenta de ramper pour échapper à ce sort qu'il refusait d'accepter.
Un sabot monumental, du diamètre d'un ballon de handball, le plaqua au sol avec une rudesse destructrice, avant de lui labourer le dos.
Les hurlements de douleur et de terreur du garçon ne rencontrèrent aucune oreille, et la forêt, de son silence, lui promit de tourner les yeux et de ne pas lui venir en aide.
Lorsqu'une main agressive se posa sur son épaule et le retourna, Ali avait déjà abandonné.
Sa dernière vision fut celle de ce visage hideux et terrifiant, scarifié, mutilé, mélange de plaies, de fractures, de pourriture et de crasse, juste avant que ses chicots, noirs, morts, sales et terreux, ne vinssent se planter dans sa gorge pour déchirer ses chairs et arracher trachée et jugulaire.
Ali tenta de nouveau de lancer un appel, mais étouffé dans son propre sang, ne fut audible qu'un gargouillement immonde.
Joachim se redressa, maculé de cette vie qui s'enfuyait, puis il marcha vers la roulotte, traînant sans peine le jeune garçon à l'agonie.
Un sourire partiel, mutilé, barra ce qui restait de ce visage.

Sous leurs crachats de fiel et leurs mots contondants, nous sommes tombés sans combattre, nous nous sommes effondrés, mon amour.
Les os brisés à coups de barres de fer et de pierres, plongeon en apnée dans notre propre sang et dans les affres des suppliciés, ni nos paroles, ni nos cris, ni nos pleurs, ni nos supplications ne les ont arrêtés, ou seulement ralentis.

Nos corps fracassés, jetés dans une fosse comme des étrons, la bouche emplie de terre jusqu'au fond de la gorge, jusqu'à faire taire cette vérité qu'ils ne voulaient entendre, étouffés, asphyxiés, nos yeux se sont fermés sous les coups de pelle et sur l'horreur.
Deux cœurs qui battent à peine, mais qui font plus de bruit que tous les leurs réunis, deux cœurs qui lentement s'éteignent, mais dans lesquels circulent encore bien plus d'amour et de miséricorde que dans leurs poitrines vides et inanimées.
Ouais, deux cœurs seulement pour quelques milliers d'êtres humains sans humanité.
Ta main dans la mienne, nous nous sommes éteints dans la douleur et l'incompréhension. Car je suis bien mort le jour où ils ont pris ta vie, même si j'ai arrêté de respirer bien plus tard.
Rien ne nous séparera plus jamais, pas même la faucheuse, mon amour, jamais plus nous ne nous quitterons.
Nous sommes unis par des liens plus forts que ceux de notre amour terrestre, nous voilà réunis dans la mort.
L'éternité nous ouvre ses portes et nous l'embrasserons, nous baiserons leurs femmes jusqu'à leur ouvrir le ventre et dévorerons leur descendance avant qu'elle ne naisse.
Nos coups seront plus durs que les leurs, nos attaques plus vicieuses, nous ne leur romprons pas les os ni ne les enterrerons vivants, mais nous briserons leur vie jusqu'à ce que le souffle leur manque. Oui, ils suffoqueront de douleur et de peine, et s'étoufferont dans leur morve et leur haine.
Leur chagrin équivaudra à mille morts violentes, et nous ne les lâcherons jamais, mon amour, jamais, nous tuerons en eux l'espoir et toute envie de vivre.
Toi et moi, nous nous retrouverons, et ferons alors de leurs âmes des lambeaux, qu'aucune suture ne saurait guérir, qu'aucune cicatrice ne viendra refermer.
Mais en vérité, ils sont déjà morts depuis bien longtemps, depuis le jour où ils se sont inhumés de l'autre côté de ce mur de terre qu'ils ont établi comme un rideau entre nous et le monde. Oui, ils ne sont que des cadavres qui s'ignorent, ils marchent, respirent, mangent, boivent, fument et forniquent mollement parce qu'ils ne le savent pas encore. S'ils savaient, ils baiseraient à en saigner, à s'en écorcher la queue et le vagin, avant que de tomber en pourriture, ils s'aimeraient à en avoir le vertige, à détourner les fleuves, à déplacer les montagnes et à inverser les pôles, ils

s'aimeraient à ne plus pouvoir vivre sans et à pouvoir mourir pour. Nous allons les ramener à la réalité. À leur réalité. Peu importe le temps que cela prendra. Nous serons toujours là, mon amour. Pour l'éternité et plus encore, si nécessaire.

Aurélie, plaquée à la paroi, entendit les pas sur le toit.
Un raclement, un poids lourd traîné, puis la lumière de la trappe restée ouverte se voila d'une ombre profonde.
Et alors plut l'horreur aux teintes macabres, averse sanguine, déluge immonde, qui dans l'esprit de l'enfant finirait par créer une rivière pourpre et un torrent de terreur.
Repliée en position fœtale, mains sur les oreilles, elle entendait pourtant avec une acuité redoutable ces petits plocs, ces petits flocs sur le plancher, ce flot de sang qui faiblissait.
Ce sifflement abominable de trachée sectionnée, en recherche des derniers souffles.
Puis le bruit sourd de ce corps vidé de sa substance, jeté comme un paquet d'ordures, qui rencontra le sol en le faisant vibrer.
Aurélie serrait ses paupières avec force, comme pour effacer les faits et ignorer la réalité, ardoise magique à effet seulement temporaire. À moins qu'elle ne les rouvrît jamais.
Un nouveau choc la fit vibrer, un nouveau corps venait de tomber. Ou de sauter.
Morsures, déchirement, mastication, déglutition.
Oui, c'était lui, il était là, ange déchu descendu de ce ciel sans horizons. Et il mangeait.

55

Emmy prenait son goûter dans la cuisine.
Tranche de pain complet fait par sa mère, beurre baratté par sa mère, confiture faite par sa mère, avec des fruits cueillis par sa mère.
Les garçons appelaient ces tartines les Tartannick 100%.
Perdue dans les vapeurs de son bol de chocolat chaud, pensive et silencieuse, elle ne vit pas ses frères entrer.
D'un hochement de tête, Sam pointa sa sœur à l'attention de Lucas.
Il s'approcha de lui pour chuchoter à son oreille.
—Heureusement que t'as pensé à la faire sortir de la chambre. Si elle avait entendu cette histoire...
—Ouais, elle est déjà assez traumatisée comme ça. Mais on va en finir, avec tout ça.
—Je vous entends, hein. Lucas, tu crois que la reine va venir nous aider, avec ses pouvoirs ?
Sam tourna vers Lucas un regard dubitatif, auquel Lucas répondit d'un geste de la main, un « laisse tomber » silencieux.
—Ouais, Bouillab. J'en suis sûr. Demain, Sam et moi on va aller la voir. Et je sais que grâce à elle, on trouvera le méga vilain, et on lui foutra une danse.
—Ce sera peut-être pas la peine, si la reine le rend gentil comme t'a dit. Comme il était avant.
—Non, t'as raison, Bouillab, t'as raison. C'était un gentil. Et la reine lui rendra sa gentillesse.
—Puis elle lui dira où il est, son amoureux. Pas vrai ?
—T'as tout compris. Et comme ça, ils pourront se reposer tous les deux pour l'éternité.

En prononçant ces derniers mots, Lucas éprouva encore une fois un pincement au cœur.
La pourriture qui tournait dehors avait été un jeune homme comme son frère ou lui-même, amoureux, éperdument, assez pour traverser le temps, pour vaincre la mort.
Sam et lui se firent des tartannick 100%, et goûtèrent à leur tour.
Lorsqu'il n'y eut sur la table plus une trace de tartine, fût-elle tartannick, Sam retourna dans sa chambre, et Lucas s'arrêta devant sa sœur avant de le rejoindre.
—On va continuer à lire, Bouillab. C'est une histoire terrible, tu sais, c'est super triste. Je peux pas te laisser écouter ça, encore. Mais je te raconterai le principal, d'accord ?
—Oui. Moi, de toute façon, quand je serai grande, je regarderai jamais des films qui font peur, pareil pour les livres. Je sais pas pourquoi les gens ils aiment avoir peur. Moi j'aime pas ça du tout du tout du tout.
Lucas s'accorda un rire avant la plongée dans la douleur et la tristesse. Il embrassa les joues de sa sœur qui le gratifia de son rire si charmant.
—Allez, à plus, Bouillab.
—Ouais, moi je vais jouer à la poupée ici, comme ça, y a pas de méchant, ici.
—C'est un excellent plan anti super méga vilain. Ils aiment pas la cuisine, ils ont trop peur qu'on leur fasse faire la vaisselle.
—Papa, ça doit être un super méga vilain, alors.
Nouveaux rires si complices.
Lucas se retira pour retrouver Sam.
Ce dernier avait rouvert le livre, et attendait déjà son frère.

56

J'ai tenté de compter les jours qui passent.
Puis j'ai arrêté. À quoi bon savoir combien de temps dure un calvaire ?
Je sais que je ne connaîtrai plus de lendemain, car demain sera toujours le même jour.
J'ai réussi à confectionner des atèles autour de mes jambes émiettées, à l'aide de bandes de vêtements déchirés et de planchettes arrachées à la table. Cette table où j'ai tant aimé déjeuner face à Diego. J'aurais pu me nourrir de sa seule image.
Je me souviens de ce jour où Diego l'avait fabriquée, il en était si fier, cela nous changeait tant de nos conditions de confort précaire. Une simple table, objet reflet de notre ascension, du stade de vagabonds à celui d'hommes... d'hommes au foyer.
Voilà ce qu'ils m'obligent à faire. Détruire peu à peu les souvenirs de ma vie passée, jusqu'à ce qu'il n'en reste rien.
Peu de chance, de toute façon, que je remarche un jour. Mais je devais raidir mes jambes, faire en sorte qu'elles ne soient plus des chaussettes vides, molles, informes.
Il me fallait trouver une solution pour me déplacer sans trop de mal. Hors de question que je fasse mes besoins sous moi. J'ai choisi pour cela un coin de la roulotte, et je m'y rends chaque fois que cela est nécessaire. Je ne leur donnerai pas la satisfaction de me rouler dans ma merde.
Je rampe sur le plancher, mais je ne ramperai plus jamais devant eux.
J'ignore pour quelle raison ils ne me tuent pas.
À travers la grille, ils me lancent chaque jour quelques bouts de viande.
Crue.

Je la mange.
Tous les trois ou quatre jours, ou cinq ou six, peut-être, je ne sais pas, ils descendent un seau d'eau à l'aide d'une corde.
De l'eau croupie, où nagent des larves d'insectes, parfois des têtards.
Je la bois.
J'entends leurs rires. Jean et Firmin.
Ils sont les seuls à venir ici, et ont trouvé moyen de se divertir, avec moi.
Je pense même que les autres villageois me pensent mort et enterré.
Enterré, je le suis.
Mort, en partie seulement.
Ces deux assoiffés de pinard et de sang, ces fils de rien, enfants cruels issus du croisement insane de la peur et du rejet.
Ces couards détruisent tout ce qu'ils ne connaissent pas, car ils redoutent l'ignorance à laquelle cela les renvoie, détestent être mis face à leurs lacunes insondables.
Ils paieront le prix de leurs crimes.
Moi je suis mort, mais pas tout à fait.
Et je leur ferai payer.

—

Il a plu, aujourd'hui.
J'ai offert ma langue au ciel, pour qu'il me donne des réponses, et pour qu'il m'offre un peu d'eau pure.
Je me suis frotté sous cette averse qui a franchi les grilles de ma roulotte paradis, de mon enfer sous terre.
Il pleut carré, chez moi, même la pluie est encadrée.
Je me sens un peu moins sale, mais tout pue, ici.
Chaque jour, je vérifie avec angoisse que ce ne sont pas mes jambes qui pourrissent et dégagent cette odeur abominable.
Mais ce ne sont que mes excréments et ma pisse concentrés dans ce coin où je ne vais plus qu'à reculons.
Il me semble aussi que Différence se trouve juste derrière la paroi avant de la roulotte.
Peut-être les odeurs se propagent-elles sous terre, aussi.
Le corps de mon précieux ami, mon cheval, se prépare à nourrir cette terre comme il m'a nourri moi de son amour.
Et mon Diego... où l'ont-ils mis ? Qu'en ont-ils fait ?

Je te retrouverai, mon amour.

J'ai eu une visite inattendue.
Charline est venue se poster juste au-dessus de la trappe, pour déverser un chagrin hypocrite, vicieux.
Insanité.
Elle n'a pas osé un mot, juste quelques larmes, ces larmes qui, je le jurerais, ont le goût du crime et de la trahison, le goût du sang versé en son nom.
Je l'ai regardée longuement.
Sans haine. Je n'en éprouve pas pour elle. Je le devrais, pourtant.
Je crois que si elle était descendue avec moi, je ne l'aurais pas touchée, ne lui aurais fait aucun mal.
Je réserve mon désir de vengeance viscéral, celui qui me fait tenir le choc. Oui, je le réserve à tous les autres.
Elle s'est enfuie à l'approche de Jean et Firmin. Elle en a peur.
Ils m'ont jeté de la viande, encore. Elle était très faisandée. Il s'agit du même animal, probablement, et ils me le feront manger jusqu'à ce qu'il n'en reste rien.
Et après ? Me nourriront-ils toujours ?

Charline m'a parlé, aujourd'hui.
Et j'aurais préféré qu'elle ne le fasse pas.
Pas pour dire ça.
Selon elle, Diego l'a bel et bien violée, ce soir de repas de vendange arrosé.
Elle n'a eu de cesse de s'excuser pour ce que l'on nous a fait, m'a juré qu'elle ignorait qu'ils agiraient de la sorte, et surtout qu'ils s'en prendraient à moi aussi.
Conne !
S'en prendre à Diego, mon amour, aurait été s'en prendre à moi, de toute façon !
Elle a encore pleurniché longuement, puis a laissé choir deux pommes.
Deux pommes si charnues, et juteuses. Deux pommes si délicieuses.

—

Les jours passent... et se ressemblent.
Charline est encore venue. Elle a tenté cette fois d'ouvrir cette grille fixée au toit de la roulotte, pour me libérer, a-t-elle prétendu. En vain. Quand bien même aurait-elle réussi, pense-t-elle qu'un jour je serai vraiment libre ? Non, je suis enchaîné à tout jamais au souvenir de ce qu'ils nous ont fait. Condamné à le vivre et le revivre, mille vies, peut-être, un million ou un milliard.
Puis elle s'est excusée.
Pour ça, et pour le reste.
Et j'ai eu envie de l'écouter. Et de la plaindre.
Le doute est né. Diego l'a-t-il vraiment fait ?
Charline, mon petit ange, dis-tu la vérité ?

—

J'ai demandé à Charline la date du jour.
Selon elle, cela fait maintenant presque deux mois que je suis enterré.
À ma question au sujet des autres villageois, elle a répondu oui, ils savent.
Chaque jour elle essaie d'ouvrir cette putain de grille.
Chaque jour, elle échoue, cette putain de fille.
Elle m'apporte un peu de pain, de l'eau propre que je bois avec délice, et lorsqu'elle le peut, elle vole un morceau de fromage à ses parents.
Je suis devenu son animal familier en cage, son hamster qui tourne à l'infini, et qu'elle choie de petites gâteries.

—

J'ai réussi à me mettre debout. Je ne croyais pas que cela me serait possible en défaisant mes atèles de fortune, mais je suis debout !
Je me suis relevé, bande de fumiers.
On ne peut pas vraiment dire que je marche, mais j'ai pu claudiquer d'un pied sur l'autre sur la distance astronomique de 1 mètre à peu près.

—

Les deux salopes, Jean et Firmin, étaient hilares, ce matin.
Ils m'ont lancé une grosse tranche de viande bleue et putréfiée, et m'ont dit que ce serait le dernier, de bien en profiter.
La grosse gueule bouffie de ce consanguin dégénéré de Firmin s'est plaquée à la grille.
Et il a dit « tu l'as fini ».
Je n'ai pas compris, pas tout de suite. Fini mon bout de viande ? Pas celui-là, en tout cas.
Il a ajouté « tu l'aimais vraiment, ta fiotte »
Et je suis mort une nouvelle fois.

—

Durant des heures, des jours et des nuits, j'ai vomi, à me retourner l'estomac, à me vider l'âme.
Ils m'ont fait ingérer mon amour par petites pièces, par petits morceaux.
J'ai cru ne jamais me remettre de cette ignominie.
Puis peu à peu, une idée a fait son chemin.
Diego est un peu là, avec moi, il a été en moi.
Il se trouve en partie enterré avec moi, étalé sur ce plancher.
Aurait-ce été préférable qu'il se fît dévorer par quelques chiens errants et autres charognards ?
Le manger aura été un ultime acte d'amour.
Nous serons réunis à tout jamais.

—

Charline a espacé ses visites.
Cette nuit, elle est enfin venue, avec un panier plein de victuailles dérobées chez ses parents, à l'épicerie.
Les chasseurs sont plus présents dans la journée, et ne la laisseraient pas me ravitailler, s'ils savaient.
Elle s'est excusée, de nouveau, m'a juré qu'elle m'avait dit toute la vérité.
Et qu'elle regrettait tant ! Qu'elle ignorait tout de ce que ses aveux faits à sa mère déclencheraient.

Comment aurait-elle pu imaginer la cruauté des adultes, du haut de ses 13 ans, de sa blanche innocence ?
Pourquoi Diego a-t-il trahi sa confiance ? Pourquoi a-t-il trahi la mienne ?
Dois-je être en colère contre lui, ou seulement conserver de lui les meilleurs souvenirs, en attendant la fin ?

—

Pourquoi ne me laissent-ils pas m'éteindre ?
Chaque jour, mes bourreaux me jettent les reliquats de leurs chasses, des viscères essentiellement, qui s'accumulent et contribuent à créer une atmosphère irrespirable.
Je ne me nourris plus que des dons de Charline, même si parfois, elle ne peut venir que tous les deux ou trois jours.
Ces conditions de vie me révulsent, je me dégoûte, immonde créature rampante, sur un matelas de merde et de pisse, de tripes et de dégueulis.
Je tuerai ces enfants de hyènes. Ma fin n'est plus loin, je ne supporterai pas longtemps cette vie, mais je les poursuivrai par delà la mort, j'en fais le serment.
En me poussant à dévorer mon amour, mon amant, je sais que sans le vouloir ils nous ont liés jusqu'à la nuit des temps. Oui, je le sais, je le sens
Je chercherai les restes de ta dépouille, mon amour, et nous serons réunis.
Peu importe le temps, peu importe la vie ou la mort. Nous nous retrouverons.

57

Sam se redressa, se frotta les paupières et souffla longuement.
—C'est pas possible de faire subir ça à un être humain. T'as vu, la suite, c'est vraiment une bouillie illisible. J'ai l'impression qu'il a craqué, il a dû perdre la boule. Regarde ça, c'est tout barbouillé. J'ai envie de gerber, Mioche.
—Punaise, moi j'ai des boules de pétanque dans le bide et dans la gorge. Regarde le nombre de pages qui ont été salopées, comme ça. Et là, il a écrit comme avant. Mais combien de temps il est resté dans cette merde ?
—Je te jure, j'ai vu un mort marcher et enlever une fillette, j'ai entendu hennir un canasson mort et je l'ai vu courir... mais ce qui me traumatise le plus, dans tout ça, c'est ce qu'on lit là. Quelles enflures, j'arrive pas à y croire. C'est qui, les monstres ?
—C'est clair, c'est pas plus le Joachim d'aujourd'hui que ces salauds. Tu crois que c'est ça, toute cette horreur, qui le ramène à la vie ?
—Je sais pas, j'ai pas mes diplômes en « zombification » appliquée, mais sûrement. Faut qu'il retrouve la paix, sinon il reviendra toujours. Pourquoi il arrêterait ?
—On doit retrouver Diego, Sam. C'est ça, qu'on doit faire ! Allez, on le finit, j'en peux plus, moi, je veux savoir, mais je veux plus que ça traîne.

Je crois que j'ai perdu l'esprit. Longtemps.
J'ai navigué dans le brouillard, celui que j'ai retranscrit sur ces pages barbouillées et souillées.

Charline dit qu'elle m'a cru mort, que je ne bougeais plus, lorsqu'elle venait.
Elle a malgré tout insisté, a refusé de l'accepter, et m'a apporté des victuailles comme on fleurit une tombe.
J'ai été choqué de constater à quel point elle a grandi.
Sa dernière apparition a été une telle surprise.
Elle est désormais une jeune femme.
Cela fait cinq ans que je suis enfermé ici d'après Charline.
Cinq ans que la mort se refuse à moi.

—

Charline ne m'oublie pas. Le temps passe, mais elle ne m'oublie pas.
Elle a encore pris un an, ou deux, ou peut-être trois.
Sa silhouette enfantine s'est muée en celle d'une gracieuse et belle femme, aux formes épanouies.
Je ne tiens que parce qu'elle est là. Parce que si elle a cette impression de m'être redevable, j'ai moi celle de lui devoir bien davantage.
Mon amour, ma chair, a pris un jour sa virginité sans son accord, et c'est comme si je l'avais pénétrée, moi.
Je lui dois des excuses autant qu'elle m'en fait.
Elle m'a fourni un petit couteau, un canif subtilisé à son frère.
Je m'en sers pour couper les fruits qu'elle m'apporte, aussi bien que pour graver les murs de planches, témoignage supplémentaire d'un supplicié oublié sous terre.
Les villageois refusent toujours d'entendre Charline, d'écouter ses demandes de grâce.
À leurs yeux, même si elle leur a expliqué mille fois que je suis innocent de tout ce dont on m'accuse, que jamais je ne l'ai touchée, je suis coupable d'avoir vécu avec Diego, et de l'avoir couvert. Et après ce qu'ils ont fait, pas moyen pour eux de faire marche arrière. Me laisser sortir serait avoir à regarder en face la réalité de leurs actes.
J'ai demandé à Charline de faire attention à elle. Ils pourraient un jour lui reprocher de savoir ce qu'ils ont fait !
Les coupables, ce sont eux, tous responsables, tous complices.
J'ai été naïf de vouloir croire que seule une poignée m'en voulait au point de me faire subir cet interminable calvaire.

Les monstres ne sont pas toujours isolés et ne sortent pas forcément des ténèbres, ils sont parfois nombreux et vivent en plein jour.
Tout moisit, ici, tout se recouvre d'un épais duvet, étrange fourrure faite de moisissures.
J'ai parfois l'impression de moisir moi-même, d'étouffer à cause des spores qui envahissent mon système respiratoire. Je suis colonisé par ces champignons nocifs.
J'en ai assez. Je suis las, fatigué, épuisé.
Je suis à bout, j'arrive au bout.

—

Je n'ai plus donné signe de vie depuis plusieurs jours.
Ils m'ont jeté de l'eau, des cailloux, m'ont pissé dessus pour provoquer une réaction... qui n'est pas venue.
Je les ai entendus déverrouiller la grille, et à travers l'ouverture, ils ont passé une échelle de bois.
Firmin est descendu, et m'a roué de coups de pied.
Il ricanait, je l'entendais, son rire, le même que lorsqu'il écrasait Diego de sa barre de fer et de sa haine. Oui, je l'ai ressenti, ce choc électrique qui m'a ressuscité.
Alors qu'il levait la tête pour assurer à son comparse tortionnaire que j'avais « fini par crever », selon ses propres termes, je me suis redressé et lui ai enfoncé mon couteau dans l'oreille.
Ses hurlements, ses couinements et ses tentatives pour se dégager n'y ont rien changé.
J'ai forcé jusqu'à ce que le manche entre en contact avec le pavillon, puis ai cassé la lame à l'intérieur.
Jean ne lui est pas venu en aide, bien au contraire a-t-il retiré l'échelle, je crois qu'il a eu peur de ce que je suis devenu. Pour tout dire, je me fais peur aussi.
Ce goret, affalé sur le sol fait d'immondices... je lui ai labouré la gorge avec les dents, puis ai fouillé ses orbites de mes doigts. J'ai pris un étrange plaisir à le faire.
Firmin ne chassera plus. Non, Firmin est mon gibier.
J'ai bu son sang, chaud, écœurant. Je mangerai sa chair.
Jean est alors revenu armé de son fusil, et j'ai vu en lui ma porte de sortie. Enfin.

Bras écartés, yeux tournés vers le ciel, baigné de la lumière du soleil à jamais incapable de me laver de ces ténèbres qui m'ont contaminé, j'ai attendu la détonation. J'ai attendu la libération.
Mais je n'ai pas été libéré.
Charline est arrivée. Trop tôt.
Elle a tenté d'empêcher Jean de me tirer dessus, et ils se sont battus juste au-dessus de la trappe.
Jean a perdu l'équilibre, et dans sa chute, a entraîné Charline.
J'ai entendu le vacarme de cette grille qui s'est refermée, et le craquement de meringue des vertèbres fracassées. La détonation, aussi, terrible, d'une puissance dévastatrice.
Nous ne sortirons jamais d'ici.
Jean m'a privé du plaisir de le tuer de mes mains. Oui, ce plaisir intense et malsain que j'ai eu à arracher la vie au corps mutilé de son ami Firmin.
Nuque brisée, il est resté ainsi, sa tête décrit un angle anormal avec son corps, détail incongru, ridicule. Il me rappelle cette marionnette qu'utilisait parfois Pablo lorsque, travail manquant, il donnait dans la rue un petit spectacle de ventriloquie pour gratter quelques sous aux passants indifférents.
Charline, ma Charline venait de partir, elle aussi, impactée en pleine poitrine par une décharge de chevrotine, coup de feu malheureux parti dans la chute, qui l'a privée de la plus belle partie d'elle même : son cœur.
Il n'y a plus, à la place, qu'un trou béant que rien ne viendra plus combler, aucune suture, aucune cicatrice, juste une plaie éternelle.
Et c'est mon cœur qui saigne, broyé dans l'étau du désespoir.

Je suis Joachim Fernet, mais pour combien de temps encore ? Je sens la bête croître en moi.
On pourra dire de moi que je suis né en 1858, mais aucune date ne fermera ce chapitre.
Car depuis quelques années, privé de ceux que j'aime, et à défaut de vivre, je ne cesse de mourir.

—

Sam referma le journal avec douceur, respect, probablement.

—C'est fini, y a plus rien, après. On sait pas trop ce qu'il est devenu. J'imagine qu'il est mort de soif.
—Ou de chagrin.
—Ouais, je crois que c'est toi qui as raison. Le cœur brisé tant de fois.
Lucas tourna la tête pour préserver la pudeur de son grand frère dont les yeux embués déversaient déjà le trop-plein d'émotions.
Il s'autorisa à pleurer lui aussi, à laisser couler ces larmes qui le brûlaient, traitement ancestral à tout tourment, à tout chagrin, saignée obligatoire pour évacuer les mauvaises humeurs.
Ils tombèrent dans les bras l'un de l'autre, échangèrent leurs sanglots, partagèrent leur chagrin.
Yeux bouffis et rougis, ils sortirent ensemble de la chambre, et décidèrent de passer le reste de la journée avec leur sœur et leurs parents.
Et ils leur diraient et répéteraient qu'ils les aimaient.

58

Je me sens proche de toi, mon amour, si proche.
Je te sens près de moi, mon amour, si près.
Je marche seul depuis trop longtemps, je te sais quelque part à portée de mon cœur.
Il me faudra briser leur espoir, tout espoir, pour qu'ils acceptent enfin de me rendre ce qu'ils m'ont pris jadis, à commencer par toi.
Toi, et l'amour, et l'envie, et le droit de vivre... et le droit de mourir. Enfin.
Je veux me reposer auprès de toi, mon amour, car je suis épuisé d'avoir à poursuivre mon chemin quand toi, tu n'es plus là pour le rendre plus doux, pour en faire une simple balade, un dimanche, au bord de ce ruisseau.
Mes mains sont douloureuses, brûlées à l'absence des tiennes, elles se font meurtrières sans leur vraie raison d'être, tes doigts et tes caresses.
Oui, je cherche cette issue, cette lumière blanche, celle où toi, tu seras, déjà lassé d'attendre, où tu me tendras la main, où tu me rendras mon âme, d'un simple regard ou geste.
Je veux être Joachim, celui qui aime et qui ne juge pas, celui qui caresse et ne frappe pas, je veux être avec toi, ou ne plus être sans toi.
Je t'ai aperçu, aujourd'hui, et tu ne m'as pas reconnu.
J'ai tant changé, habité par la bête, je me suis vu dans tes yeux, où l'horreur naviguait, où la peur commandait.
Tu es exactement le même, ni le temps ni les abominations n'ont eu raison de ta beauté.
Je viens te chercher, mon amour, nous n'aurons plus à nous cacher.

59

Assis à l'ombre d'une caravane, trois hommes discutaient.
—Où as-tu mis le journal de Joachim, Joseph ?
Coup de poing magistral au plexus, Joseph aspira, bouche grande ouverte, sa stupéfaction.
—Merde... je l'ai laissé chez mes potes gadjos. Tu comprends, fallait qu'on se grouille pour aller botter le cul de Joachim et sauver la petite.
—Ce n'est pas très important, je crois que tu en as assez lu pour avoir compris qu'il ne s'agissait là que d'amour. Un amour si fort et puissant qu'il a traversé le temps, en s'accrochant aux pieux qu'on a planté dans son cœur. Joachim et Diego sont morts séparés, et Joachim fera tout pour être à nouveau aux côtés de l'homme qu'il aime. Ton père, moi avant lui, mon père avant moi, mon grand-père, nous avons tous échoué. Jorge, raconte-lui ce que tu sais, ce que tu as fait pour forcer Joachim à regagner son trou.
Jorge, décontenancé, se tortilla sur sa chaise, se gratta la gorge pour expulser un monumental mollard.
Joseph leva les yeux au ciel.
—Mais c'est bien sûr, il l'a fait retourner sous terre en le menaçant de ses huîtres bien vertes !
—Ferm'la, ptit con. En fait, c'est un peu con à dire... mais chais pas. Tu l'sais, toi, Fraco, les autres, y croivent que j'l'ai marave, à l'autre pélo, mais j'ai fait keud. T'sais bien, Fraco, t'sais bien. Enfin, j'ai fait ske tu m'as dit d'faire, quoi. Sté pas facil', mais j'l'ai fait.
—Joseph, tu as vu la photo. On ne peut renier notre lignée, nous ressemblons à Diego, mais c'est bien sûr plus évident lorsque nous sommes jeunes. Comme tu l'es. Joachim croit voir en nous son Diego. Et c'est tout ce qu'il recherche. Tu vas lui donner l'amour

qu'il réclame, le serrer dans tes bras, et il disparaîtra pour environ dix ans. Comme il l'a toujours fait à chacune de ses réapparitions. C'est aussi facile et compliqué que cela. Nous n'avons jamais pu faire mieux, lui accorder le repos éternel. Nous avons cherché en vain cet endroit dont il parlait dans son journal, où il a été enterré, avec la roulotte et le cheval. Nous n'avons pas eu plus de chance pour localiser la tombe de Diego. Tant que nous n'aurons pas réussi, il reviendra, encore, et encore. Et si notre lignée venait à s'éteindre, alors il ne s'arrêterait plus jamais de prendre les enfants du cru. Il ne se calme que parce qu'il croit retrouver, l'espace d'un instant, celui qu'il a perdu. Je n'ai pas de conseil à te donner, tu ne feras pas pire que nous.

—T'es en train de me dire que tu veux que j'fasse un câlin à gueule d'amour ? Mais t'es pas bien, Fraco, t'as pété une durite. Me dis pas que tu l'as fait, toi, Jorge ?

—J'suis ton daron, j'tai djà dit de pas m'appeler com'ça. Et ouais, que j'l'ai fait, un peu, mon gueux. J'ai fait tout qu'est-ce qu'il a dit Fraco, et ça a marché.

—Non, mais c'est bon, t'as vu comment il est ? Il a pas tourné dans une pub Nivea, sans déc. Et pourquoi tous les dix ans ? C'est quoi son problème avec ça ?

—A priori, c'est le temps qu'il a passé enfermé dans sa roulotte avant de mourir... enfin, mourir... tu vois ce que je veux dire. J'ai trouvé des traces écrites de la disparition de Charline, elle a été enterrée au cimetière communal en 1889. Rien au sujet de Joachim et Diego. Mais tu dois absolument finir de lire ce journal pour comprendre de quoi je suis en train de parler. Il y a tout lieu de penser que la mort de Charline a signé la fin de Joachim.

Au prénom évoqué, Joseph écarquilla les yeux. Charline... serait-ce la même que l'autre décapsulée du bulbe rencontrée à la rivière ?

—Tout prendra sens à la lumière de ce qu'a écrit Joachim, Joseph. Il te faut le lire, t'imprégner de son histoire pour avoir de l'empathie à son égard, comprendre sa souffrance qui va au-delà de la mort, sinon, cela ne pourra pas marcher, tu ne l'arrêteras pas. Chacun de nous doit connaître son histoire, pour ne plus jamais commettre les erreurs du passé. Notre communauté a rejeté et maltraité deux de ses enfants, pour de simples raisons d'honneur mal placé. L'amour ne doit jamais être condamné, au contraire doit-on l'encourager, quel qu'il soit. Et je te vois venir avec tes

sarcasmes, je parle d'amour consenti et partagé, rien de contraint ou forcé.
Joseph s'amusa de la vivacité d'esprit du vieil homme.
—En fait, t'es aussi tordu que moi, Fraco, tu penses aux mêmes choses que moi. J'irai récupérer l'bouquin demain. Laisse moi l'temps d'm'habituer à l'idée que j'vais devoir me maquer avec tête hachée. Merde, comment vous avez fait, vous, il est dégueulasse rien qu'à regarder, alors à serrer contre soi...
Joseph, deux doigts présentés devant sa bouche ouverte, mima la nausée que lui inspirait l'idée de serrer Joachim contre lui.
—Demain, très bien, vous avez sauvé une fillette, tout à l'heure, peut-être ne s'en prendra-t-il à personne d'autre, aujourd'hui. Mais il te faudra faire vite, et trouver la force d'accomplir ton destin. Tu devais connaître l'histoire de Joachim avant d'accepter de jouer ce rôle, il le faut car sans cela, il ne sentira pas de compassion en toi, pour ce qu'il est, a été et a subi, et il ne s'arrêtera pas longtemps à l'image que tu lui renvoies. Je ne peux te contraindre à le faire, ce serait t'envoyer à une mort certaine. Tu dois le choisir, Joseph, décider d'aider Joachim et non le combattre. Tu as les cartes en main, et mon petit doigt me dit que tu as un meilleur jeu que nous tous jusque là. Je te fais confiance, Joseph. Totalement.
Joseph tourna ces mots en boucle dans sa tête, l'air béat.
« Confiance, ouais, on me fait confiance ! »

60

Marc délirait, en proie à une fièvre déjà bien trop avancée pour espérer s'en réveiller.
Il vit clairement le visage d'une jeune fille, presque une femme, lui sembla-t-il.
Elle était si jolie, paraissait si pure.
Une main délicate vint caresser son visage, son front et ses joues irrigués par la lave.
Elle se pencha sur lui, toujours avec cette incroyable douceur, cette lenteur de vidéo au ralenti, et sa voix, souffle léger et apaisant, se fit plus douce encore que sa main.
—Ne t'en fais pas, n'aie pas peur. Viens avec nous, tu ne risques plus rien. Tout ira bien, maintenant, tu n'auras plus mal. Laisse-toi aller, c'est plus facile. Je m'appelle Charline. On est bien, là-bas, tu verras. Ne cherche pas à résister. Viens, viens, viens.
Marc ouvrit grand les yeux, affolé.
—Faut aider Aurélie à sortir ! Aide-la à sortir, et je viendrai avec toi !
Épeurée, Aurélie, à peine sortie de sa retraite mentale, entendit avec effroi cet ami, qu'elle ne connaissait pour ainsi dire pas, mais qu'elle aimait déjà comme s'il avait toujours fait partie de sa vie, en proie à la fièvre et au délire.
—Marc ? Tu parles à qui, Marc ? Tu me fais peur.
Elle se glissa jusqu'à lui, chercha son visage d'une main tremblante et timide.
Ses doigts en effleurèrent la peau, en ressentirent les puissants effluves pyrétiques, la chaleur anormale de ce corps fébrile.
Comme si elle craignait de s'y brûler, elle retira vivement sa main, consciente d'être en présence de quelqu'un d'autre... ou d'autre chose.

—Marc. Faut que tu te réveilles. On doit partir. Je suis prête à remonter. Je t'aidera à sortir, promis, mais réveille-toi, je t'en supplie.
À la chaleur excessive de Marc succéda un léger souffle glacial, qu'Aurélie accueillit d'un tremblement frissonné.
—Il ne faut pas essayer de partir. C'est inutile, tu souffriras pour rien. Accepte, accepte comme j'ai accepté. Viens avec nous, Marc a compris. Ici, tu seras nourrie, il partagera ses repas avec toi. Tu peux manger la viande qu'il ramène, si tu as faim. Il te suffit d'accepter, Aurélie.
Cette voix, à la fois amicale et dénuée de chaleur, loin d'attirer Aurélie à elle, la poussa à reculer, et plus que jamais, à tenter de sortir d'ici.
Elle ne hurla pas, elle n'éleva pas la voix, mais dans ce filet de voix, dans ce murmure sorti de ses entrailles, elle fit passer son refus d'obtempérer, sa volonté de vivre. Et son amour pour Marc.
—Marc, ne l'écoute pas. Reste avec moi.

61

Aux premières lueurs d'une aube frémissante, Joseph se fondit aux ombres naissantes, derniers bastions des ténèbres chèrement défendus contre les assauts de la lumière, territoires aux contours flous abandonnés peu à peu, voués à régresser jusqu'à la nuit prochaine.
Déterminé à ne pas décevoir Fraco, il se hâta en direction de la maison de ses récents amis, sans avoir la moindre idée de la manière dont il allait s'y prendre pour les attirer dehors à cette heure matinale.
Sans même s'en apercevoir, sans en ressentir la fatigue, il courut tout du long.
Cerfs, sangliers, chevreuils et blaireaux croisèrent son chemin, pressés de regagner le couvert de leur forêt, nocturnes brouteurs et fouisseurs des prairies environnantes.
À l'approche de la maison, il fut pris de doutes, habitué à être chassé partout où il allait sur simple présentation de son faciès tatoué aux gènes tziganes.
Le délit de sale gueule, il connaissait depuis qu'il marchait, les gens reconnaissaient ses origines avec autant d'aisance que s'il avait ressemblé à Joachim, le cadavre marcheur.
La lumière allumée dans une pièce le rassura un peu, au moins ne les surprendrait-il pas au lit.
Il s'avança jusqu'à cette fenêtre, et fit de son regard un intrus, visiteur non désiré, violeur d'intimité.
Si le but de sa venue n'était pas là, il ne put pourtant s'empêcher d'observer à son insu cette famille dans son quotidien.
Il en sourit inconsciemment, fut attendri par cette fratrie, envieux aussi.

Rassemblés autour de cette table, nez au-dessus de leur bol, ils ne faisaient rien et pourtant faisaient tant.
Unis dans le silence, sans besoin de parler, ils peignaient un tableau de maître auquel il était sensible, et qu'il aurait parfois aimé pouvoir composer avec les siens.
Pas de cris, pas de heurts, juste le calme et le bonheur d'être ensemble.
Assez loin de la vie agitée du campement.
Il prolongea cet instant, ce vol conscient d'images dont il ferait plus tard, dans les moments de doute envers l'humanité, des souvenirs rassurants.
Un peu honteux, un peu coupable, il mit fin à ce voyeurisme bienveillant d'un simple coup de son index plié contre la vitre.
Les têtes ensommeillées se dressèrent à l'unisson comme celles d'une hydre, entre peur et surprise affichées sur les traits.
Lucas, premier à l'apercevoir, le pointa de l'index, rassura sa famille quant à l'identité de leur visiteur. Il le vit se lever, se diriger vers la porte d'entrée devant laquelle il le rejoignit.
—Salut, Joseph. Vache, t'es si pressé de récupérer le journal ?
—Salut, gadjo. C'est un peu ça. Faut qu'tu viennes avec moi, on doit lire ce merdier rapidos, et aller chercher l'endroit où crèche Joachim. Et même si on trouve pas, j'dois faire un truc, jamais tu me croiras quand j'te dirai c'que c'est.
—Rentre, viens dire bonjour à mes parents. Si tu te montres pas, ils vont flairer que t'es là pour un truc pas net. Je vais chercher le journal, on papote deux minutes, on récupère mon frère et on s'arrache.
Joseph suivit Lucas, guidé tout autant par les fragrances sucrées évadées de la cuisine que par son ami.
À peine eut-il franchi le seuil qu'il fut assailli par Annick, qui lui ordonna presque de prendre le temps de petit-déjeuner avec eux.
Lui fut servi un bol de chocolat à la saveur brûlante, accompagné de « tartannicks » à la confiture de fraise, comme s'empressa de les lui décrire Emmy avec un petit rire.
Il emmagasina ces instants de vie douillette, où la tension n'était pas, où l'avenir ne représentait pas une source d'angoisse, les rangea avec soin dans un recoin de son esprit.
—Vous avez prévu de faire quoi, les garçons ? Des projets de sauvetage, aujourd'hui ?

—Que dalle, m'man. Aujourd'hui, on va juste tremper nos culs à la rivière.
—Sam, tu pourrais éviter certains mots devant ta sœur.
—T'inquiète, m'man, Bouillab sait ce qu'est une rivière, elle s'en remettra.
—Très malin, vraiment. Est-il besoin de le préciser, faites attention à vous. Je sais que vous êtes grands, plus que ce que je ne pensais. Je vous fais confiance.
« Confiance, tout le monde me fait confiance »pensa Joseph avec un sourire adressé au néant.
Viv le remarqua, s'interrogea sur la santé mentale du garçon qu'il assimila à un simple d'esprit, pensée qu'il regretta aussitôt lorsqu'il croisa le regard noir et si profond de Joseph.
Ils prirent congé des parents, Lucas embrassa sa sœur pour faire naître ses fossettes, puis l'embrassa de nouveau pour goûter à ces mêmes fossettes.

62

—OK, les gars. Chais pas c'est quoi votre plan, mais on doit profiter de la journée pour le trouver. Moi, j'veux bien aller au casse-pipe, mais j'irai pas de nuit, aaah non. Faut que j'lise le journal en entier, il a dit, Fraco. Il a même dit que si j'le faisais pas, on aurait aucune chance.
—On a tout lu, hier. On va tout te raconter, ce sera plus rapide. Je t'avertis, c'est une histoire de malade, je croyais pas que c'était possible que quelqu'un vive des trucs pareils.
—Et après, j'ai pas menti à ma mère, on fonce à la rivière. On doit faire causer Charline, tu vas comprendre pourquoi.
—J'crois que j'sais déjà. Fraco m'a dit, pour Charline. Elle est morte, elle aussi, c'est ça ?
—C'est ce qu'on pense. Vas-y, Lucas, raconte-lui tout, si t'oublies des détails, j'interviendrai.
Lucas se replongea dans la vie de Joachim, la revécut cette fois sous sa forme orale.
Tout ce qu'il avait éprouvé la veille refit surface avec plus de force encore, à le laisser pantelant à l'abord de certains passages parmi les plus durs.
Joseph ne perdit pas une parole, en resta coi de stupéfaction, touché par l'émotion palpable du conteur improvisé.
Lorsque Lucas termina son récit, ils observèrent une réflexion silencieuse.
—Comment ces raclures ont pu faire ça ? Merde, j'sais pas si Diego avait vraiment violé la petite, mais... bordel, ils l'auraient livré aux condés, ça aurait quand même été plus... enfin moins... voyez, quoi. Et Charline, on fait quoi, avec elle ? Si c'est une revenante... on la retient comment ? Puis pourquoi elle est pas pourrie, comme l'autre avec son bourrin ?

—Tu crois qu'on est des spécialistes, genre GhostBusters, manouche ? On y va, on voit sur place, et on trouvera bien quoi faire. On a prouvé qu'on était efficaces, hier, non ?
—Un vrai stratège... mais c'est OK pour moi, les plans trop « prise de tête », ça fait chier tout le monde, et personne les retient jamais. On a gagné du temps, si j'avais dû tout lire, on serait encore là pour noël. Mais faut arrêter d'en perdre, là. J'veux quand même dire un truc, avant... chuis content d'être avec vous, parce que normalement, c'était prévu que j'aille tout seul, m'occuper de Joachim. Fraco, il dit que Joachim me prend pour Diego, et que c'est pour ça qu'il nous a pas réduits en boulettes pour clébards. Vous foutez pas de ma gueule, mais il a dit aussi que... que j'devais le serrer dans mes bras, que comme ça, il arrêterait ses conneries. Lui il m'a dit ça comme si j'devais juste rattraper un vieillard échappé d'une maison de retraite. Bref, sans vous, chais pas si j'y serais allé.
—Le serrer dans tes bras ? Sans déc ? C'est comme ça qu'ils l'ont arrêté, y a dix ans ?
—Ouais ben je sais, moi aussi, j'croyais qu'y faudrait invoquer des esprits venus de l'enfer, faire un pacte avec le diable, lui enfoncer un pieu dans le cœur...
—Ou lui faire bouffer la cuisine de notre père.
—Ouais, des trucs comme ça. Merde, t'es con, toi, au moins ton daron, il fait la popote pour vous.
—C'est pas pour ça qu'on l'aime, hein Sam.
Les trois garçons s'esclaffèrent, moqueurs, désireux d'en rester à des futilités, de repousser à plus tard les responsabilités.
—Enfin, z'avez compris. J'pensais qu'on devrait faire comme on voit dans les films, quoi. Ben non, moi faut que j'lui fasse un câlin. J'espère qu'il s'est pas foutu d'ma gueule, Fraco.
Nouveaux rires.
Ils se mirent en route vers le ruisseau où ils espéraient trouver Charline.
En chemin, Lucas songea à Ali, se demanda s'il était remis et s'il reviendrait bientôt partager son temps libre avec lui. Il éprouva à cette pensée un malaise saisissant, si oppressant qu'il aurait pu en vomir. Il se força alors à l'imaginer en train de dormir, puis, au réveil, de jouer à la console en récitant avec application l'encyclopédie des noms d'oiseaux.

À l'approche du ruisseau, il mit enfin cette angoisse de côté, pour la remplacer par une autre.
Charline était comme prévu présente. Toujours assise sur cette pierre plate qui au fil des siècles avait dû accueillir les fesses de tant de jeunes gens.
Lucas prit les devants, fit signe de la main à Joseph et à Sam d'y aller en douceur.
Charline tourna la tête vers lui, et il lut dans ses yeux qu'une fois encore, elle ne le reconnaissait pas.
Il était pour elle, de nouveau, un parfait étranger. Dans quelle boucle temporelle était-elle bloquée, vivrait-elle indéfiniment le même jour ?
Il la détailla, s'étonna de la voir si réelle, si incroyablement réelle.
—Bonjour. Je m'appelle Lucas. Et les deux là, c'est mon frère Sam et mon pote Joseph.
—Contente de faire votre connaissance. Moi, c'est Charline. Vous habitez le village ?
—Ouais. Et toi ? T'habites où ? Tu viens d'où, Charline ? Tu viens de quand ?
Ses sourcils se froncèrent d'un charmant étonnement, que la politesse surannée de la jeune fille pas si jeune que ça lui interdit d'exprimer autrement.
—J'habite par là. Une belle maison, au milieu des bois. J'y vis avec mon père.
—Et Joachim, est-ce qu'il vit avec toi, lui aussi ?
Les yeux de Charline s'agitèrent soudain, sa respiration se fit plus rapide à en être haletante et audible.
—Il faut faire attention, il n'est pas loin. Il est revenu. Je dois rentrer chez moi. Prenez soin de vous.
Lucas se saisit alors de son bras, si menu et gracile, s'attendant à ne saisir que le vide.
Il en sentit pourtant la pleine réalité, la douceur de la peau, la chaleur de la vie qui y circulait.
—Amène-nous à lui, Charline. On doit le trouver pour l'aider. On est là pour vous aider, tous les deux.
—Tu ne sais pas ce que tu dis. Tu ne veux pas le voir ! Personne ne le veut.
Elle s'arracha à l'étreinte de sa main, et avec une vivacité hors normes, sauta de la pierre et courut vers la sortie de la clairière.
—Cette fois, on la lâche pas !

Sam s'élança, suivi aussitôt de ses deux acolytes.
Devant eux, Charline filait comme le vent, ne se souciait nullement des branchages et des épines qui leur arrachaient à eux moult gémissements plaintifs.
La peau giflée et zébrée, griffée et perlée de rouge par endroit, ils ne faiblirent pas, décidés à ne pas la laisser les distancer.
—Merde, elle a bouffé du chevreuil, c'est pas possible. On tient bon, les gars, je sens qu'elle va nous mener direct à l'autre.
—J'garantis rien, personne peut courir longtemps comme ça.
—T'as qu'à faire comme quand tu te fais choper dans un poulailler, manouche, et que t'as peur de manger du gros sel.
—Narvalo d'tes morts, et toi, tu cours comme chaque fois qu'tu vois un gitan, espèce de lope raciste.
—Fermez vos gueules, gardez votre souffle.
Lucas força encore l'allure et prit la tête du trio, pour contraindre les deux beugleurs antagonistes à augmenter la cadence et à se taire.
En dépit de leurs efforts, Charline prenait toujours plus d'avance, chacune de ses enjambées semblait en faire deux des leurs.
Elle ne fut bientôt presque plus qu'une vague silhouette mouvante au milieu de la si dense végétation.
Trop concentré sur cette cible qu'il craignait de perdre, Joseph trébucha sur une branche morte et s'étala face en avant sur Sam, qu'il entraîna dans sa chute.
Lucas s'arrêta, leur tendit une main pour les aider à se redresser, main dont ils ne se saisirent pas.
—Laisse tomber, mec. On pourra jamais la suivre, tu vois bien. Je suis gazé total, moi, et elle, on aurait dit une biche, merde. Elle est pas vivante, elle peut pas s'essouffler, elle.
—Il a raison, le gadjo. Si elle veut pas qu'on la chope, on l'aura jamais.
—Faites ce que vous voulez, les deux trouillards fainéants. Moi, je vais pas attendre que Joachim vienne prendre notre sœur. Il a déjà ramené sa sale gueule deux fois, chez nous. Il recommencera, je crois qu'il veut Emmy. Je continue, je trouverai bien tout seul, les lâcheurs. Pourquoi il t'a fait confiance, le vieux Fraco ? S'il savait... et toi, Sam, grande gueule, toujours à la ramener, et là, plus rien ? Allez vous faire foutre !

—Putain, mais il est déglingué, ton reuf. Eh attends, oh, j'ai jamais dit que j'arrêtais. Laisse-moi juste souffler, merde ! Fraco, il m'a fait confiance, ouais, et j'vais te prouver qu'il a eu raison.
—Il est véner, le frangin. Calme-toi, Mioche. Le manouche a raison, ça sert à rien, de courir comme ça après elle, elle nous sèmera toujours. On va continuer en direction de l'endroit où elle a disparu, et si elle veut qu'on la retrouve, on la retrouvera. Sinon, on l'aura de toute façon dans l'os.
—Arrête de m'appeler le manouche, toi, je suis un gitan, OK, gitan !
—Je vais me faire mettre à l'amende par ces deux jeunes cons, moi. Allez, on calme le jeu. Lucas, faut qu'on en profite pour récupérer cinq minutes. On ira pas loin à ce rythme, dans ce putain de bois.
Lucas entendit raison, et s'agenouilla devant eux.
Ils en profitèrent pour constater les dégâts sur leurs peaux fragiles.
—Ronces et branches, 1, nous, 0. Regardez ça, on est massacrés, je sue du sang. Dites, les gars, en admettant qu'on arrive à retrouver Joachim et à le renvoyer là où il devrait être depuis longtemps, et qu'on s'en sorte tous les trois... vous l'imaginez comment, l'avenir ? Toi, Mioche, tu veux faire quoi, plus tard ?
—J'ai toujours voulu faire un truc pour aider les autres. On se fout de ma gueule, quand je dis ça, en général, mais je m'en tape. Genre mission humanitaire, ou créer une association de défense des minorités, ou quelque chose comme ça, tu vois. Je me sens utile que quand j'aide quelqu'un, c'est bizarre, mais c'est comme ça. Et toi ? On en a jamais parlé avant, en fait, c'est dingue, ça.
—Ouais, c'est dire si on est un peu cons. On attend d'avoir peur d'y passer pour se parler vraiment. Moi... je suis pas encore bien fixé, mais j'ai toujours kiffé les grosses bagnoles. J'adorerais bidouiller de gros bourrins, des v8, des v12, tu sais, comme ces bagnoles américaines. Ouais, mécano, je crois que ça me plairait. Une fois que j'aurai eu le courage de dire aux vieux que je veux pas faire d'études. Enfin, pas celles qu'ils voudraient, eux. Et toi, man... Joseph ?
—Moi, j'vais t'dire. Je sais jamais trop s'que j'vais faire dans l'heure qui suit. Mais maintenant, j'ai un vrai projet, sans déc.
—Vas-y, dis. Ça nous intéresse, je me fous pas de toi. Pas vrai, mioche, qu'on veut savoir ce que notre pote Joseph veut faire de sa carcasse, plus tard ?

—Un peu, mon n'veu.
—J'vais gagner assez de pognon pour racheter cette putain de forêt, rien qu'pour pouvoir y foutre le feu, sa race ! Personne me fait saigner sans payer le prix, à moi, même pas elle.
Les garçons hululèrent leur joie, goûtèrent ce moment complice qui les lia un peu plus fort.

Lorsque les spasmes du rire se calmèrent enfin, lorsque poumons et muscles ne les brûlèrent plus, ils se remirent en route, sur les traces de Charline.
Traces qu'ils eurent bien du mal à suivre tant elles étaient rares et infimes.
Après vingt minutes de marche assidue, ils débouchèrent sur un sentier dégagé, joli serpent de sable ondoyant dans la forêt.
De nature meuble, y étaient marqués les récents passages, traces de pattes de cerfs ou de sangliers comme des « je suis chez moi ici », empreintes laissées comme des numéros de boîte postale.
Un ou plusieurs véhicules passaient régulièrement à cet endroit comme en témoignaient les ornières creusées par de larges pneus qui sillonnaient le chemin.
—Et là, par où elle est allée, à votre avis ? Je suis paumé, je sais pas du tout où on est.
—Moi, j'sais à peu près. À droite, on rejoint la départementale. À gauche, à peut-être deux bornes, y a une baraque isolée. Moi qui trace partout, j'ai jamais trop osé y aller, le mec est un sensible de la gâchette. Paraît qu'il est un peu taré, il vit retiré du monde, comme ils disent au village.
—Ouais, un peu comme nos vieux, quoi. On devrait s'entendre. Regardez, là. Ça, c'est pas les pattes de Bambi, qui ont laissé ces empreintes, si c'est pas les pieds de Charline, je veux bien faire le câlin à Joachim à ta place, manouche.
—Tu crois qu'il a pas assez souffert comme ça, narvalo ?
—T'as raison, Joseph, on va pas imposer la sale gueule de Sam à ce pauvre Joachim. Allez, on suit ces pas, les mecs, si on a de la chance, elle nous attendra au bout.
Une demi-heure de marche leur fut nécessaire pour arriver en vue d'une maison landaise, construite au centre d'une coupe claire.
Ils se consultèrent du regard, pour trouver dans celui des autres une idée de ce qu'il leur fallait faire.

Puis, sans ajouter un mot, un peu inquiets, un peu tendus, ils poursuivirent le long du chemin, en direction de la maison.
À cinquante mètres environ de la propriété, ils s'arrêtèrent de nouveau, hésitants. Les traces de pas les menaient bien à cette demeure, mais à quoi pouvaient-ils s'attendre ?
Derrière eux, le cliquetis d'un chien de fusil leur parvint en guise de bienvenue, aussitôt remplacé par une voix agressive.
—Mains en l'air, les bâtards ! Qu'est-ce que vous foutez chez moi ? Je te reconnais, toi, le manouche. Y a rien à voler, ici !
Liquéfiés, Lucas et Sam furent cueillis par la réaction de révolte de Joseph.
—Gitan, putain, je suis gitan, pas manouche ! Tu crois quoi ? J'ai pas besoin de venir te chourav... te chourav quoi, d'ailleurs ? Des pignes ? Tu crois que les gitans sont forcément des voleurs, espèce de raciste de merde ?
—Non, c'est pas... voleurs, je sais pas... grandes gueules, apparemment, ouais. C'est vous qui avez fait courir ma fille comme si elle avait vu un fantôme ? Je viens de la voir passer et rentrer comme une fusée. Si vous voulez lui faire du mal, on va avoir une sérieuse discussion.
—Sérieux, c'est votre fille ? Charline ? Elle est réelle ?
—Vous avez fumé quoi ? Je veux pas de putains de junkies sur mes terres, ma fille a pas besoin de fréquenter des merdes comme vous.
—Monsieur, je vous jure qu'on lui veut aucun mal. On l'a croisée plusieurs fois à la rivière. On a cru que... enfin, c'est plutôt dur à expliquer. Mais on est ses amis, 100% vrai, m'sieur. Mon pote Joseph voulait pas vous insulter, mais c'est vous qui avez commencé, avouez. On veut juste connaître mieux votre fille, c'est tout. On a eu l'impression qu'elle était perdue, qu'elle savait pas trop où elle allait. Elle a... elle a des soucis de mémoire, d'un jour à l'autre, elle se rappelle pas de nous. On voulait juste comprendre, m'sieur, on n'a aucune mauvaise intention.
L'homme baissa son fusil, désarmé par la sincérité perçue dans la voix de Lucas.
—Tournez-vous. C'est bien ma fille, oui, Charline. Vous n'en avez jamais entendu parler ?
—Ben, jusqu'à y a quelques jours, on l'avait même jamais vue. C'est un peu con, mais on a cru qu'elle était... une revenante. Une drôle de coïncidence, vous vexez pas, m'sieur. Et au fait, moi, c'est

Sam. Lui, c'est mon ptit frère Lucas. Et lui, c'est man... désolé, c'est Joseph.
—Une revenante, vous dites ? Vous n'êtes pas très loin de la réalité, je dois dire. Venez, je vais vous expliquer. Charline n'a plus eu d'amis ni aucun contact avec des enfants de son âge depuis si longtemps. Je suis son seul lien avec le monde extérieur. Suivez-moi.
Les garçons hésitèrent, leur imagination les poussant à élaborer les pires scénarios, dans lesquels ils trouvaient chaque fois une mort des plus violentes.
L'homme se retourna, leur fit signe de la main.
—Allez, je vais pas vous bouffer. Moi c'est Cédric, désolé, j'ai plus trop l'habitude des mondanités. Ça fait trop longtemps qu'on vit retirés, elle et moi. À part pour aller faire mes courses, je ne vois jamais de monde. Ça nous fera pas de mal de recevoir de la visite. Je serais même assez content de vous voir revenir, je suis sûr que ça aidera Charline. Venez... s'il vous plaît.
Il poursuivit en direction de la maison, et durant quelques secondes, le trio fut pris de panique.
—Si elle, c'est pas un fantôme, c'est encore pire, alors, elle est vraiment cintrée. Et lui, qui nous dit qu'il va pas nous foutre au congélo ? J'ai lu une histoire comme ça, où...
—Joseph, ta gueule. Je crois qu'on peut lui faire confiance, moi. Vous avez pas vu la tristesse dans ses yeux ? Vous sentez pas, ça ? Merde, ça se voit que ça le démolit que sa fille soit dans cet état. Il va nous dire pourquoi elle est comme ça. Même si c'est pas la Charline du journal de Joachim, elle a un lien avec lui. Rappelez-vous ce qu'elle disait, chaque fois.
—J'te suis, mais j't'avertis, si ce mec nous enferme et nous fait des trucs chelous, je reviendrai comme l'autre tête de mort juste pour te hanter. Si ça se trouve, c'est un de ces pédophiles... je vais pas faire des câlins à tout le monde, j'avertis, Fraco, il a dit juste Joachim !
—Putain qu'il est con. Allez, arrête de tout tourner en dérision, c'est sérieux, là. Il nous attend.
Sam s'avança et tapa sur l'épaule de son frère, qui lui emboîta le pas.
Joseph, resté en arrière, les rattrapa à la course, peu décidé à demeurer seul au milieu de nulle part.
Cédric les fit entrer et les mena au salon.

Pas de cadavre pendu au plafond ni de sang ou de cervelle répandus sur les murs. Pas de cris venus de la cave non plus. Juste un silence surprenant, oppressant, si profond et total qu'il semblait s'être installé depuis des millénaires et être ici chez lui.
Le mobilier, simple, brut et solide, avait été conçu pour durer plus que pour décorer.
Quelques cadres de photos, posés sur la cheminée, racontaient une vie de famille éteinte désormais.
Devant les regards curieux, Cédric se fit un devoir de leur expliquer ce qu'ils voyaient.
—C'était ma femme, la mère de Charline. Éva, elle s'appelait Éva. Venez vous asseoir, je vais vous raconter tout ça. Charline n'a pas toujours été comme ça, vous savez. C'était une enfant enjouée, très attachante. Vous voulez boire quelque chose ? Je dois avoir... de l'eau, en fait, j'ai que de l'eau.
—De l'eau, c'est cool. On a pas mal cavalé pour suivre votre fille, m'sieur, je crois que ça nous fera du bien à tous.
Cédric s'absenta quelques minutes, et revint chargé d'un plateau sur lequel résidaient quatre verres et une carafe d'eau fraîche.
Il les invita à s'asseoir autour de la table, servit un verre à chacun, puis se posa à son tour.
Il but son verre d'un trait, et s'essuya la bouche d'un revers de manche.
Suspendus à ses réactions et à ses paroles, les garçons attendaient la suite sans oser parler.
—Vous avez entendu parler des disparitions qui ont eu lieu il y a dix ans, maintenant, je suppose. On n'a jamais retrouvé les enfants disparus, cinq au total, personne ne sait ce qui leur est arrivé réellement. Ou plutôt, si, une personne le sait. Une personne qu'on n'a jamais voulu croire, les autorités ont pensé au pur délire d'une enfant traumatisée. En vérité, six enfants avaient été enlevés, mais l'un d'eux en a réchappé. Charline. Vous savez, avant ça, nous étions une famille unie, normale, on peut dire, si ça signifie quelque chose. Plutôt bien intégrés à la vie du village. Le jour où Charline a disparu, ma femme s'était absentée pour son travail. J'aurais dû attendre qu'elle soit rentrée pour la mettre au courant.
Elle serait probablement encore parmi nous. Elle a fait le trajet Paris-Bordeaux sous une pluie battante, à une vitesse largement supérieure aux limitations et à ses capacités de conduite. Une embardée. Juste une seconde d'inattention, l'esprit trop occupé et

torturé par la disparition de sa fille. Je ne l'ai jamais revue. Elle a brûlé dans sa voiture. (long soupir). De mon côté, après ça, j'ai perdu les pédales, c'était trop, tout d'un coup. Qu'est-ce qui peut justifier ça ? Est-ce qu'un Dieu existe là-haut, et autorise ce genre de chose ? Peut-être. Dix jours après son enlèvement, Charline a reparu, je l'ai trouvée un soir sous le porche, dans un incroyable état de saleté repoussante. Elle dégageait une odeur immonde, comme si elle sortait d'une tombe où aurait pourri un cadavre. Elle a raconté des choses tellement étranges. Moi-même n'y ai pas vraiment cru. Elle a parlé aux gendarmes d'un « méchant monsieur très laid ». La description qu'elle en a faite n'a bien sûr pas retenu l'attention des forces de l'ordre. J'ai repris pied ce jour même où elle s'effondrait. Il m'a fallu apprendre à Charline la mort de sa maman qu'elle réclamait sans cesse. Aurais-je dû lui cacher cela ? Depuis, Charline ne se souvient jamais de la veille, ni de ce qu'elle a fait, ni de ce qui a pu arriver. Ou, pour être exact, ne veut pas s'en souvenir. J'imagine que si vous l'avez croisée à plusieurs jours d'intervalle, elle ne vous a pas reconnus. Elle ne peut plus se faire d'amis, qui accepterait de se lier d'amitié avec une personne qui l'oublie aussitôt ? Les thérapies n'ont jamais rien donné, elle est restée hermétique à toute tentative de percer sa bulle.

—Je suis vraiment désolé, monsieur, pour tout ce qui vous est arrivé, à vous, à votre fille... à votre femme. Ça me gêne de vous embêter avec ça, mais on aimerait poser quelques questions à Charline. Vous pourriez nous aider ? Les disparitions ont recommencé, y a déjà eu deux ou trois enlèvements, peut-être plus maintenant. Si Charline pouvait nous montrer d'où elle s'est échappée, nous, on la croirait, on a de bonnes raisons pour ça.

—Je ne sais pas. J'ai toujours peur de provoquer une rupture en elle, en évoquant ce qu'il s'est passé. Mais peut-être qu'il est temps, temps de la sortir de son monde. Je l'ai perdue il y a dix ans, elle n'a plus jamais été la même. Peut-être que la forcer à affronter le passé pourrait me ramener ma petite fille ?

—J'peux pas dire oui ou non, m'sieur. Mais ce que je sais, c'est que si on fait pas vite, c'est possib' que d'autres mômes disparaissent. Et j'crois pas qu'ça soye pour aller à Disneyland, voyez. Charline, j'l'ai entendue dire qu'elle regrettait kekchoz. Que c'était sa faute, ou chais pas quoi. Elle sait des trucs qui nous aideront, c'est sûr.

Cédric se plongea dans une courte méditation, yeux perdus dans les nervures du bois brut de la table.
—Vous savez, je voulais une grande famille. C'est pour ça, cette grande maison... j'avais prévu plusieurs chambres, de l'espace, un coin tranquille pour que mes enfants puissent hurler leur joie ou leur chagrin sans déranger les voisins et déclencher des conflits. Je voulais qu'ils connaissent une vie paisible, en contact étroit avec la nature, tout en conservant un lien important avec la modernité. Ouais, je voulais qu'ils grandissent avec leur temps, mais en leur préservant cet espace hors du temps, loin des soucis, du stress. Et voilà où j'en suis. Où on en est, Charline et moi. Vous avez raison, j'ai assez fait l'autruche. Charline aura bientôt 16 ans, elle en paraît à peine 12 ou 13, j'ai l'impression qu'elle stagne, qu'elle refuse de grandir. Ouais, vous avez raison.
Cédric se leva, puis sortit de la pièce.
Joseph interrogea ses amis d'un mouvement de menton, auquel ils répondirent d'un haussement d'épaules.
Quelques marches craquèrent, puis quelques pas résonnèrent sur le plancher au-dessus de leur tête.
Les voix étouffées de Cédric et de Charline se livrèrent une âpre bataille qui fit honte aux garçons de s'être immiscés dans la vie de ces gens-là pour y provoquer une révolution.
Le ton baissa peu à peu, et bientôt, de nouveau les escaliers grincèrent.
Cédric revint, soucieux, le front barré par la contrariété, suivi de près par sa fille, recroquevillée sur elle même.
Chaque pas vers leurs visiteurs lui coûtait. L'idée d'avoir une réelle discussion avec eux, sur ce sujet qu'elle refusait d'aborder depuis dix ans, semblait la terrifier.
Pourtant, elle s'assit sans chercher à fuir.
—Charline, je sais que personne ne t'a crue, à l'époque, même pas moi. Je m'en veux, profondément, mais je ne peux changer ce qui est fait. Je peux par contre faire en sorte de soulager ta peine pour les jours et les années qui viennent, rendre ta vie plus douce et légère, endosser ton fardeau, ma chérie. Je le veux, et j'y suis prêt. Aujourd'hui, tu peux parler, nous t'écouterons. Tu dois sortir de cette boucle qui t'empêche de vivre. Laisse sortir tous ces horribles souvenirs qui te hantent, ne les combats plus, ils sont en train de gagner. Ils t'auront à l'usure, ma chérie. Ils nous tueront tous les deux. La seule manière de les vaincre, c'est de les laisser ressurgir,

les raconter comme tu cracherais un champignon vénéneux. Il t'en restera toujours un goût amer et écœurant sur la langue, mais ils ne t'empoisonneront plus, ils appartiendront enfin au passé. Ouvre-leur la porte, Charline, ou ils ne te laisseront jamais regarder vers l'avenir. Ta maman l'aurait voulu ainsi.

Charline réagit à l'évocation de sa mère, puis planta ses yeux dans ceux de Lucas, où elle trouva cette empathie et cette compassion qui la poussèrent à se relâcher. Elle ne le quitta plus du regard, prête à se confier à lui plus qu'à n'importe qui d'autre.

—Parle nous de Joachim, Charline. Parle nous du monstre qui enlève les enfants. On sait, nous. On sait.

Les paroles de Lucas la percutèrent et la jetèrent en arrière, calée contre le dossier de sa chaise.

Ils attendirent longtemps, sans chercher à la presser, sans prononcer un mot.

Puis, un peu partie, dans le vague, retombée en enfance, elle se mit à raconter.

63

Maman est là. Elle embrasse papa, et lui, il est content, comme chaque fois qu'ils font des bisous.
Puis maman, elle vient vers moi. Elle est belle, tellement belle. Moi j'ai les yeux grands ouverts et remplis d'étoiles, quand je vois maman.
Elle s'agenouille devant moi. Puis elle me prend dans ses bras et elle me serre, fort, comme elle fait toujours. J'aime ça.
Maman, elle me fait plein de bisous sur les joues et dans le cou, parce qu'elle dit qu'elle aime trop ça et qu'elle veut me manger. Sa chaleur, sa douceur, son sourire, le plus beau des sourires amoureux. Son visage, ce si beau visage... celui que j'appelle dans ma tête quand j'ai peur ou quand je veux partager un truc super.
Maman, elle a l'air un peu triste, elle m'explique qu'elle doit partir toute la journée, loin, loiiin, et qu'elle me laisse rien qu'avec mon papa. Je comprends pas trop, je pleure.
Mais maman, elle me promet de me rapporter un beau cadeau, un vrai souvenir du là-bas où elle va, loin, loiiiin.
Elle a pas trop envie, mais elle me repose par terre, et elle s'en va.
Maintenant, je suis dans les bras de papa, et je vois maman s'éloigner dans sa belle voiture.
Je comprend pas, pourquoi elle me laisse, maman ? Je suis triste, comme si c'était sûr que je la reverrai jamais.
Je pleure beaucoup, mais papa, il est là.
Il me fait des gros bisous comme il aime, ceux qui font du bruit et qui claquent comme une bulle de chewing-gum. Je sais que papa, il veut pas que je pleure, ça lui fait de la peine, alors il me promet qu'aujourd'hui sera la plus fantastique journée de toute ma vie.
Je pleure plus, je pense presque plus à maman, enfin, si un peu quand même, mais c'est grâce à papa, parce qu'il veut me consoler. Je l'aime, papa.

Pour me faire plaisir, il sort du congélateur de ces croissants surgelés à cuire que j'adore, je m'en mets toujours plein le bidon. Papa, il met le four à préchauffer, comme ça, on pourra les faire tout chauds, les croissants.
Papa, il m'emmène dehors, sur la terrasse. Il dit que ce sera une journée extraordinaire, parce qu'il fait super beau, et que les cigales, elles chantent, et les oiseaux aussi. Tout plein, très fort. Et puis y a l'odeur, celle qui fait comme les champignons, et comme les feuilles mortes, aussi. Moi, j'aime l'odeur des feuilles mortes, ça sent drôlement bon. Y a le pollen, aussi, celui de pins, il dit papa, il tombe comme une pluie jaune, papa, il dit que c'est de la vie en poussière, et que comme ça, elle peut voler et aller partout. De la vie jaune partout. C'est beau, et les papillons, ils aiment beaucoup ça, eux aussi.
Je m'en souviendrai toujours, toujours, de tout ça, je le sais, j'aime trop ça.
Papa il m'a posée dans le bac à sable en plastique sur la grande terrasse en bois. Dedans, y a mes cubes, alors je joue avec, et papa, je le vois bien qu'il aime me regarder.
Il dit que je fais des progrès incroyables. Oui il dit ça, papa. Même qu'il est tout fier, et qu'il m'aime encore plus. Mais ça, c'est pas possible, parce qu'il m'aime déjà trop.
Papa, il s'est levé, il m'a dit comme ça de pas bouger, surtout pas, parce qu'il s'en va que quelques minutes pour mettre les croissants au four qui doit être bien brûlant.
« Je reviens tout de suite... Je reviens tout de suite », il a dit, papa.
Pendant qu'il est dedans, moi j'ai vu un géant cheval énorme qui approche, tout là-bas, à je sais pas combien de mètres parce que je sais pas trop compter. Je sais qu'il est un peu loin, mais pas trop.
Si j'y vais en courant, ça ira vite, papa il verra même pas que j'ai désobéi.
Moi, j'aime trop les animaux, c'est comme quand on va au zoo. J'ai pas pu m'empêcher, faut que je coure vers lui, ça me fait trop plaisir. C'est la première fois que je vois un cheval gros comme ça.
Non, jamais j'en avais vu un comme celui-là, jamais si près de la maison, en tout cas.
Plus j'approche, plus je trouve qu'il est bizarre, ce cheval, il a une drôle d'allure, quand même.

C'est comme s'il avait plein de bobos, partout, partout ? Moi, je crois qu'il doit avoir très très mal.
J'ai voulu l'appeler « Cheval, cheval, viens ».
Mais lui, je crois qu'il m'entend même pas, il me voit pas non plus, je suis sûre. Il continue à marcher dans les bois.
Moi, je voudrais bien le soigner, parce que c'est ça, que je veux faire quand je serai grande, soigner les animaux.
Faut que j'accélère pour le rattraper, mais lui, il va encore plus vite que moi.

Charline stoppa son récit, haletante, comme si elle courait réellement. Ou, peut-être, comme si elle était terrorisée.
Ses yeux, luisants et brûlants de la fièvre de la peur, roulèrent dans leurs orbites, puis laissèrent échapper des rivières de larmes.
Cédric, inquiet, pensa malgré tout qu'elle était sur la bonne voie pour se délester de l'immense chagrin et des tourments insurmontables qui la hantaient et la harcelaient depuis bien trop d'années.
Comme s'ils avaient ouvert des vannes impossibles à refermer, elle poursuivit son récit, dicté par une force qui la dépassait.

Moi je cours, et lui, il m'a attrapée. C'est comme si le soleil il est tombé, il fait tout noir.
J'ai quelque chose sur ma tête, moi je vois plus rien, et je veux crier, et je pleure et j'appelle papa.
Papa, il avait dit je reviens tout de suite... mais il est pas revenu.
Je me suis fait attraper, le méchant il m'a mis un gros sac sur la tête, et il me porte.
Il court, il veut aller loin de la maison pour que papa il le voit pas m'emmener.
Il court longtemps. Moi j'essaie de me débattre, de le taper, mais lui, il s'arrête. Il m'attache.
Et il court encore.
J'ai peur, très peur, parce que je sais pas si je reverrai maman, et papa, et la maison. Puis parce qu'il va me faire du mal.
Lui je l'entends, il souffle fort. J'aime pas son souffle, c'est comme un souffle de bête méchante.

Quand il arrête de courir, il me jette. Je sais pas où je suis, j'ai peur, je veux maman. Papa, viens m'aider, t'avais dit que tu revenais vite. Papa.
Je m'étouffe parce que je pleure beaucoup et je crie aussi, alors le méchant il enlève le sac de ma tête.
C'est tout noir, ça pue fort. Je veux pas être ici, je veux retourner chez moi.
Lui, il dit que c'est ici, chez moi, maintenant.
Et puis il est parti. Il me laisse dans le noir.
Toute seule.
J'ai entendu un bruit. Y a quelque chose qui bouge, dans le noir.
Ça fait des bruits bizarres. Je crois que ça pleure.
J'ai peur.
Puis là, le monsieur méchant il revient, et il tient quelque chose qui brille pour faire de la lumière.
C'est pas comme les lampes électriques de papa, y a une petite flamme, dedans.
Je vois pas bien sa tête parce que ça fait danser les ombres.
À côté de nous, par terre, y a un petit garçon.
C'était pas un animal, c'était un petit garçon.
Mais y a quelque chose qui va pas, parce que le petit garçon, il peut pas se lever, il pleure, mais pas comme moi, il pleure comme notre Looping quand il allait partir au ciel.
Et la lumière, elle va sur ses jambes. Et ses jambes, elles sont pas là, elles sont pas entières.
Et moi je crie, je crie, je crie. Et moi je tombe par terre parce que le monde, il tourne.
Mes yeux, ils se ferment, et je vois plus rien.
Mais moi, j'entends toujours, parce que je peux pas fermer mes oreilles.
Et j'entends le monsieur méchant qui mange.

64

Cédric, ravagé par les larmes, rattrapa Charline avant qu'elle ne s'écroulât.

Il la prit dans ses bras, et, quittant de nouveau la pièce, la porta jusqu'à son lit.

—Pardon, mon amour, pardon. Je ne te laisserai plus jamais, plus jamais. Même pas quelques minutes, je serai là quand tu auras besoin de moi, ma chérie.

Bouleversés, les garçons ne surent plus que faire ni que dire. Ils attendirent Cédric au pas de la porte de la chambre de Charline, dansant d'un pied sur l'autre.

Lorsqu'il ressortit, accablé par le chagrin, ils n'osèrent plus lui porter le plus bref regard de peur de le gêner.

—C'est un moment douloureux à passer. Très douloureux, mais je suis certain qu'il est nécessaire. Elle ira mieux après avoir évacué tout ce qu'elle a gardé en elle. Si seulement on avait prêté cas à sa parole, à l'époque.

—J'veux pas faire mon gros lourd, m'sieur, mais elle a dit qu'il ressemblait à quoi ? Est-ce qu'elle a dit vers où se trouvait cet endroit où elle a été enfermée ? C'est qu'on cherche, voyez, on aimerait bien trouver où aller.

—Si je me souviens bien, elle avait parlé d'un homme avec un masque horrible. Elle disait qu'il avait des plumes, aussi. Les gendarmes ont cessé d'écouter à partir de là.

—Des plumes ? Peut-être ses cheveux filasses et dégueulasses, les gars, non ? Vous savez, monsieur, les gendarmes nous ont pas cru, nous non plus. Pourtant, on l'a bien vu, et tout ce qu'on pourrait en dire serait loin de la réalité.

—Mon frère dit vrai, m'sieur. Nous, on en fera des cauchemars pour le reste de notre vie, peut-être, alors j'imagine ce que ça a pu être pour Charline, à l'âge qu'elle avait à ce moment-là. Pas étonnant qu'elle soit perturbée. J'm'en veux d'avoir dit qu'elle était cintrée, si j'avais su... mais c'est mon problème, je l'ouvre trop sans savoir.

—Pas b'soin d'le dire, ça, pour l'ouvrir, t'es quand même meilleur que pour la fermer.

—Tu sais quoi, Joseph ? Je vais même te donner raison à toi.

—Par contre, le chemin qu'elle a pris pour revenir n'a jamais pu être établi, ses explications étaient trop floues, je crois aussi qu'après s'être échappée de cet enfer, elle a couru à l'instinct, comme un petit animal qui rentre chez lui. Tout sur son chemin devait être déformé par le prisme de la peur.

—Vous savez pourquoi elle s'en veut ? Elle l'a dit plusieurs fois, comme si elle était coupable de quelque chose.

—Vous avez entendu comme moi, elle n'était pas la seule à être séquestrée. D'autres ont été torturés, à mort, je suppose. Et même dévorés, si j'ai bien saisi le sens de ses paroles. Elle s'en veut, je le suppose, d'avoir réussi à trouver la faille pour s'échapper, en laissant les autres là-bas. Je suis presque sûr qu'il s'agit de ça, même si, quoi qu'il en soit, elle n'aurait rien pu faire, c'est déjà une marque de courage incroyable que d'avoir réussi à s'arracher aux griffes de ce monstre à l'âge qu'elle avait alors. Mais il semble que les rescapés éprouvent toujours une profonde culpabilité.

—J'espère que ça va aller mieux, pour Charline. Je voudrais revenir la voir, si vous êtes d'accord.

—Avec plaisir, mon gars, avec plaisir.

—Désolé d'jouer les rabat-joie, mais faut qu'on y aille, nous. On doit l'trouver avant la nuit, l'autre mangemort. On est pas hyper avancés, du coup, j'espérais qu'elle nous dirait où chercher, la Charline.

—Elle ne dira plus rien aujourd'hui, j'en ai peur. Mais vous êtes bien jeunes pour partir à la chasse d'un meurtrier multi récidiviste, s'il s'agit bien du même que vous traquez. Je vous aurais volontiers accompagnés, armé de mon fusil, mais il est hors de question que je laisse Charline seule une nouvelle fois. Avertissez les autorités, ce sera bien plus prudent.

—On va faire ça, m'sieur, je crois que c'est mieux. Faut pas qu'on traîne. Merci de nous avoir accueillis. Mon frère viendra prendre des nouvelles, on sera heureux d'en avoir.
—Prenez soin de vous, les ptits gars. Et désolé d'avoir pointé mon arme sur vous. N'allez pas vous mettre en danger, OK ?
—Pas d'souci, nous les gitans, on a un sixième sens, on se tire toujours des mauvais pas.
Ils échangèrent de vigoureuses et franches poignées de main, puis prirent congé.
Cédric les accompagna sur le perron, puis les regarda s'éloigner, taraudé par la dérangeante impression de laisser des gamins partir à l'abattoir.
Il ne put réprimer cet élan d'admiration pour ce qu'ils étaient, ce qu'ils tentaient d'accomplir, ni cette forme de jalousie éprouvée pour cette vie qui les animait avec une incroyable force. Cette vie même qui avait quitté sa maison depuis bien trop longtemps.
Les choses allaient changer, cela lui semblait écrit, et il le devrait à ces trois jeunes hommes.

65

—Nous voilà un peu revenus à la case départ, les gars. On sait que Charline n'a rien à voir avec celle du journal de Joachim, qu'elle a été enlevée y a dix ans... mais toujours pas où est cette roulotte enterrée. Ça aurait été trop fastoche.
—On pouvait pas la forcer à cracher l'morceau, t'as vu dans quel état qu'elle était ? Mais ça va pas nous empêcher d'le trouver. On sait qu'c'était dans la grande carrière. Chais pas si c'est possib' que Joachim déplace sa roulotte à volonté, mais j'pense pas. Fraco et mon père ont cherché longtemps l'emplacement exact en lisant et relisant ce journal. Mais ils l'ont jamais trouvée. On va aller voir ça de plus près, chuis sûr qu'à nous trois, on verra des choses qu'ils ont pas vues, eux.
—Par contre, on a passé vachement de temps chez Charline, mine de rien. Faudrait peut-être rentrer pour bouffer à la maison, histoire que les parents virent pas dingues, et on s'occupera de fouiller la carrière après. T'façons, c'est sur la route pour aller à la carrière. Elle est assez grande, c'est sûr, mais quand même, une roulotte, c'est pas si petit que ça, on finira bien par la trouver.
—Oublie pas qu'elle a été enterrée, Mioche. Même si elle était au ras du sol, à cette époque, c'était quand même y a presque 150 ans, j'imagine pas ce qui a pu s'accumuler comme merde au-dessus, et les plantes qui ont pu pousser. Si le clan de Joseph a jamais pu mettre la main dessus, c'est quand même qu'il doit y avoir un blème, faut pas s'attendre à arriver là-bas, tomber dessus par hasard, distribuer son câlin à Joachim et rentrer chez nous. Mais en attendant, t'as raison. Rentrons, Joseph, tu vas encore bouffer chez nous. On aura un peu de temps pour réfléchir, je crois que ce sera pas de trop. T'en dis quoi, manouche ?

—J'en dis que si j'étais un manouche, ça fait longtemps que j't'aurais mis un coup d'serpette. Mais comme je suis gitan, j'vais pas laisser un gadjo me couper l'appétit. Allons bouffer.
Pensifs, absorbés par le traumatisme né du récit de Charline, ils effectuèrent le chemin de retour sans presser le pas.
Il leur fallut bien plus de temps qu'à l'aller, mais ils y laissèrent moins de peau et de souffle.
Lucas tournait en boucle les paroles de Charline, tentait en vain de saisir le détail qui le chiffonnait, mais ne cessait de lui échapper.
Il en fut de même pour les deux autres, persuadés de toucher du doigt quelque chose d'important.
Annick les accueillit avec sa légendaire bonne humeur, en dépit de l'angoisse qui la torturait depuis quelques jours, heureuse surtout de voir ses garçons en bonne santé, alors que Viv, en session d'écriture, ne montra pas le bout de son nez.
Annick s'étonna toutefois de leurs multiples griffures, ce à quoi ils lui répondirent qu'ils avaient sauvé un chevreuil coincé dans un énorme roncier.
Elle parut avaler la couleuvre, et leur servit à manger.
Seul Joseph fit honneur à sa cuisine, bâfrant comme un goret plusieurs assiettes d'affilée.
Annick leur laissa le soin de débarrasser et de faire la vaisselle, et se retira.
Ils formèrent une chaîne, lavage, rinçage, essuyage et rangement, au bout de laquelle Emmy prit position.
—Alors, vous l'avez vue ? La reine, elle était là ?
—On l'a vue, oui, Bouillab. Elle était très fatiguée, mais elle va quand même nous aider à renvoyer le méchant chez lui. Et après, tu le verras plus jamais.
—Tu crois que c'est parce qu'il est triste, qu'il est méchant ?
—Ouais, exactement, t'as compris. Les gens lui ont fait beaucoup de mal, ils l'ont séparé de celui qu'il aime.
—Pourquoi, ils ont fait ça ?
—Je sais pas. Peut-être parce qu'il aimait tellement son ami, que ça se voyait trop pour eux. Ça leur faisait honte, parce que eux, ils aimaient pas assez.
—C'est pas gentil. Mais il pourra plus venir, quand même ?
—Non, j'te jure, il viendra plus jamais t'embêter. Il sera heureux avec son amoureux, et il aura plus du tout envie de faire du mal. Tu me crois, j'espère.

Elle opina du chef , à moitié convaincue.
—Lucas.
—Ouais, Bouillab ?
—T'as pas peur, toi ?
—Regarde, on est trois. On n'a pas peur. On se cague dessus, tu veux dire.
Il atteignit son but, la faire sourire, puis rire. Charline et son père s'invitèrent alors dans ses pensées contre son gré.
—Mais tu sais quoi ?
—Non ?
—Même si j'ai hyper peur, je te laisserai jamais tomber. Je laisserai personne te faire de mal, t'entends ?Jamais, promis juré.
Il embrassa ces belles fossettes, la serra contre lui avec une ferveur témoin des sentiments contradictoires qui le malmenaient.
Il l'étreignit une nouvelle fois comme s'il devait ne jamais la revoir, puis le trio quitta la maison.

66

La carrière.

Vaste étendue cerclée de pans de roche, perforés comme s'ils étaient faits de fromage et qu'une armée de rats y avait élu domicile.

De multiples grottes y témoignaient d'une activité humaine ancienne.

Ils avaient beau savoir que tout avait débuté ici même, que Joachim et son cheval avaient péri quelque part à quelques dizaines de mètres d'eux, peut-être même sous leurs pieds, rien ne laissait entrevoir la présence d'une roulotte, ou d'une quelconque activité anormale.

—Dans le journal, il dit que, quand ils sont arrivés ici, Différence se mettait à l'abri du froid et de la pluie dans une des grottes. La roulotte devait être juste à côté d'un de ces trous dans la roche, non ?

—J'pense que t'as raison, gadjo. Mais c'est pas ça qui va nous avancer. T'as vu le nombre qu'y a ?

—Depuis le sol, on verra que dalle. Faut prendre de la hauteur. Je sais pas, on verra peut-être une différence de sol, à un endroit, non ? Manouche, tu sais grimper aux arbres ?

—Ce narvalo, lui... t'as cru qu'j'étais un singe ?

—Moi, je vais y monter. Tiens, regarde celui-là. Si je grimpe assez haut, je devrais avoir une vue d'ensemble. Ça me fait penser à un truc, Sam. Et si des arbres avaient poussé par dessus ? Ce serait possible, et depuis tout ce temps, ils seraient super gros. Si la roulotte est prise dans les racines d'un de ces maousses, on pourra jamais l'atteindre.

—S'il enlève des enfants, il doit bien les mettre quelque part, non ? J'espère qu'ils sont en vie, mais...

—T'sais c'que j'pense ? Il fait subir aux mômes qu'il enlève c'qu'ils lui ont fait, les autres. Moi, chuis sûr qu'il les enferme vivants, dans sa roulotte. Et les petits gadjos, c'est pas des fantômes, ils traversent pas les murs. Faut qu'il les fasse passer quelque part. Elle doit être par là, suffit de savoir regarder pour la trouver, sûr ! Par contre, avec ton histoire de racines... tu m'as fait penser à kekchoz. Pourquoi j'ai pas tilté avant, moi ? Suivez moi, on a un truc plus urgent à faire. J'crois même que c'est le truc le plus urgent !
Joseph se refusa à donner davantage de précision, et entraîna Sam et Lucas à sa suite sur un rythme effréné.
Ils traversèrent l'immense carrière, pour gagner le terrain vague qui lui était accolé, au bord de la forêt.
Ce même terrain vague dont les enfants du village évitaient de s'approcher, sur recommandations expresses de leurs parents, car dessus était installé le campement des Gitans, le clan de Joseph.
Deux douzaines de caravanes y étaient stationnées, quelques mois par an, à l'écart du village. Cette communauté alimentait les rumeurs et les conversations et animait les mauvaises langues.
Joseph les mena droit à l'une des roulottes, comme les qualifiait Sam en pensée.
Il frappa et ouvrit sans attendre de réponse, mû par une excitation quasi hystérique.
Fraco, assis à table en pleine lecture d'un vieil ouvrage, ne parut pas s'émouvoir de cette intrusion un brin cavalière.
Il tourna la tête vers le trio qui venait de faire irruption dans sa demeure sans autorisation, regarda les garçons par-dessus ses lunettes demi-lune, et sourit.
Joseph dut reprendre son souffle et se calmer avant de tenter le moindre mot.
—Eh bien, quel entrain à me rendre visite ! Bonjour, mes jeunes amis. Je crois savoir ce qui vous amène. Heureux de voir que tu as su trouver des alliés dans ta quête, Joseph. Mais sois conscient du danger pour eux, ne leur fais courir aucun risque inconsidéré, s'il te plaît.
—Salut Fraco. C'est mes deux potes, ceux qui m'ont aidé à sauver la petite. Bon, j'dois reconnaître, j'ai pas fait grand-chose, c'est eux qui ont morflé Joachim. C'est des vaillants. Lui là, c'est Lucas. Et l'autre, c'est son frère, Sam. Eux et moi, on sait qu'c'est dangereux pour eux, mais ils me lâcheront pas, ils resteront à côté de moi.

Comme ça, Joachim leur fera pas d'mal, et moi, j'ai b'soin d'eux, Fraco, ça m'rassure.
—Est-ce que tu as fini de lire le journal ? C'est très important, Joseph.
—Ouais, je sais tout c'qu'y a à savoir. Tiens, j'te l'rend, avant d'l'abîmer.
—Si vous parvenez à localiser la tombe de Joachim, nous lui rendrons son journal.
—Mais là, on est pas là pour ça. Enfin si, mais on doit faire un truc hyper important, Fraco. J'crois qu'j'ai trouvé la solution. Celle qui le fera rester pour toujours là où il est enterré. J'ai b'soin de pelles. Faut-qu'tu le dises au daron, lui il voudra pas m'les prêter. Chais pas c'qu'il en fait, j'l'ai jamais vu gratter.
D'une main levée, Fraco les invita à patienter, puis s'éclipsa.
Il revint quelques minutes après, l'air satisfait.
—J'ai posé dehors deux pelles et une pioche. Bonne chance dans vos fouilles. Nous ne pouvons vous accompagner, cela le rendrait méfiant et plus dangereux encore.
—On y va, pasque mine de rien, le temps passe. J'veux terminer avant la nuit, si possible. Franchement, il est déjà assez flippant en plein jour. Merci, Fraco.
—Souviens-toi, tu n'as rien d'autre à faire que de l'aimer, ou au moins éprouver de l'empathie pour lui. C'est pour cette raison que tu devais absolument lire son journal.
—L'aimer... t'es un marrant, Fraco.
Joseph sauta les marches, et s'empara des outils. Il en donna un à chacun des frères, puis ils se mirent en route.

67

Après vingt minutes de marche, Joseph leur montra ce qu'ils étaient venus chercher.
Du doigt, il leur indiqua un gros terrier, creusé sous une souche dont les racines servaient de voûte.
—Tu nous as fait venir ici pour chasser le blaireau ? T'es sérieux, manouche ?
—T'sais c'est quoi son problème, à ton frère ? C'est qu'il a la bouche trop près du cul, ça s'mélange, faut toujours qu'il dise de la merde. Tu crois qu'j'ai pas d'bonnes raisons de vouloir creuser ici ? L'aut'jour, j'me suis fait chourav le journal. Non, sans déc, tu vois, y a pas que les « manouches » qui volent, blaireau. Y a aussi ton cousin qui vit là. Le blaireau, le vrai, il avait pris le journal sous l'arbre où j'l'avais caché. J'ai réussi à lui reprendre, mais j'ai vu un truc bizarre, dans son terrier. Au milieu des racines et de la terre, y avait un truc blanc sale, dur, ça a attiré mon attention. J'ai creusé avec la main, et j'ai vu un os, assez long. Moi j'ai pensé qu'c'était un animal, genre un cerf mort y a longtemps. Mais quand t'as parlé des arbres qui avaient peut-être poussé autour de la roulotte enterrée, ça m'est revenu. Ces os, c'était une bestiole morte avant que ce gros arbre coupé pousse au-dessus. Y a hyper longtemps, quoi. Et pourquoi ce s'rait pas Diego ? On n'est pas loin de la carrière, là. Même si jamais c'était qu'un sanglier ou un chien, moi j'dis qu'ça vaut le coup qu'on creuse. Non ?
—On y va, j'y crois. Y a pas de hasard, dans cette histoire. Si mister blaireau t'a attiré jusqu'ici, c'est pas pour rien.
—Top ! Faut creuser par dessus, c'est par là que j'ai eu accès à l'intérieur du terrier.
Ils se mirent à l'œuvre, piochèrent et pelletèrent sans trêve. Les racines, bien que mortes, leur opposèrent une redoutable résistance.

Le blaireau, fou de colère d'être ainsi dérangé et de sentir la terre s'ébouler sur sa tête, sortit de sa demeure en grondant et vociférant, puis s'éloigna avec célérité.
Les garçons s'amusèrent de sa démarche pataude et puissante sans pour autant faiblir.
L'os dont avait parlé Joseph ne tarda pas à être dégagé de sa gangue de terre, sans qu'ils sussent vraiment à quel genre d'animal il avait appartenu.
Ils le dégagèrent avec précaution, jusqu'à tomber sur une articulation, puis sur un autre os long, au bout duquel ils trouvèrent de quoi classer ce squelette dans le genre humain : un pied, totalement différent de tout ce qu'ils auraient pu attendre d'un animal et aisément reconnaissable, y compris pour eux qui n'avaient que des connaissances en anatomie bien réduites.
Un peu choqués par la confirmation de ce à quoi ils s'attendaient pourtant, ils restèrent immobiles autour de ces restes humains, comme un hommage posthume auquel Diego n'avait jamais eu droit.
Les fouilles les menèrent au déterrage d'une autre jambe complète, puis d'un bassin, et d'une cage thoracique.
Chaque fois qu'ils trouvaient un nouvel os, ils le disposaient au sol dans l'ordre qu'ils imaginaient être le bon pour reconstituer un corps.
—R'gardez. Plein d'os sont pétés. C'est sûr qu'c'est Diego, les gars, sûr ! Putain, ils y sont pas allés de main morte, les enfoirés. C'est ça que cherche Joachim depuis toujours. Si on retrouve la roulotte et qu'on met son squelette dedans, chais pas, moi j'pense qu'il arrêtera de sortir de sa tombe.
—Ils seront réunis. Ouais, je pense que t'as raison. Puis bon, c'est pas comme si on avait plein de solutions de rechange. Faut retrouver ses bras et sa tête, pour qu'il soit complet.
Ils reprirent les fouilles, et n'épargnèrent au terrier de monsieur Blaireau aucun outrage.
Bras et mains furent récupérés et replacés avec émotion dans le puzzle auquel elles appartenaient.
Le crâne, dernier élément manquant, le plus important, celui sans lequel, ils le craignaient, leur plan ne pourrait fonctionner, se fit désirer bien plus longtemps.
Ils passèrent des heures à le chercher, au bord du désespoir.

Après avoir déplacé des quantités effrayantes de terre, les terrassiers en herbe finirent enfin par trouver leur saint Graal, mais bien loin encore de pouvoir l'extraire.
—Merde, regardez ça, il est complètement coincé dans le bois. L'arbre a carrément poussé autour en l'emprisonnant. Comment on va faire pour le dégager de là ? On peut pas se trimballer toute la souche.
—Je vais essayer d'éclater le bois tout autour avec la pioche. Le bois est quand même pourri et vermoulu, je devrais pouvoir faire quelque chose. L'arbre a été coupé y a longtemps, du temps du père à Yannick, je suis sûr. Tu sais qu'on est sur ses terres, là, Mioche.
—Me parle pas de ce type, je peux pas le blairer.
Sam, plus costaud que ses acolytes, joua des bras durant une heure au moins pour dégager le précieux crâne. Épuisé, il se laissa tomber à genoux.
—J'en peux plus, les gars. Le crâne tient bon, il est soudé à cette foutue souche. Doit pas manquer grand-chose pour le sortir, mais à la pioche, je risque de l'abîmer.
—Laisse faire, j'ai mon arme secrète.
Lucas sortit son canif avec dans les yeux une fierté qui amusa son frère et fit se gausser Joseph.
Cela ne le désarma pourtant pas, et avec une grande application et une volonté sans faille, il gratta peu à peu le bois autour du crâne.
Une heure encore de patience, et enfin, ils purent récupérer la pièce maîtresse qui manquait à leur puzzle.
Lorsqu'il l'eut en mains, Lucas fut submergé d'une émotion sans fard, une vague déferlante porteuse de tout ce qu'il avait appris sur la vie de cet homme, sur les circonstances qui l'avaient mené à trouver la pire des morts.
Le ciel lui-même parut s'en émouvoir, prêt à déverser sur le monde une ondée de chagrin.
—Prends pas ça trop à cœur, Mioche. Je sais, c'est choquant, moi aussi, ça me fait super bizarre, après avoir lu le journal, c'est presque comme si on le connaissait. Mais faut se dire que bientôt, lui et celui qu'il aime seront enfin en paix. Faut qu'on bouge, il va flotter.
—T'as vu dans quel état ils l'ont mis. Même son crâne était brisé, fracassé... comment on peut faire ça, Sam ? Et pourquoi ?

Le cœur gros, Lucas se laissa déborder par les images nées de cette trouvaille.
—Eh mec, ça va ? Vas-y, te laisse pas démonter, tu vas gérer. Tu m'as bien épaté. Moi j'aurais pas eu la patience, sans déc. J'me suis foutu de ta gueule avec ton ptit chourin. Ben j'aurais pas dû. Un vrai travail d'archoélog'.
—Archéologue, duhon. Maintenant qu'on l'a, on fait quoi ? Je voudrais pas vous faire flipper, mais la nuit approche, les gars. On y va de suite, ou on attend demain ?
—Chuis sûr qu'on a encor' le temps. On passe au camp, on prend un grand sac pour foutre le squelette dedans, on prend des fringues pour se couvrir un peu, et on fonce à la carrière. Moi chuis sûr que Joachim va sentir qu'on est avec Diego et qu'il va se montrer. Enfin, j'espère.
—On te suit, mais on traîne pas. Tu connais un peu nos vieux, mais t'as pas tout vu. Si on arrive trop tard à la maison à cause de toi, Joachim te paraîtra sympathique, par rapport à eux.
Chacun se chargea avec une certaine réticence d'une partie du squelette, puis ils coururent jusqu'au campement.
Fraco et Jorge, déjà sur le pied de guerre, les virent arriver, encombrés d'un chargement pour le moins surprenant.
Joseph déposa le sien aux pieds de Fraco, empli de cette fierté nourrie du regard admiratif du patriarche.
Lucas et Sam firent de même, soulagés de pouvoir se défaire de ce contact.
—C'est.. ?
—J'crois qu'c'est Diego. C'est bientôt fini, tout ça, plus personne cass'ra les couilles à mon clan pour ces affaires d'enlèvements. On va l'renvoyer à sa terre, le Joachim. Fraco, y nous faut un grand sac, pour y mettre les ossements. Une torche, aussi, parce que si on doit aller fouiner dans une roulotte enterrée, j'veux voir où je pose mes pattes. Puis des fringues, pour nous couvrir, pasqu'y va bientôt flotter. Tu sens comme y fait beaucoup plus froid ? Dingue, on est en été, merde, j'me caille, moi.
—Le changement est en marche. Jorge, va chercher un des grands sacs de jute que confectionne Maria pour les vendre. Et ramène de quoi habiller ces braves !
Jorge marmonna quelques reproches, quelques insultes aussi, probablement, mais s'éloigna, décidé tout de même à s'acquitter de son devoir.

Fraco fit entrer les garçons chez lui, et leur offrit sans leur demander leur avis un dé à coudre empli de sa gnôle.
—Prenez ça, ça vous donnera du courage. Vous en aurez besoin. Un conseil, même si je me répète. Accompagnez Joseph si vous le désirez, aidez-le à porter ce fardeau. Mais lorsque le moment sera venu, ne vous montrez pas à Joachim. Seul Joseph ne risque rien à l'approcher. Vous ne feriez que déclencher sa colère, attiser sa soif de vengeance, et vous mettre en danger. Allez, buvez.
Ils renversèrent d'un trait la dose infime d'alcool dans leurs gosiers, et s'étouffèrent d'un concert de toux, prêts à cracher du feu.
—Oh sa race, Fraco, c'est du kérosène ton truc ! C'est ça qu'y faut lui donner, à Joachim, ça le séchera sur place. Ça déchausse les dents, la vache !
—Avec ça, vous serez en condition pour affronter la peur.
Jorge revint avec les éléments demandés, les jeta au sol, en vrac, puis ressortit, muet.
—Qu'est-ce qu'il a, lui, encore ?
—Ne fais pas attention. Il est jaloux, je crois.
—Jaloux de quoi ? De moi ?
—Oui, de vous. Jusqu'alors, nous n'avions jamais réussi à mettre la main sur les restes de Diego, ni à faire, ce que, j'en suis maintenant persuadé, tu vas accomplir avec tes camarades. Ton père se sent rabaissé, je suppose. Ça lui passera.
—Peut-être, ça lui passera, mais pas grâce à moi. J'vais l'faire chier, avec ça, jusqu'à la corde, j'vais l'user, l'daron.
—Cette aventure devrait au contraire te mettre du plomb dans la cervelle, ou bien c'est que tu n'auras rien compris. Ne sois pas arrogant, tout à l'heure, face à Joachim. Prouve-lui ton humilité et ton amour. Et tout se passera bien.
—Assez causé, on doit s'arracher, on a un enterrement prévu. On a que 150 piges de retard.
Joseph se saisit des vêtements, et en lança une partie à Sam et Lucas.
Sam examina ces fringues avec une méfiance palpable. Plein d'a priori, il s'attendait à les trouver bourrées de parasites, de crasse et de maladies exotiques, là où il ne vit en vérité que vêtements usagés, certes, mais propres et nets.
—Non, mais il a mis des bonnets, l'autre. Genre on part en Alaska. Fraco, j't'en supplie, avoue-moi que j'ai été adopté.

Fraco rit avec une franche bonne humeur.
—Je le mets, moi, le bonnet. Ça évitera de se griffer la tête, encore, dans les bois. J'ai le cuir chevelu qui me fait mal, depuis notre course de ce matin.
Les regards, amusé pour Fraco, moqueur pour Joseph, empourprèrent les joues de Lucas qui se trouva soudain ridicule.
—Mioche a raison. Moi aussi, je vais le mettre. J'en ai trop bavé dans la forêt, avec les ronces.
Lucas remercia d'un sourire son frère venu à son aide, et rit de voir Joseph se rallier à l'idée, bonnet profondément enfoncé sur la tête.
—On est prêts, c'est l'moment. À plus, Fraco.
—La région pourra vous être reconnaissante, les enfants, même si elle ignorera tout de ses héros de l'ombre. Merci pour toutes ces victimes que vous allez contribuer à sauver. Soyez sur vos gardes, et veillez les uns sur les autres. Nous ne serons pas bien loin, mais nous ne pourrons intervenir directement, au risque de tout gâcher.
Joseph s'empara du sac empli des restes de Diego, puis sortit, suivi des deux frères.

68

En chemin, la luminosité décrut de manière alarmante.
Le ciel, assombri par d'épais nuages noir d'encre, se marbra d'éclairs aveuglants, puis fit entendre sa colère à retardement.
Les garçons rentrèrent la tête dans les épaules, effrayés à l'idée d'affronter cet orage en même temps que Joachim.
Au centre de la carrière, ils s'arrêtèrent pour embrasser d'un regard circulaire l'intégralité de cette vaste étendue.
—C'était pas prévu, cet orage, il me semble pas, en tout cas. On a intérêt à se démerder avant qu'il arrive vraiment au-dessus de nos têtes. J'ai pas envie de finir grillé comme une tranche de ventrèche. Faudra se réfugier dans une des galeries, si on n'en finit pas avant.
—T'as peur d'un orage, gadjo ? Si tu vivais en caravane, t'y serais habitué.
—Je doute pas que t'aies mangé la foudre plusieurs fois, ça a dû te fumer les neurones, manouche.
—Commencez pas, les gars. On va sortir les os du sac et les mettre en ordre. Je suis sûr qu'il va les sentir et ramener sa jolie bobine.
—Sa gueule de jeune premier de cinoche. J'sais c'que j'dois faire, j'sais que Fraco a dit que ça devrait pas poser de blème... n'empêche que j'ai la patate qui s'emballe, les gars. En plus, va falloir aller vous cacher, vous. Putain, avec vous juste à côté, je flippe déjà, mais là...
—On sera pas loin. Si t'appelles, on sera là en moins de deux. Nous, pendant que tu restes là, on va chercher cette foutue roulotte de manouche. Viens, Mioche, on va fouiner dans ces gros tas de buissons.

Joseph, déjà bien moins enclin à la plaisanterie, suivit les deux frères des yeux, à défaut de pouvoir le faire physiquement.
Il les envia d'être deux, d'être frères, d'être eux.
Pour ne pas être en reste, il se mit à appeler Joachim, d'abord timidement, puis de plus en plus fort.
Sa voix résonnait sur les parois de roche, s'infiltrait dans les galeries creusées autrefois par l'homme pour en ressortir amplifiée et démultipliée, jusqu'à l'effrayer lui-même.
Le noir gagnait en profondeur, et n'était plus contrarié, par intermittence, que par les flashs de la foudre qui animaient le décor d'une vie artificielle et lui conférait une allure inquiétante, fantomatique.
Après quelques appels, qu'il supposait vains, il se rendit compte que de sa bouche jaillissait désormais cette vapeur blanche, signe d'un froid croissant.
Il frissonna de tous ses atomes et sut que la rencontre aurait bientôt lieu.

69

Armé de la torche fournie par Fraco, Sam avançait avec prudence au milieu de ces grands buissons denses qui habillaient cette partie de la carrière. Lucas marchait dans ses pas, profitant du passage créé par son frère dans la végétation agressive.

Aubépines et ronces mêlées s'accrochaient à leurs vêtements, les freinaient et tentaient de les piéger à l'image d'une toile d'araignée qui aurait englué de faibles moucherons, impression oppressante qui les gagna tous deux.

—J'en ai marre, de toutes ces putains de plantes. Il a raison, Joseph, faut tout faire cramer. Quand je pourrai, j'irai vivre en ville. Du coup, je regrette pas d'avoir mis ces fringues, même ce bonnet ridicule, au moins c'est pas ma peau qui morfle.

—Tu trouves pas qu'il fait de plus en plus froid, Sam ? C'est pas normal.

—Si, ça caille comme en fin d'automne. Je sens que ça va bientôt démarrer, Mioche, et j'aime pas ça. On doit pas être loin de cette foutue roulotte, j'en mettrais ma main sur le cul de Marta Genner, l'endroit le plus chaud du monde.

—Que t'es con !

Ils partagèrent un petit rire grincé en ces instants de tension croissante.

Cinquante mètres plus loin, Joseph appelait toujours à intervalles réguliers, réglés au métronome.

C'était pour eux une indication précieuse, enfermés dans ce carcan végétal, dans ces ténèbres anormales et opaques, sans avoir aucune vision sur la carrière, ils savaient que Joachim n'était pas encore là.

Et soudain, un murmure, un gémissement, tout juste un souffle.

—T'as entendu ? Y a quelque chose, par là, éclaire sur ta gauche, Sam !

Sam s'exécuta, braqua le faisceau vers l'origine de ce son si ténu qu'il aurait pu n'être que le résultat du battement d'ailes d'un papillon perdu.
Ils ne bougèrent plus, figés dans une attente muette. Ce ne fut qu'alors qu'ils remarquèrent le silence absolu de cette nature qui, d'ordinaire, la nuit, se faisait exubérante.
Pas de chant des grillons, ni de glapissement, pas plus que de hululement ou de coassement, comme si la place avait été désertée en prévision d'une catastrophe.
Puis, de nouveau, en réponse à Joseph, un appel étouffé.
—C'est par là, y a quelqu'un, je suis sûr. Vas-y, passe devant, c'est toi qui as la torche.
—Ouais, ça t'arrange bien, on dirait, tu...
Sans laisser à Sam le temps de terminer sa réponse, un hennissement lugubre envahit la carrière.

70

Aurélie tentait de repousser ces voix qui voulaient faire d'elle une victime consentante. Une victime de plus.

Cette fille qui n'avait eu de cesse de lui expliquer que résister serait vain, que se laisser aller serait moins douloureux, tentait de la convaincre que la créature, celle qu'elle nommait Joachim, se nourrissait de sa terreur et voulait la pousser à consommer la chair d'autres enfants.

—Abandonne, viens avec nous. Tu seras bien, si bien.

Sur le point de perdre la raison, elle se raccrocha in extremis à un appel venu de dehors.

Léger, tout juste audible, mais elle y vit sa ligne de survie, sa porte de sortie.

Marc se redressa comme un diable à ressort, tiré de son semi-coma par cette voix inconnue.

Submergé par la fièvre, aussi tremblant et faible qu'un vieillard en fin de vie, il s'appuya au mur pour se mettre debout.

Aurélie détecta ses mouvements, et s'approcha de lui pour lui porter aide.

Au centre de son monde envahi de délire, il entendit Aurélie, la toucha, la sentit.

—Aurélie... y a quelqu'un. Faut l'appeler, faut essayer de sortir.

—On va être sauvés, Marc, on va être sauvés.

Elle hurla à l'aide, s'époumona jusqu'à s'en étourdir.

Sans grand résultat, toutefois, cette maudite trappe, refermée avec force et sur laquelle elle avait entendu de la terre tomber, filtrait sa voix au point de la rendre quasi inaudible à l'extérieur.

Elle poursuivit pourtant, sans s'accorder relâche, elle s'égosilla, malmena ses cordes vocales et les poussa dans la douleur à leurs limites.

—Aurélie, faut que tu remontes. Si on laisse passer cette occase, ce sera foutu. Tu dois ouvrir la trappe. Monte sur mes épaules.
—Tu peux pas me porter, t'es pas assez fort, Marc. On y arrivera pas.
—Fais ce que je te dis ! Je reste appuyé au mur, sinon, je tomberai quand t'essaieras de grimper sur moi. Faut que tu te débrouilles à m'escalader, et fais vite, je tiendrai plus très longtemps.
Encore une fois, le ton inflexible de Marc, en dépit de sa faiblesse physique, exprima toute la puissance de sa volonté.
Aurélie ne tenta plus d'argumenter et se lança à l'assaut de cette échelle humaine.
Il l'aida comme il le put, tira, hissa, poussa, et le but fut atteint.
—Je peux pas toucher la trappe depuis ici, Marc. Faut que tu marches vers le milieu.
Marc réunit ses dernières forces, s'avança, titubant, chancelant, mais conquérant.
Centimètre après centimètre, il mena Aurélie jusqu'à la trappe et l'exhorta à faire le maximum pour l'ouvrir.
À chaque poussée sur ses bras, Aurélie sentait Marc s'affaisser. Elle appela encore au plus près de la trappe, força une ultime fois avant la chute.
Ils s'effondrèrent au sol, elle sur lui.
Affolée, elle se dégagea, puis prit la tête de Marc sur ses genoux.
Aucune réaction ne vint lui affirmer qu'il fut encore en vie.
Elle le caressa, mains posées sur ses tempes, et l'inonda de larmes, d'amour et de reconnaissance.

71

Au loin, les lourds sabots raclèrent le sol rocailleux, et signèrent sans ambiguïté l'approche de Joachim. Joseph se tut, et conserva une immobilité courageuse.
Sam et Lucas perçurent aussi bien le bruit de la marche du cheval que le silence de leur ami.
—Il est plus très loin, Sam. Faut qu'on se grouille de trouver la roulotte pour aider Joseph.
—Putain, dans quelle galère on s'est mis !
—J'ai jamais eu aussi peur de ma vie. Sam ?
—Ouais, Mioche ?
—Je t'aime. Je te le dis jamais, mais même si tu me fais grave chier par moment, je t'aime.
—Moi aussi, Lucas, moi aussi.
Ils se serrèrent l'un contre l'autre dans une étreinte sans faux semblant ni mensonge.
Lucas se détacha soudain de son frère, sens en alerte.
—J'ai encore entendu la petite voix, plus fort. Vas-y, éclaire juste là, vers la grosse pierre.
Dans le faisceau lumineux, ils découvrirent, au centre de cet entrelacs végétal, un espace un peu plus dégagé, à la végétation moins dense et à la terre retournée, visiblement piétinée.
Puis leurs yeux détectèrent une petite zone de forme bien trop géométrique pour être née de la nature, un carré incongru dans un monde d'arrondis.
Lisse, plate, et même recouverte d'une fine couche de terre, ils crurent reconnaître une plaque de bois.
Ils se ruèrent dessus, et, de l'union de leurs forces, dégagèrent la terre et arrachèrent à son encadrement cette porte, libérant le chemin vers un ailleurs de cauchemar. Un nuage de poussière s'éleva, comme pour poser un pudique voile sur l'horreur qui se

terrait là.
L'odeur qui s'échappa de l'intérieur par effet d'aspiration les poussa à reculer, horrifiés, déjà avertis qu'ils trouveraient là-dessous des cadavres putréfiés.
Ils toussèrent et crachèrent, les yeux pleins de larmes, la gorge brûlée.
Sorti des entrailles nauséabondes de la terre, leur provint un nouvel appel à l'aide, alors que depuis la forêt, propagé par ondes envahissantes et entêtantes, un prénom s'éleva et vibra : Diego.
Prononcé d'une voix que la vie avait déserté et qui véhiculait une douleur sans nom, cet appel absorbait les âmes et annihilait l'espoir, il franchissait obstacles et distances et voyageait dans le temps.
Mains plaquées sur les oreilles, Sam et Lucas ne parvinrent pas à y rester sourds ni à se départir du malheur contagieux porté dans ces notes.
Envahis par ce chagrin qui se greffa à leur âme, ils se mirent à pleurer, persuadés que le monde en était à sa fin.

72

Joseph grelottait de la tête aux pieds, autant de froid que de peur. Depuis quelques minutes, il entendait Différence trotter autour de la carrière, gigantesque piste de cirque.
S'il ne parvenait pas à l'apercevoir dans la pénombre, il était pourtant certain que Joachim se tenait non loin.
Lorsqu'il l'entendit au loin prononcer le nom de son amour perdu, de cette voix voleuse d'âme et briseuse d'espoir, il perdit toute confiance, fut persuadé que la mort les toucherait très bientôt, lui et tout être vivant.
Incapable de fuir comme de tenir tête, il tomba à genoux, devant les ossements qui représentaient désormais ses ultimes remparts.
Animé de tremblements à claquer des mâchoires, il psalmodia en pensée une litanie incantatoire, pour se persuader lui-même que tout allait fonctionner selon le plan établi.
« J'dois l'aimer, savoir le plaindre, j'dois l'aimer, et pas le craindre. J'dois l'aimer, savoir le plaindre, j'dois l'aimer et pas le craindre »
Yeux fermés pour ne se concentrer que sur les recommandations de Fraco, il sentit malgré tout l'approche inexorable de Joachim. Il ne la vit ni ne l'entendit, mais la vécut de l'intérieur, de manière si intime qu'il eut cette impression de marcher à ses côtés, et de se voir agenouillé.
« Il est dans ma tête, cet enfoiré, et moi dans la sienne. J'dois pas en avoir peur, j'dois l'aimer, j'dois l'aimer ».
À l'instant même où il descella ses paupières, Joachim se tenait face à lui, plus laid que dans ses souvenirs, plus effrayant encore. Joseph se rendit alors compte qu'il avait sur estimé ses capacités à affronter l'indicible.
La peau de Joachim luisait d'un éclat verdâtre, et les parties décharnées d'un rouge presque noir.

Malsain.
Ses yeux brûlaient d'un feu interne, billes incandescentes, reflet d'un esprit fou.
Dément.
Joseph ne vit en lui rien à quoi se raccrocher pour faire appel à l'empathie. Comment aimer cette chose en pleine déliquescence, ce monstre prêt à sacrifier des enfants pour obtenir vengeance par delà la mort ?
Joachim se pencha au-dessus du squelette reconstitué, et d'une longue plainte déchira l'atmosphère et tua l'avenir dans l'esprit de Joseph.

73

Sam et Lucas, premier choc passé, venaient de se reprendre.
—Il est tout près, tu sens cette force, Mioche ? Rien à voir avec hier. C'est bien la vue de notre manouche qui l'a calmé. Je voudrais pas être à la place de Joseph, là, maintenant.
—J'ai tellement la trouille que je pourrais m'infiltrer dans le sol, je suis liquide, Sam.
—On va s'en tirer, mec, on va s'en tirer. On est ensemble, et rien ne sera plus fort que ce lien qu'y a entre nous. Rien, tu m'entends. C'est pas un con de macchabée marcheur qui changera la donne. Enfin, je crois pas. N'empêche, sur la vie d'ma mère, je flippe ma race aussi, Mioche, fais-moi une place entre les grains de sable.
Lucas incita Sam à pointer la torche quelques mètres en avant.
—Regarde, sous les ronces, y a une échelle.
—C'est parti pour une séance d'écorchage en règle.
Mettant un terme à leurs échanges, de nouveau la petite voix s'éleva.
—Au secours, aidez-nous !
Les garçons se regardèrent, effarés, et d'un élan commun, s'emparèrent de l'échelle de bois , non sans laisser aux ronces, en échange, quelques bouts de tissu et gouttelettes de sang.
Ils la passèrent dans le trou, et avant d'y descendre, appelèrent, d'une voix aussi basse que possible pour être entendue en bas, mais pas dehors.
—Hé, on est venus vous sortir de là. Vous êtes combien, là-dedans ?
Aurélie, méfiante, hésita un instant avant de répondre, et ne le fit qu'après avoir entraperçu la silhouette du garçon penché au-dessus d'elle.
Il n'était pas l'autre, non il n'était pas le méchant.

—On est deux. Y a Marc et moi, mais Marc, il est très malade.
—Monte, fais vite. On va t'emmener loin d'ici.
—Faut pas laisser Marc. C'est lui qui m'a aidée, depuis qu'on est là. Je veux pas le laisser ici.
—Monte, je descendrai le chercher après.
Aurélie caressa la tête de Marc avec plus d'intensité, se refusa l'espace d'une interminable minute à l'abandonner ici, ne serait-ce que pour quelques secondes.
Puis le garçon la pressa, lui rappela que le monstre n'était plus très loin, et qu'il fallait faire vite si elle voulait pouvoir rentrer chez elle.
Avec une tendresse infinie, elle déposa sur le front de Marc un baiser, comme elle eut pu le faire avec l'un de ses parents, un frère, un ami de toujours, puis elle lui offrit quelques larmes, qui, lourdes de ces sentiments nés dans leur épreuve commune, trouvèrent sur ce visage fermé le moyen d'atteindre une âme déjà détachée.
Marc les reçut comme une ultime preuve d'amour, et il ne fut pas seul, au moment de partir.
Aurélie, ravagée par la peine, déposa la tête de Marc sur le plancher, avant de monter avec agilité et précipitation, comme l'air chaud emprunte la cheminée, chargée d'idées aussi noires que la suie, mais enfin libérée.
Un nouveau cri résonna au milieu de la carrière, déchirant, porteur d'une douleur ancienne, incommensurable.
« Joachim » songea Sam avec effroi.
Il se jeta en avant pour accueillir Aurélie et repousser le chagrin de la créature qui s'infiltrait partout jusqu'à assassiner l'espérance.
Sam se saisit des mains de la fillette et la tira vers le haut, la sortit de l'enfer.
Il la prit dans ses bras, la serra contre lui, puisa en elle la force de poursuivre.
—Lucas, occupe-toi d'elle, je vais aller chercher le garçon.
En l'absence de réponse et de réaction, il se tourna et constata la disparition de son frère.
Battements cardiaques au taquet, il tenta de l'apercevoir, le chercha désespérément.

74

Joseph, incapable de la moindre réaction, ne put qu'observer Joachim, alors qu'il examinait les ossements.
La tristesse infinie qui émanait de tout son être rendait obsolètes tous les projets, les plans sur la comète, détruisait tous les rêves, les châteaux en Espagne, et ne laissait que l'envie de s'effondrer et se laisser mourir.
Lorsque Joachim redressa la tête pour porter son regard sur lui, Joseph n'y lut plus qu'une haine féroce, une colère séculaire.
Ce visage détruit, ce corps démoli, n'étaient que le reflet d'un homme anéanti.
Joseph sut qu'il allait mourir, qu'aucune des paroles prononcées par Fraco, qu'aucun de ses conseils ne pourrait le sauver.
Pourtant, il ne chercha même pas à se soustraire à la main ravagée qui se saisit de son bras.
Et qui serra. Serra. La douleur augmenta de manière progressive, à devenir insupportable.
Joseph se mit à pleurer, rongé par la peur et l'incompréhension.
—Je fais partie de ton clan, Joachim. Tu peux pas me faire du mal, t'as pas l'droit. C'est pas comme ça que ça devait se passer. J't'en supplie, me tue pas. J't'ai ramené Diego.
Joachim tira Joseph à lui, se pencha vers son cou avec une grimace carnassière, prêt à déchirer ses chairs de ses chicots immondes.
Tuer à défaut de pouvoir faire revivre.
Joseph se recroquevilla, envahi par cette question cruelle : Pourquoi ? Pourquoi cela n'avait pas fonctionné avec lui comme avec ses prédécesseurs ?
—Joachim, je t'aime !

Les dents à quelques centimètres de cette jugulaire où il sentait la vie battre et se débattre, bouillonner d'une indécente vigueur, Joachim s'arrêta.
Encouragé, Joseph poursuivit.
—Je t'aime. T'es un des nôtres. Je sais tout c'qu'ils t'ont fait. C'qu'ils ont fait à Diego, aussi, et à Différence. Et même à Cyclope. Ces salauds... eux ils vous aimaient pas, mais moi, si.
Le visage de Joachim, quand bien même ses traits étaient-ils ravagés, reflétait l'expression du plaisir pris à entendre ces mots, une nouvelle fois, après tant d'années passées à les attendre. À n'attendre qu'eux.
Puis revint peu à peu cette lueur sauvage et meurtrière, qui après une courte bouffée d'espoir, ramena Joseph à la réalité.
—Je t'aime, déconne pas. C'est la vérité. J'suis pas du côté des salauds. Je t'aime, j'te jure, je t'aime.
Sourd, Joachim ouvrit grand les mâchoires pour en finir.
—Joachim !
L'interpellation venait de tonner derrière Joseph, avec tant d'assurance et de force que Joachim s'immobilisa de nouveau.
Lucas s'avança jusqu'à eux, et s'agenouilla à côté de Joseph.
—Je sais ta douleur, Joachim, je sais ton chagrin. Je les ai ressentis comme s'ils étaient miens. Je sais par où tu en es passé, ce qu'ils t'ont fait, comment ils t'ont séparé de celui que tu aimes. Mais je sais surtout qui tu es, Joachim. Oui, je te vois, et je te reconnais. Tu es Joachim Fernet, et tu es celui qui aime et ne juge jamais. Tu es Joachim Fernet, et tu es celui qui se nourrit de la différence, la sienne, et celle des autres. On est tous différents, Joachim, et on est tous pareils. Je sais qui tu es, Joachim, et tu n'es pas un monstre, tu es l'amour et l'empathie, tu es le bon sans le mauvais. Et je t'aime, mon ami, mon frère.
Lucas ouvrit grand ses bras et enserra Joachim, imité par Joseph.
Les secondes s'écoulèrent, et une éternité avec elles.
Lorsqu'ils rouvrirent les yeux, Joseph et Lucas ne serraient plus rien d'autre qu'eux-mêmes, dans les bras l'un de l'autre.
Étourdis par ce qu'il venait de se passer, ils observèrent les alentours, surpris par cette éclaircie soudaine et le retour de la lumière et de la chaleur.
—Merde, Lucas... on a réussi ?
—Je crois que oui, mec. Je crois que oui.

—Sa race, tu m'as sauvé la couenne. Pourquoi j'ai pas réussi, Fraco, il avait dit...
—T'as pas lu le journal, Joseph. Même si on te l'a raconté, tu pouvais pas éprouver la même empathie que moi. Je lui ai pas menti, j'ai vraiment ressenti tout ce qu'il a subi. J'en ai chialé, et tout. C'était pas des barres, quand je lui disais tout ça. Sans déc.
—T'as raison, moi j'avais que du dégoût, pour lui, de la peur. Il l'a senti, c'est pour ça qu'il voulait me croquer, ce bâtard. Rien que d'y penser, brrr. Viens dans mes bras, t'es mon poto pour la vie, toi, j'ai une dette éternelle, mec. J'espère qu'on a vraiment réussi à le renvoyer pour de bon chez lui, j'veux plus jamais le revoir.
—On va aller enterrer les ossements de Diego dans la roulotte. On l'a retrouvée, avec Sam. Y avait une petite fille, dedans. Quand j'ai entendu Joachim aussi près, j'ai su qu'il était à côté de toi, et que t'avais besoin d'aide. Me demande pas comment ni pourquoi, pas de logique dans cette histoire. Viens, aide-moi à porter Diego et à le rendre à son destin. On va aller retrouver Sam, et lui il retrouvera Joachim, là-dessous.

Ils se frayèrent un chemin dans les buissons en direction de la roulotte.
À leur arrivée, ils virent Aurélie, penchée au-dessus de l'ouverture. Sam était descendu pour aller chercher Marc.
Il ne put que constater le décès de ce dernier, et fut marqué par le sourire qu'il arborait.
Il remonta seul, pas de taille à remonter un poids mort aussi conséquent.
Aurélie pleura, l'exhorta à retourner chercher son ami, puis devant le fait accompli, prise de conscience dévastatrice, elle s'évanouit.
—Faudra appeler les condés, les secours et tout le bordel. Ils le sortiront de là.
—Si on fait ça, Sam, ils prendront les restes de Diego aussi, ils les laisseront pas là, j'en suis sûr. Et tout recommencera. Joachim reviendra, dans dix ans, ou dans vingt. Faut qu'on les laisse reposer en paix, maintenant. On les a réunis, c'est pas pour les séparer de suite.
—Mais mioche, y a plusieurs cadavres, là, en bas. Doit y avoir celui de Joachim, de Charline, et tout un tas d'autres. Mais y a des mômes, et certains sont là depuis pas très longtemps. Y en a plein, y en a trop, Mioche. Y a des parents qui doivent chercher leur

môme. J'ai pas osé regarder en détail, c'était horrible, franchement, je sais pas exactement qui est mort, là-dedans. On peut pas juste faire comme si on les avait pas vus, ce serait pas humain, ça, merde.

Alertés par un bruissement digne d'une harde de sangliers, ils tournèrent tous la tête dans une même direction.

Fraco et Jorge venaient constater par eux-mêmes la réussite de leur entreprise.

Jorge, sans avertir, prit son fils dans ses bras et l'étreignit à l'en étouffer, pour la première fois de son existence.

—Chuis fier d'mon gamin. J'l'ai pas toujours dit, mais j't'aime, Joseph. Putain, ouais, j't'aime.

Joseph ouvrit les vannes, laissa couler les larmes, entre bonheur, soulagement et fierté.

—Moi aussi, p'pa, j't'aime, j'te jure.

Fraco assista aux effusions des deux têtes dures du clan avec un large sourire, puis se tourna vers les garçons.

—Comment pourrais-je assez vous remercier, tous les deux ? Sans vous... Nous allons nous occuper de sortir tous les corps de cette roulotte, avant d'y déposer les ossements de Diego. Nous mettrons les corps dans l'une des galeries de la carrière, et je pourrai alors avertir les autorités. Vous en avez assez fait, vous, à nous de faire notre part. Nous n'oublierons pas de citer vos noms, que le monde sache que vous avez contribué à retrouver tous ces disparus, hors de question que nous nous en attribuions tous les mérites.

—Ah non, monsieur, non non, s'il vous plaît. Mon frère et moi, on veut pas être cités. On n'a pas fait ça pour la gloriole, et franchement, on préfère rester anonymes, dans cette histoire. Pas vrai, Sam ?

—Mon frère a raison, m'sieur. Je sens que ça va pas mal remuer, pendant un certain temps, ça va jaser et y aller de toutes les rumeurs et nous, on aime notre vie calme, notre vie retirée. Hein, Mioche, qu'on l'aime, cette vie ?

—Un peu, qu'on l'aime, plus que jamais. Et pour la petite Aurélie ?

—Nous allons la remettre aux autorités au plus vite. Le reste du clan ne va plus tarder, nous allons régler tout ça et appeler la gendarmerie. Le gendarme Duffau sera content de nous voir, pour une fois. Oh, ils vont bien nous emmerder pendant un moment, essayer de nous en coller sur le dos, mais on en a vu d'autres.

Rentrez chez vous, avant que vos parents ne croient que vous aussi avez disparu. Filez, et merci encore.
Joseph s'approcha de ses deux amis, les embrassa avec enthousiasme tour à tour.
—J'aurais jamais cru pouvoir dire ça, mais j'vous kiffe, les gars. Y a plus de gadjos, ni de gitans, ce soir. On est tous frères.
—Plus de manouche, plus de tapettes ou de fiottes, plus jamais tout ça. Rien que des potes, pas vrai, Joseph ?
Les paroles de Sam éclairèrent davantage le visage de Joseph.
—Clair, mon frère. Allez, rentrez à la baraque, on s'verra demain, j'viendrai vous voir. Avec un peu d'chance, votre daronne m'invitera à crayav.
Sam et Lucas, le cœur plus léger, libérés tous deux d'un poids considérable, prirent le chemin du retour.

75

Arrivés à quelques centaines de mètres de la maison, le cœur des deux frères fut pris de battements épileptiques, désordonnés, violents.
Devant eux, dans la cour, des gyrophares bleus illuminaient par intermittence la façade de la vieille demeure.
C'était impossible, pas ici, il y avait erreur.
Le système nerveux de Lucas implosa sous le choc inhérent aux pensées qui lui vinrent alors.
Ils ne purent courir, ne le voulurent pas, terrorisés à l'idée de savoir. De savoir vraiment.
Perceptions feutrées, dans un monde qui tournait, brouhaha inaudible, vertiges et pertes d'équilibre.
Hébétude, marche au ralenti dans cette fourmilière en accéléré.
Ils bougeaient tous si vite, de manière si saccadée, les esprits occupés et les regards si vides.
Toute cette effervescence, cette agitation incongrue dans leur environnement d'ordinaire si calme.
Et leurs parents effondrés, dans les bras l'un de l'autre, les larmes comme des fleuves, océans de chagrin.
Ces policiers affairés, occupés à les questionner, le chien laissé en attente, pour renifler bientôt une piste.
Lucas sentit ses pieds se dérober, et ne dut d'éviter la lourde chute qu'au soutien de Sam, son grand frère qui se saisit de lui, le redressa, le serra contre lui.
Il entendit son souffle, ses mots pleurés qui se voulaient rassurants, ses « je t'aime » inédits, étrennés ce jour même, prononcés entre deux sanglots refrénés.
Lorsque Annick croisa son regard, il sut.

Leurs esprits connectés sur une même douleur se comprirent au-delà des mots.
Les garçons s'effondrèrent dans les bras de leur mère, et ceux de leur père vinrent boucler le cercle de leur famille. Cercle amputé de l'un de ses rayons.
Les policiers questionnèrent Sam et Lucas, jusqu'à les accuser, les bousculer un peu pour obtenir des aveux.
Emmy avait disparu dans le courant de l'après-midi.
Lucas ne parvenait pas à comprendre comment. Pourquoi eux ? Pourquoi elle ?
Bouillab, pas elle.
Sa tête implosa, son esprit vacilla. Le monde se fissura et conserverait à tout jamais cet aspect de vieille croûte sans valeur, craquelée, où manque l'essentiel pour en faire un chef-d'œuvre, et ce goût de mets tant aimé auquel on aurait retiré le principal ingrédient.
Les traits atones, bouche bée sur sa stupéfaction, il ne comprenait pas, ne voulait accepter.
À l'écart d'oreilles autres que les leurs, il interrogea Sam avec une gravité et un calme apparent qui ne pouvaient masquer la peur panique dont il était atteint.
—Sam, je t'en supplie, dis-moi qu'elle était pas dans la roulotte. Dis-moi que t'as bien vérifié, que tu l'aurais reconnue, même dans le noir. Dis-moi que c'est pas possible, que je vais me réveiller, là.
Le doute, abominable, insupportable, assaillit Sam, prêt à basculer dans un abîme de remords, de n'avoir pas examiné avec plus de rigueur les cadavres en présence.
Ce seul mot, cadavre, pour évoquer sa sœur, faillit le rendre fou.
Il regarda Lucas s'éloigner, comme guidé par une force externe, mû par des fils invisibles, sans faire appel à sa volonté propre.
Par terre, au milieu de l'agitation des gendarmes, gisait la poupée d'Emmy.
Ce simple jouet, détail si familier et si incongru pourtant, qui sans les mains de la fillette pour l'animer, semblait jouer là une scène horrifique, celle de la disparition pure et simple de leur sœur.
Une plume coincée dans les cheveux de la poupée, fut soulevée par une légère brise, et s'envola vers la forêt.
Lucas ferma les yeux,serra les poings et les mâchoires, atteint et ému comme si cette plume symbolisait la vie d'Emmy, sur le point de leur échapper.

Il revit Charline, l'entendit lui conter la manière dont elle avait été enlevée. Et la description qu'elle avait faite de son geôlier.
Il se tourna soudain vers Sam, pris d'une illumination.
—Sam, tu te souviens chez Yannick, dans la grande réserve ? Y avait quoi dans les sacs ?
—Euh, je sais plus... putain, pourquoi, tu demandes ça ?
—Essaie de te rappeler, je t'en supplie !
—Y avait toutes sortes de chiffons, des fringues. Des déguisements, aussi, je crois.
—Est-ce que t'as vu un déguisement avec des plumes ?
—Ouais, ouais je crois bien... mais j'y voyais pas grand-chose.
—Et cette porte qui était derrière... je suis sûr d'avoir entendu du bruit, comme des chaînes qui tintaient. Suis-moi, on doit vérifier, absolument.
—Mais Lucas, je comprends rien à ce que tu racontes !
—Fais-moi confiance, Sam, on doit faire vite. Je le sens, tu comprends. Je le sens. Bouillab et moi...
—C'est bon, je te suis, on fonce. On prend la bagnole des vieux, rien à foutre.
Sam entra en trombe, pour ressortir dans la seconde, clés en main.
Lucas et lui ne firent pas cas des regards qui se tournèrent sur eux au démarrage du moteur, pas plus que des cris qui tentèrent de les arrêter.
Sam fonça, pied au plancher.

76

Sur fond de crissements de pneus et de rugissement de moteur, le trajet ne leur demanda que quelques minutes, durant lesquelles les pires scénarios prirent naissance.
Sam freina à quelques mètres à peine du mur de la maison de Yannick, et déjà Lucas sautait pour courir dans la remise.
Il se précipita sur ce tas de sacs en toile de jute qu'il avait conservé en mémoire, en fouilla le contenu.
Diverses vieilleries, des fringues d'un autre âge, et au milieu, quelques plumes, de la même nature que celle qu'il avait vue s'envoler des cheveux de la poupée.
Sam le rejoignit, sur ses gardes.
—Je suis sûr que c'est lui, Sam, sûr ! Faut ouvrir cette porte, je sens que c'est là derrière qu'il faut chercher. Trouve un truc pour la forcer, Sam, fais-le, ste plaît.
—Y a pas de poignée, je vois même pas de serrure, je sais pas comment il ouvre ça. Peut-être que ça s'ouvre même pas.
Sam et Lucas fouillèrent la salle immense en quête d'un objet susceptible de servir de bélier ou de fracasser le panneau de bois.
Sam dégota une vieille et lourde épée enfoncée dans un porte-parapluie, la tira de ce fourreau par destination et, non sans mal, la tint haut levée, prêt à en frapper la porte.
—Lucas, t'es sûr de toi ? Si je fais ça, et qu'y a rien, on sera emmerdés, Yannick portera plainte contre nous.
—Arrache cette merde !
Sam n'hésita pas plus longtemps, mais au moment de frapper, se ravisa soudain pour changer son angle d'attaque.
—Je vais faire trop de bruit, si je tape comme un dingue là-dessus.
Il se servit de la lame à la manière d'un pied de biche, en glissa l'extrémité entre le mur et le bois.

Les fibres sèches et attaquées par les capricornes craquèrent et la bordure s'effrita.
Sam pesa de tout son poids, et la cloison céda, s'arracha à son encadrement pour tomber en morceaux.
Derrière l'épais nuage de poussière, soulevé par la chute du panneau de bois, régnait une semi-pénombre oppressante, appuyée par des senteurs agressives, extrêmement dérangeantes.
Ils mirent leurs mains devant leurs voies respiratoires, masque à gaz dérisoire et quasi inutile.
Des produits chimiques, corrosifs sans nul doute, se trouvaient entreposés ici, en grosses quantités.
L'atmosphère de cette pièce rappela aux garçons, d'une certaine manière, celle de la roulotte de Joachim.
De la main, de manière instinctive, sans y réfléchir vraiment, Lucas chercha un interrupteur. Qu'il trouva.
Alors même que la lumière jaillit d'une ampoule faiblarde et clignotante, ils eurent une vision plus précise de l'endroit.
D'énormes fûts en plastique meublaient le centre de la pièce, et de leurs gueules béantes s'échappaient des vapeurs nocives.
Sam ne parvint pas à apercevoir autre chose que le liquide lui-même, acide quelconque, teinté au point d'en être presque opaque.
—Je sais pas à quoi ça sert, Lucas, mais y a rien, ici. Cette pièce devait être fermée parce que ces produits sont dangereux, je pense.
—Elle est là. Je sais qu'elle est là. Regarde là, au fond.
Un rideau de toile épaisse masquait une porte et servait probablement de séparation entre deux pièces.
Lucas ne supportait plus cette attente incertaine, cette crainte à nulle autre pareille.
Peur de ne jamais revoir sa sœur... et peur de la trouver.
Quelque chose de malsain flottait dans l'air ambiant, indéfinissable malaise d'origine inconnue, comme si de longue date cette salle secrète servait de refuge au mal même, et qu'il l'avait marquée de son sang et ses gênes.
Lucas écarta ce rideau avec véhémence, et recula tout aussi vivement, au point de tomber sur le cul.
Il était là, debout dans l'encadrement de l'ouverture, et les fixait, calme, paisible.
—Qu'est-ce vous faites là, tous les deux ? Comment êtes-vous entrés ?
Cette voix plate et sans timbre révulsa les garçons.

Lucas ne parvenait plus à prononcer le moindre mot, regard figé sur le costume porté par Yannick.
—Des plumes. Il portait des plumes. C'est ça, dont parlait Charline, hein, Lucas, toi aussi, c'est à ça que tu pensais ? Charline a jamais été enlevée par Joachim, mais par un enfoiré à plumes. C'était bien un putain de costume, celui que tu portes, là, maintenant, salaud ! Qu'est-ce que t'as fait de notre sœur ? Elle est où ?
Un rictus étrange déforma les traits de Yannick, un sourire sans joie reflet d'un plaisir malsain, indécent.
—Elle va bien. Elle est là, derrière. Elle est venue me voir, elle m'aime bien. Ils m'aiment tous, tous les enfants. Oui, ils m'aiment tellement. Parce que je les aime aussi.
De nouveau, cette grimace insane, dénuée de raison.
Sam brandit l'épée et menaça de lui fendre le crâne s'il ne les laissait pas passer.
Yannick recula de quelques pas, sans chercher à discuter, et libéra de fait le passage.
Sam entra en tête, suivi de Lucas, réticent et en plein accès de panique.
Quelques pas encore, à la fois les plus longs et les plus courts, interminables et brefs.
Sam tenait Yannick en respect et n'osait pas se retourner pour chercher sa sœur.
Lucas pénétra l'antre de la bête, et trouva, allongée sur une couche sale et repoussante, Emmy, inconsciente. Image paralysante, destructrice.
« Elle dort, oui, elle était fatiguée, c'est ça. Ça peut pas être autre chose. »
Emmy était blanche, si blanche. Une pâleur sans vie, un corps déjà sans âme.
Lucas, sorti de sa torpeur comme s'il venait de recevoir une décharge électrique, se jeta sur sa sœur, se saisit de sa nuque, la souleva à peine.
Ses doigts se firent poisseux, humides de cette vie qui s'enfuyait par un filet épais, rouge. Si rouge.
Ses jambes dénudées présentaient les mêmes stigmates.
Lucas les lui couvrit, et à ce léger contact, Emmy ouvrit les yeux.

Menaçant, Sam contraignit Yannick à s'asseoir par terre, dans un coin.
L'homme s'exécuta sans opposer de résistance.
—Depuis combien de temps tu fais ça, salaud ? Et tu fais quoi, en fait ? Pourriture. Les fûts, tu mets quoi dedans ? Tu fais quoi, ici, putain, réponds !
—Calme-toi, mon garçon. Tu perds tes nerfs. Ces fûts contiennent de l'acide fluorhydrique. Rien de tel pour dissoudre et faire disparaître les restes.
—Les restes de quoi ? Sois plus clair ou je t'enfonce cette épée jusqu'à ce qu'elle te ressorte par le cul.
—Mais, les restes de mes repas, bien évidemment. Tu crois quoi ? À qui crois-tu avoir affaire ? Penses-tu réellement que cette vieille épée saurait me retenir si l'envie me prenait de vous ajouter au menu ? Je vais tout te raconter. C'est presque un soulagement de pouvoir enfin me confier. Ce sera un peu comme au confessionnal, tu vas m'absoudre de mes péchés.
Une fois encore, il arbora ce sourire éteint qui fit monter la rage de Sam d'un cran supplémentaire.
—Tu vas sans doute trouver cela amusant, mais lorsque j'ai commencé, mes tout premiers enlèvements, cela remonte à trente ans exactement, et c'était un pur hasard. Je n'avais jamais fait de mal à qui que ce soit. Jamais, même pas un insecte, ou alors sans le faire exprès. À cette époque eut lieu une vague d'enlèvements. Et je l'ai vu, lui. Ce macchabée marcheur, sorti droit d'une tombe, le genre d'être que l'on ne voit que dans les films et que nos esprits cantonnent à cet univers cinématographique. Pourtant, lui était bien réel. Il marchait dans les bois, et traînait derrière lui une enfant. Il était si beau, si incroyable, se dégageait de lui une telle puissance, tant de haine s'exprimait dans sa façon de fouler cette terre d'où il venait... mais tant d'amour, aussi, oui, un amour infini. Jamais je n'avais assisté à une scène aussi fantastique, dans tous les sens du terme. J'ai appris par la suite que d'autres rapts avaient eu lieu. C'est alors, à ce moment précis, que j'ai décidé de l'imiter. Le voir traîner cette enfant comme un simple paquet, comme un chasseur aurait traîné sa proie. Elle n'était qu'un objet, à sa totale merci. J'en ai conçu une excitation prodigieuse, rien ne m'avait jamais mis dans un état pareil. Seulement, vois-tu, je ne suis pas d'un courage exemplaire, oh non. J'ai donc décidé de me servir des activités de notre ami comme d'une couverture. On a commencé à

entendre, au village, des témoignages forcément farfelus et dénués de crédibilité pour qui n'avait pas vu ce que moi j'avais vu. Alors, je me suis déguisé. J'ai trouvé dans mes vieilleries un vieux déguisement de bal costumé. C'était simple, vois-tu. Si on m'apercevait, les témoignages seraient encore pris pour des hallucinations, n'est-ce pas. Et comme les signalements ne correspondaient jamais, cela a brouillé les pistes depuis tout ce temps, tellement de temps que je n'arrive toujours pas à croire que de tels stratagèmes enfantins puissent à ce point être efficaces. Oui, j'ai bien commencé cette même année, il y a trente ans. J'ai ramené un petit garçon de 9 ans, il s'appelait Théodore. Oui, c'est ça, Théodore, on n'oublie jamais sa première fois, n'est-ce pas.

Le petit rire qu'il émit poussa Sam à imaginer lui planter l'épée dans la gorge et à tourner jusqu'à ce que plus aucun son n'en sorte.

—Je l'ai donc ramené ici. Cette partie du bâtiment avait autrefois été condamnée, pour quelque obscure raison. Je l'ai réhabilitée, vois-tu, j'ai horreur du gaspillage, qu'il soit d'argent, de temps, ou bien, comme ici, d'espace utile. Cette année-là, Théodore fut mon seul petit plaisir. Et ce pour dix ans d'abstinence en suivant. On ne se rend pas bien compte de ce que cela représente, il faut une force de caractère admirable, pour résister à la tentation aussi longtemps. Je n'avais pas encore, à l'époque, ces fûts d'acide tellement pratiques. C'est un peu comme installer une fosse d'aisances à domicile, cela change la vie. J'avais été contraint d'aller jeter les restes du petit Théo à la décharge municipale. Tu veux que je te dise une chose amusante ? Dans ces monceaux de déchets, un de plus, un de moins... il n'a jamais été retrouvé.
—Tu lui as fait quoi, espèce d'enculé ? Tu lui as fait quoi ?

Yannick lui sourit encore, et Sam sentit sa raison vaciller et craquer. Il allait tuer cet homme, et le mettre en pièces.

—Nous avons joué ensemble. Il était heureux, avec moi. Je me souviens que j'avais un jeu d'échec très très ancien, entièrement fait d'ivoire. Une très belle pièce de collection, au passage. Nous y jouions tous les soirs. Je l'enfermais dans ce coffre que tu vois là, durant les journées où je ne pouvais être présent. Puis le soir venu, nous nous retrouvions. Il était si heureux de me voir. Une nuit, après une très longue partie, j'ai trouvé qu'il sentait si mauvais, ce cochon. Une infection. Je lui ai donné accès à ma salle de bain. J'ai fait couler un bain bien chaud, avec un peu de bain moussant. Les enfants adorent la mousse. Je l'ai aidé à se laver, il était si souillé d'excréments et d'urine... les porcs ne sont pas aussi sales. J'ai frotté tout son corps, longuement. Puis je l'ai égorgé. Il m'a paru à ce moment beaucoup plus pratique et sûr de procéder ainsi, j'étais sûr de pouvoir faire disparaître tout ce sang très vite. Il lui a fallu plusieurs minutes, pour mourir, tu sais, ça n'est pas comme dans les films. Je l'ai regardé, j'ai été avec lui jusqu'au bout. Mon petit Théo.

Sam titubait sur ses jambes, frappé d'un coup monstrueux, poitrine écrasée et oppressée à lui couper le souffle, à ralentir son cœur jusqu'à, peut-être, l'arrêter. Jamais il ne livrerait ce monstre à la police. Non, jamais.
—Puis je l'ai mangé. Tu sais, mes parents, mes grands-parents et tous mes aïeux étaient des gens de la terre. Mon patrimoine, aujourd'hui, est le fruit de tous leurs efforts successifs. Chez nous, il n'y a jamais eu de gaspillage. Je me souviens parfaitement avoir commencé par un avant-bras, que j'avais fait rôtir au four, tout simplement. Légèrement fade, mais cette chair était si délicate. Ah, que de souvenirs ! J'ai tenté diverses recettes, un peu plus épicées, au feu de bois, en sauce. Et puis bien sûr, comme toutes les bonnes choses, cela a pris fin. J'ai donc jeté ses ossements épars à la décharge, comme je t'ai dit. Les autorités l'avaient fait fouiller le jour précédent. Légèrement enfouis, cela a suffi. Personne n'a jamais su ce qui était arrivé à notre petit Théodore. Toi et moi sommes aujourd'hui les seuls. Puis le zombie, ou appelle-le comme tu voudras, a disparu, lui aussi, pour ne reparaître que dix ans plus tard. Je n'ai jamais compris pourquoi, mais c'est ainsi. Dès que j'ai appris que de nouveaux enlèvements avaient eu lieu, mon appétit s'est réveillé. J'ai entendu ce cheval d'un autre monde hennir, et j'ai su que le moment était venu. Cette année-là, j'ai réussi à enlever deux enfants, un garçon, et une fille. Le choix du roi.

Son rire, l'indécence de son rire. L'esprit de Sam entra en ébullition.

—Je me suis beaucoup moins attaché à ces deux-là. Moins intelligents que ne l'était Théodore, assurément. Des jumeaux. Pas de chance pour leurs parents, un doublé. Camille et Dominique. J'ai égorgé la fille et l'ai laissée se vider de son sang suspendue par les pieds, puis ai étouffé son frère. Je voulais tester deux manières différentes de préparer leur viande. J'avoue n'avoir pas beaucoup aimé la viande non saignée, je n'ai jamais réitéré. Quel gâchis ! Dominique a fini dans un bac d'acide. Fascinant de constater à quelle vitesse un corps peut disparaître, totalement. Tu commences à deviner la suite. Le marcheur a de nouveau disparu, et j'ai attendu dix ans encore pour recommencer. C'est cette année-là que j'ai attrapé Charline devant chez elle, sans me presser. Je suivais à distance ce cheval si étrange et fascinant, et elle se trouvait là, comme un cadeau qui s'offrait à moi. Elle était différente, Charline. J'ai beaucoup aimé cette fillette. Et j'ai cru qu'elle aussi m'aimait. Lorsque je l'ai ramenée ici, j'avais déjà un autre compagnon. J'avais essayé cette fois de manger peu à peu, morceau par morceau, sans le tuer, pour avoir de la viande bien fraîche. J'avais déjà dévoré avec appétit la partie inférieure de ses jambes. Charline n'a pas aimé rencontrer Kevin et ses moignons. Alors, après quelques jours passés ici, à refuser de se nourrir de la chair du petit Kevin, elle m'a trahi ! Elle s'est enfuie, j'ignore encore comment. J'ai cru à ce moment-là que j'étais perdu, et j'ai attendu calmement les gendarmes... qui ne sont jamais venus. Charline n'a jamais été prise au sérieux. Il faut dire qu'elle a déclaré avoir été enlevée par un poulet géant.

—Et ma sœur, enculé, pourquoi ma sœur. Je vais te crever, t'entends, tu finiras dans tes bacs d'acide en petits morceaux, toi aussi !
Tremblant de rage, de chagrin, Sam savait qu'il ne digérerait jamais ce traumatisme, et voulait en finir avec cette abomination pour ne plus jamais avoir à en entendre parler.
Il se tourna vers Lucas pour lui demander comment allait Emmy.

77

Derrière eux, Sam hurlait à l'attention de Lucas pour savoir ce qui était arrivé à Emmy, mais déjà loin, ailleurs, Lucas ne l'entendit pas. Il n'écouta et ne perçut que la voix faible et fragile de celle qui était un élément clé de sa vie, celle sans qui il lui était impossible d'envisager une suite.
—T'avais dit que la reine elle nous protégerait, et qu'avec son pouvoir, le méchant il serait gentil.
—Elle... elle était occupée ailleurs. Mais on va aller la voir, Bouillab, on va y aller tous les deux. Je te porterai, si tu veux, je peux le faire, tu sais. Et quand on la trouvera, tu iras de suite mieux.
—Lucas... pourquoi le méchant, c'est pas le même ?
—Je sais pas, Emmy. Les méchants, y en a partout. Mais faut plus y penser, Emmy, on va t'emmener loin d'ici, et t'entendras plus jamais parler de tout ça. On pourra reprendre très vite nos histoires, on va en imaginer tout plein, tu verras.
—Je veux voir maman, Lucas. Je veux la voir...

Ses paroles moururent avec son dernier souffle, et les étoiles qui brillaient toujours dans ses yeux pétillants s'éteignirent à jamais.
Le monde partit en vrilles, plus rien ne conserva sa place, et Lucas s'effondra en hurlant sa douleur, il tomba sur le corps éteint de sa sœur, de son tout.
Ablation de son âme sans anesthésie, fracture à jamais ouverte sans plâtre pour la réduire.

Sam se précipita vers Emmy et Lucas, déjà en proie aux vertiges d'un chagrin sans nom.

Lorsqu'il voulut hurler à son tour, le son ne put franchir ses lèvres, arrêté par la lame qui lacéra ses chairs. Il ploya, tomba à genoux, surplombé par son bourreau, debout derrière lui.
Yannick avala les quelques pas qui le séparaient de Lucas, le saisit par le bras et le tourna face à lui.

—Qu'est-ce que vous avez cru, petites merdes ? Je vais vous apprendre à respecter le bien d'autrui et la propriété privée. Je ne t'ai jamais aimé, toi, avec tes airs méprisants, tu vas rester en vie pour assister à ce qui va suivre. Si tu veux être nourri, tu devras manger ta sœur. Ton frère finira directement à l'acide. Je te forcerai à le regarder se dissoudre comme un morceau de sucre dans le café du matin. Tu vas savoir...

Yannick ne termina jamais sa phrase.
Revenu de son ailleurs, où l'avait projeté le décès d'Emmy, il avait tiré de sa poche son précieux canif, et venait de l'enfoncer jusqu'au manche dans l'œil droit de Yannick, avec une férocité qui lui était jusque là inconnue.
Yannick bascula de toute sa hauteur pour s'écraser au sol et le frappa durement de l'arrière de son crâne.
Au-dessus de lui, Lucas leva le pied, et d'un mouvement de kick appuyé, il fit disparaître son couteau dans l'orbite de Yannick.
Emmy, partie sans espoir de retour, Sam, au sol en train d'agoniser et se vider de son sang.
Lucas s'évanouit.

Les gendarmes arrivèrent sur ces horribles faits, après avoir cherché longuement la voiture empruntée par les frères, pour finir par la trouver chez le respectable Yannick Normandin.
Ils furent tous saisis par le spectacle abominable et choquant auquel ils assistèrent à leur entrée.
Dix minutes plus tard à peine, les enfants furent pris en charge par les secours.
Sam, dans un état critique, fut tout de même sauvé in extremis, et se remettrait de ses blessures.
De ses blessures physiques, en tout cas.
Emmy était déjà décédée à l'arrivée du personnel soignant, et en dépit des efforts de réanimation entrepris, elle ne revint pas à elle.
Et Lucas, Lucas... lui non plus ne revint jamais vraiment à lui.

78

10 ans plus tard, Hôpital psychiatrique de Cadillac, unité pour malades difficiles et dangereux

Je me nomme Lucas. Je crois.
Je me souviens de tout, comme de petits riens, des odeurs et des bruits, des paroles et des rires, mais les noms me fuient et les visages sont flous, j'ai perdu les identités et oublié les traits.
Il me semble que quelque chose est sur le point d'arriver. Quelque chose de terrible.
Ils sont de retour.

J'ai appris autrefois que les monstres ne sortent pas tous des ténèbres, que certains en accouchent eux-mêmes et les rendent réelles.
Mais je ne les laisserai pas faire. Pas cette fois.
Ils paieront, mon amour, ma Emmy. Ils paieront au centuple ce qu'ils t'ont fait subir.
Ils nous ont séparés, ma Emmy, mais je te retrouverai.
Quoi qu'il en coûte !

J'ai traversé l'enfer, des océans de douleur et des monts de souffrance, des abîmes de chagrin et des abysses de peine, les poings serrés sur ma rage, les mâchoires fermées sur mes hurlements.

J'ai affronté le feu du manque et l'acide de l'absence, je suis mort plusieurs fois de l'ablation de mon cœur arraché autrefois par les serres avides d'un chirurgien strict et froid que l'on nomme destin.

J'ai voulu battre le monde de mon incompréhension furieuse, lui hurler des pourquoi, lui reprocher tout ça, lui cracher dessus mes plus rouges colères et mes plus sombres haines.

J'ai usé mes semelles à chercher par delà l'horizon des raisons à tout ça, quelques explications, des raisons de poursuivre, je voulais marcher jusqu'au sang, jusqu'à l'arrêt final.

Je me suis épuisé en vain à détester l'univers et à lui en vouloir, à chercher le moyen de revenir sur mes pas, de changer le passé et le ramener avec moi. Oui, en vain tout cela.

Puis je t'ai retrouvé.

Joachim

Contact

Merci d'avoir pris le temps de me lire.
Si vous désiriez me faire part de votre ressenti, vous pourrez me joindre directement à cette adresse mail: cetro.efene@gmail.com

Vous pourrez aussi consulter mon site auteur, pour en découvrir davantage sur mon travail: http://www.cetro.fr/

Il vous sera aussi possible de me rejoindre sur ma page auteur Facebook:
https://www.facebook.com/Le-ptit-monde-de-Cetro-717729394922284/

ou ma page personnelle: https://www.facebook.com/cedric.veto

En espérant vous avoir convaincus de me suivre par le biais de cette lecture, je vous dis à bientôt.

Printed by Amazon Italia Logistica S.r.l.
Torrazza Piemonte (TO), Italy

16547511R00171